浮いちゃってるよ、バーナビー！

ジョン・ボイン
オリヴァー・ジェファーズ 画
代田亜香子 訳

the TERRIBLE THING happened to BARNABY BROCKET

作品社

浮いちゃってるよ、バーナビー！

第一章　何から何までふつうの家族

この話の主人公はバーナビー・ブロケットだ。バーナビーのことをちゃんと知るにはまず、両親のことを知っておかなければいけない。人とちがっていることをおそれるあまり、おそろしい行動に出て、愛する者たちみんなにとんでもない結果をまねいてしまった父と母のことを。

まず、バーナビーの父親のアリスター。自分では、どこから見てもふつうの男だと思っている。ふつうの場所にあるふつうの家でふつうの生活を送り、ふつうのやり方でふつうのことをしてすごしている。ふつうの妻と、ふつうの子どもがふたりいる。

アリスターは、ふつうではない人や、人前で目立ちたがる人とは関わらないようにしていた。地下鉄に乗っているとき、大声でしゃべっている十代の子たちがそばにいると、じっとがまんして、つぎの駅に着くとすぐにおり、ドアが閉まる前にいそいでちがう車両にうつる。レストラン――といっても、こみいった料理がのったむずかしいメニューを出してくるいまどきのおしゃれな店ではなく、ごくふつうの店――で食事をしているとき、注目を集めるのが大好きなお客のためにウエイターが「ハッピーバースデー」をうたうと、ふつうの食事をだいなしにされたと腹を立てる。

職業《しょくぎょう》は事務弁護士《じむべんごし》で、世界でもっともすばらしい都市、オーストラリアのシドニーにある〈バザー&ブラスティット〉という法律事務所ではたらいている。専門は、遺言書《ゆいごんしょ》。できればやりたくない仕事に見えるが、アリスターにはうってつけだ。なにしろ、遺言書を作成するのは、まったくもってふつうのことだから。そこには、ふつうではないものはひとつも存在しない。クライアントはたいてい事務所にやってくるとき、知らず知らず少しきんちょうしている。遺言書の作成なんて、むずかしくて気がめいりそうだからだ。

「どうぞお気を楽になさってください」そんなとき、アリスターはいつも声をかける。「死ぬのは、まったくふつうのことです。だれでもいつかは死にます。もし永遠に生きるとしたら、どんなにおそろしいか想像してみてください！　この地球も、重さにたえかねてつぶれてしまうでしょう」

とはいえ、アリスターが地球の未来を気にかけているかといえば、そんなことはない。その手のことを心配するのは、エコといえばおしゃれだと思っている連中だけでじゅうぶんだ。

世のなかには、とくにアジアには、ある人生観《じんせいかん》をもっている人たちがいる。すべての人間は、もともとひとつの対《つい》をなしていた相手とこの広大で複雑《ふくざつ》な宇宙に生まれてくる前にわかれてしまい、ふたたび完全な一対になるためにその相手をさがしつづけている、という考えだ。再会の日が来るまでは、人はみな、満たされない思いをかかえている。ときには、第一印象《だいいちいんしょう》では自分と正反対だと思った相手との出会いから、完全になれることもある。たとえば、芸術や詩《し》が好きな男が、ひまさえあれば車の整備《せいび》をしている女と恋に落ちたりもする。健康的《けんこうてき》な食生活をするアウトドア派《は》の女性が、片手にビール、片手にサンドイッチをもってリビングのソファでのんびりテレビでスポーツ観戦《かんせん》するのが大好きな男にひかれるかもしれない。けっきょくは、人それぞれだ。けれども、アリスター・ブロケットの場合は、自分とおなじくらいふつうの女性としか人生をともにできないとわかっていた。たとえそうでないことが、本来ごくふつうのことであったとしても。

というわけで、バーナビーの母親、エレノアの登場だ。

エレノア・ブリンガムは、シドニーの北海岸を見わたすビーコンヒルの小さな家で生まれ育った。両親から、目のなかにいれても痛くないほどかわいがられている、近所でも評判《ひょうばん》の文句なくおぎょうぎのいい少女だった。信号が青になるまでは、車がまったくいなくても決して通りをわたらなかった。バスにお年寄りが乗ってくると、空いている席がたくさんあっても、立って席をゆずった。そんなわけで、あまりにいい子なので、祖母のエルスペスがビンテージのハンカチを百枚残して亡《な》くなったとき、一枚一枚にエルスペス・ブリンガムのイニシャルの〝ＥＢ〟がきちんと刺繍《ししゅう》されていたので、将来結婚する相手はＢで始まる名字の男の人にしようと決心した。せっかくの祖母の形見《かたみ》をむだにしたくないから。

アリスターとおなじく、エレノアも事務弁護士になり、資産《しさん》を専門にあつかった。仕事についてたずねられると、ものすごくおもしろいと答えていた。

未来の夫に約《やく》一年おくれて、〈バザー＆ブラスティット〉ではたらきはじめたけれど、はじめて事務所を見わたしたとき、エレノアはちょっとがっかりした。とてもプロとはいえない仕事ぶりの人たちがたくさんいたからだ。

まず、デスクをきちんと整理整頓《せいりせいとん》している人がほとんどいない。それどころか、家族やらペットやら、もっとひどいとセレブやらの写真がたくさんかざってある。男性社員は、大声で電話をしながら空《から》になったコーヒーの紙コップをひきちぎっている。その見苦しいゴミを、あとでだれかが片づけなきゃいけない。女性社員は、一日じゅう仕事もしないで食べてばっかりいるみたいだ。はでなパッケージのお菓子をいっぱいのせたカートが二、三時間おきに回ってくると、そのたびに何かしらおやつを買う。たしかに、いまの基準《きじゅん》だとこれが「ふつう」ということになるのだろうけど、やっぱり、こんなのは「ふつうの」ふつうではない。

　はたらきはじめて二週目に入ったころ、エレノアはふたつ上の階《かい》まで階段《かいだん》をのぼっていた。同僚《どうりょう》に書類を届《とど》けるために、べつの部署《ぶしょ》にむかうところだ。すごくたいせつな書類で、一秒でもおくれたら全世界の動きが止まってしまうだろうと同僚はいっていた。ドアをあけるとき、エレノアは目の前に広がるきたないぐちゃぐちゃをじっくり見ないようにした。朝食を吐《は》いてしまうといけないから。ところがそのとき、びっくりするもの、というか人が、目にはいった。ふいに、胸がどきどきしてきた。赤ちゃんガゼルが生まれてはじめて小川をとびこえるのに成功したときみたいに。

　部屋《へや》のすみにすわっていたのは、わかりやすく色わけしてきちんと積《つ》みかさねた書類を前にしたさっそうとした若い男性で、ピンストライプのスーツを着て髪《かみ》をぴっちり横わけにしていた。まわりで仕事をしているしつけのなってない動物たちとはちがい、デスクはきちんと片づき、筆記具《ひっきぐ》はシンプルなペン立てにひとまとめにされ、書類は仕事がやりやすいように効率《こうりつ》よく広げられている。子どもやら犬やらセレブやらの写真など、どこにもない。

「あの方は？」エレノアは、いちばん近くのデスクにいる、バナナナッツマフィンを口いっぱいにほおばっている女の子にたずねた。食べかすがぽろぽろとコンピュータのキーボードの上にこぼれ、キーのあいだに迷いこんでみえなくなっていく。「あのすみにすわっている方。あの方のお名前は？」

「アリスターのこと？」その子はいいながら、マフィンにかかっていたべとべとのタフィがくっついているといけないからと、包《つつ》み紙《がみ》の内側で歯《は》をぬぐった。「世界一たいくつな男よ」

「名字は？」エレノアは、期待《きたい》をこめてたずねた。

「ブロケット。つまんないでしょ？」

「完ぺきだわ」エレノアはいった。

こうして、ふたりは結婚《けっこん》した。そうするのがふつうだった。ふたりは結婚前にちゃんと、映画に行き（三回）、地元のカフェに行き（二回）、ダンスホールに行った（一回だけ。ふたりとも、あまり楽しいと思わなかったから。スウィングミュージックが多すぎるし、ロックンロールにもうんざりだ）。ルナパークに日帰りで出かけて写真を撮《と》ったり楽しい会話をしたりしてすごした。やがて日が暮《く》れはじめると、入口にあるただでさえ不気味なピエロの巨大な顔がライトアップされて、おそろしさが倍《ばい》増《ぞう》した。

幸せな結婚生活がちょうど一年つづいたころ、ロワー・ノースショアのキリビリにあるふつうの家にくらしているアリスターとエレノアに、長男のヘンリーが誕生《たんじょう》した。月曜日の朝九時ちょうど、体重はきっかり七ポンド（三一七八グラム）で、軽い陣痛《じんつう》の後に生まれたヘンリーは、とりあげてくれた医者におぎょうぎよくにっこりした。エレノアは産むときも泣き叫《さけ》んだりはしなかった。毎晩のようにテレビカメラの前でふざけたことをして電波をけがしているどこかの下品な母親たちとはわけがちがう。じっさい、お産はとても上品に進行し、手順も方法もすばらしく、だれひとりまったく不《ふ》愉快《ゆかい》な思いをしなかった。

ヘンリーは、両親とおなじで、とてもおぎょうぎのいい男の子だった。さしだされれば哺乳《ほにゅう》びんをくわえ、食事をし、おむつをよごしてしまうと恥《は》ずかしそうにした。ふつうの速度で成長し、二歳になるころにはしゃべれるようになり、その一年後にはアルファベットの区別ができるようになった。四歳のとき、幼稚園《ようちえん》の先生に、息子さんについては良くも悪くもとくにお伝えすることはありません、あらゆる点でまったくふつうのお子さんです、といわれた。帰り道、そのごほうびとしてヘンリーは、アリスターとエレノアにアイスクリームを買ってもらった。もちろん、味はバニラだ。

ふたり目のメラニーは、三年後の火曜日に生まれた。兄とおなじで、看護師《かんごし》にも先生にもまったく迷惑《めいわく》をかけず、四歳の誕生日が来るころには、もうすぐまた弟か妹が生まれる予定だったので、ほとんどの時間を自分のベッドルームで読書したり人形とあそんだりしてすごすようになった。同じ通りに住むほかの子たちとちがうような目立つことは、ひとつもしなかった。

どこから見ても、はっきりいえる。まさにブロケット一家は、オーストラリア全土とはいわないまでも、ニューサウスウエールズ州でもっともふつうの家族だった。

そして、三番目の子どもが生まれた。

バーナビー・ブロケットは、金曜日の夜中の十二時に生まれた。それだけでも、エレノアにとってはよくない始まりだった。お医者さんや看護師さんを起こさないといけないから。

「ほんとうに申しわけないです」エレノアはひどく汗をかいていて、それが恥ずかしかった。ヘンリーやメラニーを産んだときは汗もかかずに、四十ワットの電球が切れる瞬間《しゅんかん》のようにかすかにほてっているだけだったのに。

「ブロケットさん、どうぞお気になさらず」スノウ先生がいった。「子どもというものは、生まれるときに生まれるんです。わたしたちにはどうすることもできません」

「それにしたって、ご迷惑をおかけしてしまって」エレノアはそういうと、思わずものすごい悲鳴《ひめい》をあげた。バーナビーが、世の中に出てこようとしている。「ああ、すみません」エレノアの顔は、お産の苦しみで真っ赤だった。

「ほんとうに、何もご心配はいりませんよ」先生はきっぱりいって、ぬるぬるした赤ん坊をしっかりつかまえられる体勢《たいせい》をとった。まるでフィールド内にもどろうとしているラグビー選手みたいだ。片足でうしろの草地をしっかり踏《ふ》みしめ、もう片方の足で土を踏みつけ、両手を前にのばし、大切なものがパスされるのを待ちかまえているようなポーズだ。

エレノアはまた悲鳴をあげ、それからのけぞり、自分でもびっくりしてあえいだ。からだのなかにものすごい圧力を感じて、これ以上たえられる自信がない。

「息《いき》んでください、ブロケットさん！」先生がいい、エレノアは三度目の悲鳴をあげながらできるだけ強く息んだ。看護師が冷たい布をおでこにおいてくれる。でもエレノアは、気持ちいいとも思えずに、やかましくわめきはじめ、生まれてから一度も口にしたことがない言葉を口にした。〈バザー＆ブラスティット〉の人が使ったときはいつも、なんて失礼な、と思っていた言葉だ。短い言葉で、音《おん》節《せつ》もひとつだけ。この瞬間だけは、その言葉が自分の気持ちをいちばんよくあらわしているように思えた。

「よし、いいぞ」スノウ先生がうれしそうに叫ぶ。「出てきた！　一、二、三のあと、最後に思い切って息んでください。いいですか？　一……」

エレノアが息を吸う。

「二……」

エレノアがあえぐ。

「三！」

そして、ものすごい解放感《かいほうかん》がおしよせ、赤《あか》ん坊《ぼう》の泣き声がきこえてきた。エレノアはベッドにたおれこんで、うめいた。ああ、よかった、とうとうこのおそろしい苦しみがおわった。

「おお、これはいったい……」その直後、スノウ先生の声がしたので、エレノアはびっくりして枕《まくら》にうずめていた顔をあげた。

「どうかしたんですか？」

「こんなこと、ふつうではぜったいありえない」先生がいう。エレノアはひどい痛《いた》みも忘れてからだを起こし、先生にそんなおかしな反応をさせた赤ん坊をよく見ようとした。

「でも、うちの子はどこに？」エレノアはたずねた。先生に抱《だ》きかかえられてもいないし、ベッドのはしっこに寝《ね》かされてもいない。そのとき、エレノアは気づいた。先生も看護師も、自分のほうを見ていない。口をぽかんとあけて、天井《てんじょう》をながめている。そこには、生まれたばかりの赤ん坊が――エレノアが産んだばかりの赤ん坊が――白くて四角いタイルにぴたっと押しつけられたまま、のうのうとほほ笑んで、三人を見おろしていた。

「あそこです」ドクターの、あっけにとられた声。たしかに、そうだった。そこにいる。バーナビー・ブロケットは、南半球一のふつうの家族の三番目の子どもとして生まれたけれど、さっそくふつうとはほど遠いところを見せつけていた。この子は、したがっていなかった。あらゆる決まりごとのなかで、もっとも基本的《きほんてき》な決まりごとに――重力の法則《ほうそく》に。

バーナビー誕生

第二章　天井《てんじょう》のマットレス

バーナビーは三日後に退院して、ヘンリーとメラニーに初対面することになった。

「おまえたちの弟は、わたしたち四人とは少しちがうんだ」アリスターは朝食のとき、言葉をしんちょうにえらびながらふたりに話した。「ほんのいっときのことにはちがいないとは思うが、すごくおどろくはずだ。とにかく、じろじろ見ないように。わかったな？　注目されていると感じたら、ますますおかしくなるだけだ」

子どもたちは、びっくりして顔を見合わせた。父親がなんの話をしているのか、さっぱりわからない。

「頭がふたつあるとか？」ヘンリーがたずねながら、ママレードに手をのばした。朝は、トーストにママレードをうすくぬるのが好みだ。ただし、夕食となるとちがってきて、ストロベリージャムと決まっている。

「いいや、頭がふたつなど、あるわけがない」アリスターは、いらついて答えた。「頭がふたつあるものなど、この世にいない」

「二頭怪獣《にとうかいじゅう》がいるよ」ヘンリーがいった。インド洋に出現したと大騒《おおさわ》ぎになったオーコという海のモンスターについて書かれた本を、このところ読んでいたからだ。

「おまえの弟が二頭怪獣ではないことは、はっきりいえる」アリスターがいった。

「しっぽがあるとか？」食べおわったボウルを集めて食器洗い機《しょっき》にきちんといれながら、メラニーがたずねた。家族で飼《か》っている雑種《ざっしゅ》の犬、キャプテンW・E・ジョーンズが、「しっぽ」という言葉をきさつけて顔をあげた。そして、自分のしっぽを追いかけながらキッチンをぐるぐるまわり、そのうち目をまわしてたおれて床《ゆか》に横になると、満足しきった顔でうれしそうにはあはあいった。

「どうして赤《あか》ん坊《ぼう》にしっぽがあるんだ？」アリスターは、深いため息をついた。「まったく、おまえたちの想像力ときたら、とんでもない。いったいどこでそんなものを身につけたんだ。お母さんもわたしも、想像力などまったくもっていないし、そんなものをもつようにおまえたちを育てたおぼえもない」

「ぼく、しっぽがほしいな」ヘンリーが、考えこみながらいった。

「あたし、二頭怪獣になりたい」メラニーがいう。

「いや、ほしくない」アリスターがぴしゃりといって、息子をにらみつけた。「おまえもだ、ならなくていい」アリスターはそういって、娘《むすめ》を指さした。「とにかく、ふつうの人間らしく、家のなかをきちんと整理整頓《せいりせいとん》しておきなさい。いいか？　今朝は、お客がくるんだからな」

「え、お客じゃないよね」ヘンリーが顔をしかめた。「弟だよ」

「そうだ、もちろんそうだ」アリスターは、ほんの少しだけ間《ま》をおいていった。

それから一時間ちょっとして、エレノアがタクシーを家の外にとめた。じっとしていないバーナビーをひざの上にのせて両腕《りょううで》でおさえながら。

「ずいぶん元気なお子さんですね」タクシーの運転手《うんてんしゅ》がエンジンを切りながらいうのを、エレノアはききながした。知らない人と会話をするのは大きらいだ。とくに、サービス業《ぎょう》についている人とは。

エレノアは、運転席と助手席のあいだにはさまったバッグをとろうとして、一瞬《いっしゅん》バーナビーから手をはなしてしまった。すると、バーナビーはエレノアのひざからはなれて、ふわっと浮かびあがり、頭を天井にぶつけた。

「あうっ」バーナビーはうめいた。

「そのお子さんは、しっかりつかまえておいたほうがいいですね」運転手は、世をはかなんだような目でバーナビーを見つめた。「気をつけてないと、どこかにいっちゃいますよ」

「三十ドル、ですね？」エレノアは二十ドル札と十ドル札をわたしながら思った。ええ、そうかもしれない、わたしが気をつけてないと……。

家のなかに入ると、ヘンリーとメラニーが走って出てきた。母親をおしたおしそうなくらい、はしゃいでいる。

「うわ、小さーい」ヘンリーはびっくりしていった（少なくともその点では、バーナビーはまったくふつうの赤ん坊だ）。

「いいにおい」メラニーが、ふんふんにおいをかいだ。「アイスクリームとメープルシロップが混《ま》ざったみたい。で、名前は？」

「ジム・ホーキンズってよんでいい？」ヘンリーがたずねる。『宝島《たからじま》』を読んだばかりだ。最近、古《こ》典《てん》の冒険小説《ぼうけんしょうせつ》にはまっている。

「それか、ヤギ飼いのペーターは？」メラニーがいった。いつも兄のまねをする。『アルプスの少女ハイジ』から引っぱってきた名前だ。

「名前はバーナビーだ」アリスターがやってきて、妻のほっぺたにキスをした。「おまえたちのおじいさんの名前をもらった。おじいさんも、そのまたおじいさんにもらった名前だ」

「抱《だ》っこしていい？」メラニーが腕をのばした。

「いまはまだだめ」エレノアがいう。

「じゃ、ぼくならいい？」ヘンリーがいって、妹より先に腕をのばした。三つ年上だからだ。

「だれだろうと、だめ」エレノアがぴしゃりといった。「お父さんとわたし以外は、だめよ。とうぶんのあいだはね」

「わたしは、まだ抱かないほうがいいだろう。きみさえかまわなければ」アリスターはそういって、息子をまじまじと見つめた。まるで、動物園からにげてきた動物を見るような目で。やわらかい家具に傷をつけたりしないうちにさっさと送りかえさなきゃいけない、みたいに。

「でも、あなたにも責任があるのよ」エレノアがすかさずいい返す。「わたしだけがめんどうをみるなんて、思わないでほしいわ。この……この……」

「赤ちゃん？」メラニーがいった。

「ええ。そうね、それがいちばんふさわしい言葉でしょう。わたしひとりがこの赤ちゃんのめんどうをみるなんて、思わないでほしいわ」

「もちろん、よろこんで手つだうよ」アリスターは目をそらした。「だが、きみは母親だ」

「あなたは父親よ！」

「しかしこの子はもう、きみとのきずなを感じているようだ。ほら、見てごらん」

アリスターとエレノアは、バーナビーの顔を見おろした。バーナビーはふたりにむかってにっこりしながら、大よろこびで手足をばたつかせている。でも、ふたりのほうは、にこりともしない。ヘンリーとメラニーは、びっくりして顔を見合わせた。父と母がこんなふうに声を荒《あら》らげるのをきくのは、初めてだ。ヘンリーとメラニーは、ためたおこづかいできのう買ったプレゼントをとりだした。

「これ、バーナビーに」メラニーがプレゼントをさしだす。「うちの家族にようこそ、って」メラニーの手には、プレゼント用の包装《ほうそう》をした小さい箱《はこ》がにぎられていた。エレノアは、弟が来たのをよろこんでいる子どもたちを見て、心が少しやわらぐのを感じた。そしてプレゼントを受けとろうと手をのばすと、その瞬間《しゅんかん》、バーナビーがまた浮きはじめた。かけていたブランケットがするりとはずれ、床に落ちる。バーナビーは、天井にむかってふわふわと浮かびあがった。タクシーの天井とくらべてかなり長距離《ちょうきょり》だ。そして、頭もかなり強く打ちつけた。

「あうっ」バーナビーはうめいた。小さいからだをいっぱいにのばして、家族をじっと見おろしている。どう見てもふきげんな表情だ。

「ああ、アリスター！」エレノアは声をあげて、どうしたらいいのかわからずに腕を差し上げた。ヘンリーとメラニーは、何もいえずにいる。口をぽかんとあけて上をまじまじと見つめて、おどろきの表情を浮かべていた。

キャプテンW・E・ジョーンズが目をさまして、あくびをしながらやってくると、いつも自分に食べものや水をくれて家のなかに閉じこめる人たちを見つめた。それから、子どもたちの視線を目で追い、天井にはりついているバーナビーを見つけると、ものすごいいきおいでしっぽを振《ふ》り、ほえはじめた。

「ワン！　ワン、ワン、ワン！」

少しして――でも、ふつうに想像するより長くかかって――アリスターはいすにのって、息子を下におろした。エレノアが頭痛《ずつう》がするといってホットミルクをもってベッドに行ってしまったので、アリスターがバーナビーのめんどうをみることになった。おそるおそる哺乳《ほにゅう》びんでミルクをのませ、おむつをかえようとしてあたらしいおむつをお尻《しり》の下においたとき、バーナビーはまたおしっこをしたくなり、金色の液体《えきたい》をしゃーっと空中に飛ばした。やっとのことでバスケットのなかに寝かせると、ヘンリーのリュックの肩ひもをはずしてバスケットの上からとめて、バーナビーが浮かないようにした。やっと、バーナビーは眠った。たぶん、おもしろい夢でも見ているのだろう。

「メラニー、弟をみててくれ」アリスターは、自分のとなりに娘をすわらせた。「ヘンリー、いっしょに来てくれ」

アリスターとヘンリーは、庭をつっきってとなりの家に行き、玄関《げんかん》のドアをノックした。

「ブロケットさん、どうなさいました？」気むずかし屋のコーディじいさんが出てきた。前歯のすきまにはさまった噛《か》みたばこのかすをとって飛ばすと、アリスターとヘンリーの足元に落ちた。

「おたくのワゴン車を貸《か》していただきたいんです。あと、牽引《けんいん》するトレーラーも。ほんの一、二時間でけっこうです。もちろん、ガソリン代はお支払いします」

コーディじいさんがいいといってくれたので、アリスターとヘンリーはハーバーブリッジをわたって街《まち》に出て、マーケットストリートのデパート〈デビッドジョーンズ〉に行き、大きなマットレスを三つ（どれもダブルベッド用）と、三十センチのくぎをひと箱と金づちを買った。家に帰ると、ふたりがかりでマットレスを引きずってリビングに運びこんだ。リビングではメラニーが、さっきとまったく同じ場所にすわって、眠っている弟をじっと見つめている。

「ようすはどうだ？　何か問題は？」アリスターがたずねる。

「なんにも」メラニーは首を横にふった。「ずっとぐっすり眠ってたわよ」

「よかった。では、いい子だから、キッチンに連れていってくれないか。ここでちょっとやることがあるんだ」

アリスターは庭の物置《ものおき》から脚立《きゃたつ》をとってくると、リビングのはしにおき、マットレスの左側をもって脚立にのぼった。ヘンリーは右側をもち、たんすの上においたいすにのぼる。

「しっかりおさえていてくれ」アリスターはそういいながら、胸ポケットから一本目のくぎをとりだし、金づちでマットレスの角を天井に打ちつけた。くぎはすんなり入っていったけれど、二階の床板《ゆかいた》に当たるとそこから急にかたくなった。それでも、そう時間をかけずにしっかりとめられた。

「今度は逆側だ」アリスターは、脚立を移動させて、マットレスのつぎの角にくぎを打ちはじめた。一時間ほどやりつづけ、ぜんぶで二十四本のくぎをつかい、仕事を終えるころには、さっきまで真っ白だった天井が、〈デビッドジョーンズ〉のビロードのマットレスの花柄《はながら》でおおいつくされていた。

「どう思う?」アリスターは、息子を見おろして意見を求めた。

「ふつうじゃないね」ヘンリーは、考えながら答えた。

「たしかに」アリスターもみとめた。

そのころには、金づちをドンドンやる音でバーナビーは目をさまして、バスケットのなかで意味不明な声を発していた。メラニーが、バーナビーのあごや腕の下をしつこくくすぐって、やたらちょっかいを出してきたからだ。エレノアは頭痛がさらにひどくなり、このいまいましいドンドンという音はいったいなんなのかと、下の階《かい》におりてきた。アリスターがリビングの天井に何をしたかわかると、一瞬口もきけずに夫をまじまじと見つめた。この家の人間は全員どうかしちゃったんじゃないかと思いながら。

「いったい、どういう……?」エレノアは、必死《ひっし》で言葉をさがしていたけれど、アリスターはただにっこりして、バスケットをリビングのまんなかにもってくると、リュックのひもをはずして、バーナビーをまた宙《ちゅう》に浮かせた。今度は、頭を天井に打ちつけても、「あうっ」と声をあげもしなかった。

バーナビーの寝室をつくる

ふんわりそーっと天井に到着《とうちゃく》して、すっかり満足そうにそのままの場所で、手の指をもぞもぞ動かしたり足の指をながめたりしている。

「うまくいった」アリスターはうれしそうにいうと、エレノアもよろこんでくれるだろうと期待《きたい》して、そちらをむいた。ところがエレノアは、完ぺきにふつうの女性だったので、あっけにとられていた。

「ばかばかしいわ」

「だが、いつまでもってわけではない。この子が落ちつくまでのあいだだけだ」

「でも、いつまでも落ちつかなかったら？　ずっとあのまま浮かせておくわけにはいかないのよ」

「だいじょうぶだよ、そのうちかならず、浮くのにもあきるだろうから」アリスターは、できるだけ前向きに考えようと、きっぱりいった。じっさいは、前向きどころではなかったけれど。「とにかく、もう少し待てばなんとかなるさ。だがそれまでのあいだ、浮くたびに頭をぶつけるようでは困《こま》る。脳《のう》にダメージがあるかもしれない」

エレノアは何もいわずに、打ちひしがれていた。ソファに横になり、頭上三メートルにはりついている自分の息子を見あげる。わたしはこんなおそろしい不運にみまわれるようなどんな悪いことをしたんだろう、と思いながら。なんといってもエレノアは、完ぺきにふつうの女性なのだから。浮いている赤ん坊をもつようなタイプではない。

そのあいだ、アリスターとヘンリーはせっせと二枚目のマットレスをキッチンにとりつけていた。バーナビーのバスケットをおいておく予定の場所の真上だ。そのあと、三枚目をアリスターとエレノアのベッドルームに。夜は、両親のとなりのベビーベッドで眠るからだ。

「さあ、完成だ」アリスターは階段《かいだん》をおりてきた。エレノアはまだソファに横になっているし、メラニーはとなりの床にぺたんとすわって、十七回目となる『アルプスの少女ハイジ』を読んでいた。

「バーナビーは？」

メラニーは、口をつぐんだまま人差し指で天井を指さした。目は本のページからちらりともはなさない。ヤギ飼いのペーターのセリフは、ひとつも見のがしたくない。ペーターという少年は、年に似《に》合《あ》わず、ものすごく深いことをいう。

「ああ、そうか」アリスターは眉《まゆ》をよせて、つぎはどうしようかと考えていた。「このまま今日はずっと、あそこにいさせてもいいと思うか？」

メラニーは読みつづけていたけれど、長い段落《だんらく》のおわりまでくると、しおりを手にとった。そして、百四ページと百五ページのあいだにそっとしおりをはさんで、本をエレノアの横にあるクッションの上におき、父親をまっすぐに見つめた。「パパはあたしに、バーナビーをこのまま今日はずっと、うちのリビングの天井にいさせておくべきかどうかってたずねてるの？」メラニーは落ちつきはらってたずねた。

「あ、ああ、そうだ」アリスターは、娘の目を見られなかった。

「バーナビーは、まだ生まれて二、三日しかたってないのよ。パパはあたしが、バーナビーをあんなところにほっぽらかしてもいいと思うか、知りたいのね」

長いちんもくが流れる。

「感じのわるいいい方だな」やっとアリスターはいった。恥《は》じ入っているような小さい声だ。

「パパの質問《しつもん》に対する答えは、ノーよ。ううん、わたしは、バーナビーをあんなふうにほったらかしておくのはよくないと思う」

「そうか」アリスターはいって、息子をおろそうと、いすに手をのばした。「それなら、そういえばいいじゃないか」

ちょうどそのとき、ドアベルが鳴《な》った。となりのコーディじいさんが、ワゴン車のかぎをとりにきたのだ。すぐに返事がないので、じいさんは勝手にあがりこんできた。アリスターはバーナビーをバスケットにもどしたけれど、ひもをつけ忘れたので、あっという間にバーナビーはまた浮かびあがってしまい、マットレスにふわりとあたった。

　コーディじいさんは、ずいぶん長いこと生きてきたので、ふたつの世界大戦で戦ったり、ロアルド・ダール〔訳註：イギリス出身の作家。代表作に『チョコレート工場の秘密』など〕と握手《あくしゅ》したりもした。七十年にわたってたくさんのふつうではないことを見てきて、理解できるものもできないものもあった。そのコーディじいさんは天井を見あげて、首をかしげた。片手であごをさすり、ゆっくりとまず上くちびる、つぎに下くちびるをなめた。そして、首を横にふると、エレノアのほうをむいた。

「ふつうではないな。ありゃあ」コーディじいさんはいった。これをきいて、エレノアはわっと泣きだし、二階にかけあがると、ベッドにたおれこんだ。ぜったいに目をあけちゃいけない。いま目をあけたら、三枚目のマットレスが頭の上にとりつけられているものすごい景色《けしき》をいやでも見なければいけないから。

第三章　凧《たこ》のバーナビー

　四年がたっても、何もかわらなかった。バーナビーの家族《かぞく》も、これは時間がたてばどうにかなるという問題じゃない、と思うしかなくなった。ブロケット家の三番目の子どもはそういうふうに生まれついたのだ、と。アリスターとエレノアは、バーナビーを近所の医者につれていった。医者はバーナビーをじっくり診察《しんさつ》して、薬を二錠《にじょう》出しておきますからそれをのませてひと晩《ばん》ようすをみて、朝になったら連絡《れんらく》をください、といった。でも、なんの変化もなかった。こんどは遠くの専門医《せんもんい》のところにつれていき、抗生物質《こうせいぶっしつ》をもらってしばらくのませたけれど、バーナビーは浮きつづけた。ただし、その週にキリビリじゅうで大流行《だいりゅうこう》した悪性のインフルエンザにはかからずにすんだ。とうとうアリスターとエレノアは予約をとり、シドニーの中心街までバーナビーを車で連れていって、評判《ひょうばん》のいい有名な医者にみせた。その医者はそっけなく首を横にふって、そのうち治るでしょう、とだけいった。

「男の子というものは、どんなことでもそのうち卒業《そつぎょう》して捨てさるものです」医者はにっこりして、診察時間が短かったわりには長い請求書《せいきゅうしょ》をよこした。「はいていたズボンも、おぎょうぎのよさも、親を尊敬《そんけい》する気持ちも、いずれはなくなります。がまんして待つしかありません」

　けっきょく、何ひとつ助けにならなかった。それどころか、アリスターもエレノアも、さらにいらいらするようになった。

四歳になったバーナビーは、ヘンリーの部屋《へや》の二段ベッドの下の段で寝ていた。ブランケットを二枚、上の段の下側にはりつけて、頭がベッドのスプリングにぶつからないようにしている。

「また天井《てんじょう》が見えるようになって、よかったじゃないか」アリスターは、自分たちのベッドルームの天井にはっていたマットレスをやっとはずしたときにいった。エレノアはうなずいただけで、何もいわない。「だが、ペンキを塗《ぬ》りなおさなければならないな」アリスターは、エレノアが口をつぐんでいるので、その間をうめるようにいった。「マットレスがあった場所が、四角く黄色になっているし、マットレスの花柄《はながら》がうつっている」

バーナビーがバスルームをつかうことには、かなりのめんどうがつきまとっていた。細かく説明《せつめい》すると下品になるのでざっとまとめると、シャワーをあびるのはとてもむずかしく、バスタブにつかるのは問題外で、トイレのときにはどんなに体のやわらかい曲芸師《きょくげいし》でもギブアップしそうなポーズをとらなきゃいけない。

たまに夕食でバーベキューセットに火をおこすことがある。アリスター、エレノア、ヘンリー、メラニーがテーブルのまわりでそれぞれいすにすわり、大きなパラソルを立てる。バーナビーは、そのパラソルのまんなかのとんがりの内側に浮かぶ。しっかりした緑色のキャンバス地がおさえてくれるから、ふわふわ飛んでいってしまうこともない。バーナビーは、ホットドッグやハンバーガーにケチャップをかけてはいけないことになっていた。決まってケチャップが、家族のだれかの、または家族全員の頭の上にぽたぽた落ちることになるからだ。

「ぼく、トマトケチャップ好きなのに」バーナビーはもんくをいった。そんなのって不公平だ。もちろんバーナビーも、そのころには「あうっ」以外のことばもしゃべれるようになっていた。

「わたしも、毎日髪《かみ》をごしごし洗わなければいけないのは、かんべんしてほしいからね」アリスターはいった。

そんなとき、キャプテンW・E・ジョーンズは地面にすわってバーナビーをじっと見あげながら、命令《めいれい》を待っていた。キャプテンは、この浮いている子だけが自分の主人だと決め、ほかの人からの命令はきかない。

とはいえ、毎日の生活はかなりたいくつだった。エレノアは、メラニーが生まれてすぐに仕事をやめたので、バーナビーとふたりで家に残されて、長い一日をすごさなければいけない。ふたりのあいだをとりもってくれるのは、キャプテンW・E・ジョーンズだけだ。ふたりは、昼間のうちはほとんど家を出なかった。エレノアが、人前で息子といっしょにいるところを見られて、指をさされたりじろじろ見つめられたりするのをいやがるから。アリスターも、土曜日の午前中、散歩がてらにキリビリの朝市《あさいち》でお買い得品がないかと屋台《やたい》をぶらぶら見てまわるとき、バーナビーをつれていかなかった。そんなことをしたら自分が、ずっと軽蔑《けいべつ》してきた人間になってしまうのがわかっていた。かわった人間になってしまうのが。

そういうわけで、バーナビーは異常《いじょう》なほど青白い子どもに育った。ほとんどまともに日にあたったことがなかったから。いっとき、エレノアは、バーナビーを裏庭《うらにわ》の芝生《しばふ》の上の洗濯《せんたく》ひもにくくりつけ、二、三時間、外の空気のなかでふわふわ浮かせていたこともあった。風があるときは、午後じゅうくるくるとむきをかえながら浮いていたので、むらなく日に焼けた。ところが、しばらくするとこれをやめなければいけなくなった。庭のいろんな場所に、さんざんお金をかけて鳥のえさ箱《ばこ》をおいたのに、四歳の男の子が足首を洗濯ひもにくくりつけて両腕《りょううで》をやたらめったらばたつかせていると、カカシにしか見えなくて、鳥がこなくなってしまったからだ。

「幽霊《ゆうれい》みたいに真っ白だな」アリスターはある日の夕食のとき、息子を見あげていった。

「うちの天井みたいに真っ白ね」エレノアがいう。「あ、マットレスをとりつける前の話よ」

「健康《けんこう》にいいわけがない。そうだろう?」

「アリスター、そのことならもう話し合ってきたでしょう」エレノアはため息をついて、フォークをお皿のわきにおいた。「この子を外に連れていったら、ご近所にどう思われるかしら? わたしたちみんな、家のなかでこっそり浮いているとうたがわれるかもしれないわ」

「何をいってるんだ、エレノア」アリスターは笑いとばした。「わたしは生まれてから一度も浮いたことなどない。当たり前だ。ずっとしっかり地に足をつけてきた」

「ヘンリーとメラニーのことだってあるわ。たとえばヘンリーのクラスの男の子たちがバーナビーのことを知って、ヘンリーも浮いていると思ったら? 友だちがいなくなってしまうかもしれないのよ」

「そんなことはないさ。それに、バーナビーだって好きこのんでこうなったわけではない。生まれつきなんだ」

「じゃあ、ヘンリーが学校でいじめられて帰ってきたら、そういっておあげなさい」

「だから、そんなことはないと……」

「子どもってざんこくなものよ」エレノアは、アリスターが話をさえぎろうとするのを無視《むし》してつづけた。「それにどちらにしても、バーナビーが家のなかにいてくれたほうが、目をくばりやすいの。外なんか連れていったら、どうなると思う? ふわふわ飛んでいって、二度と帰ってこないかもしれないのよ」

そういいながら、エレノアはラザニアをフォークにすくって食べようとしたけれど、口にいれる前にフォークをしばらく宙《ちゅう》ぶらりんにして考えた。ふと、ほんとうにそうなったらものすごく楽になれる、と気づいたからだ。アリスターがエレノアをちらっと見る。ふたりの目が合い、相手が同じことを考えていることがわかる。そのとき芽生《めば》えたおそろしい考えを、ふたりとも口には出さない。いまはまだ。

「とにかくそんなに心配なら、お仕事から帰ってきたときにいつでもバーナビーを外に連れていけばいいじゃない」しばらくして、エレノアはいった。

「問題外だ」アリスターはすかさず答えると、そんな考えははやく頭と耳から追いださなきゃ毒《どく》だとばかりに、首をぶんぶんふった。「ありえない。断じて。ご近所の笑いものになるようなことを、わたしができるわけがない」

「あら、それなら、わたしにもさせないでちょうだい」

「人を雇《やと》うか？　犬の散歩のプロとか」

「だって、知らない人にバーナビーの状態《じょうたい》を説明しなきゃいけなくなるわ。そんなことしたらあっという間に、うわさが広まっちゃうわよ」

「たしかに。だが、学校はどうする？」

「どうするって？」エレノアは眉《まゆ》を寄せた。「どういう意味？　バーナビーは学校なんか行かないわよ」

「いまの話ではなく、これからのことだ。あと数か月で小学校に入学することになる。あんなに真っ白なまま行ったら、どこかおかしいと思われてしまう」

「アリスター、あの子はどこかおかしいのよ」

「いや、そうじゃなくて、皮膚病《ひふびょう》だと思われて、だれもとなりにすわりたがらないかもしれない。そうなったらすぐに学校から呼び出しが来て、わたしたちは保健室に連れていかれる。どんなにめんどうなことになるやら。学校の月報《げっぽう》にでものせられたら、わたしが浮いている少年の父親だということが知れわたってしまう。いや、エレノア、やはりむりだ。わたしは、断じて浮わついたことはできない」

「何ができないですって？」エレノアは、いぶかしげな顔をした。

「浮わついたことはできない」アリスターは、さらに力をこめてくりかえした。「わたしは、この家の主《あるじ》だ。そのわたしが、好奇《こうき》の目も容赦《ようしゃ》ないうわさも仕方がないと決めたんだ。なんとしてもこの子を、太陽の下に連れだささなければいけない。明日の朝、キャプテンW・E・ジョーンズを散歩に連れていくときに始めてくれればいい」

キャプテンは、大好きな言葉を耳にしてしっぽをふった。「散歩」というたったひと言が、何よりのよろこびだ。エレノアはうんざりしきっていたので、それ以上反論《はんろん》する気も起きずにしぶしぶうなずいた。というわけで、つぎの日、すばらしく晴れて青白い男の子のほっぺたの血色《けつしょく》をよくするにはぴったりの朝、エレノアは手をたたいてキャプテンを呼び、首輪《くびわ》にリードをつけると、キッチンのいすにのぼってバーナビーを天井からおろした。

「散歩にいくわよ」エレノアは、なんてことなさそうにバーナビーにいった。

「家のなかで？」

「いいえ、外よ」

「外？」バーナビーはたずねた。前の晩、お父さんがいったとおりのことをお母さんがほんとうにしてくれるとは、夢にも思ってなかったから。

「そのとおり。だけどその前に……出かける前に……わかってちょうだい、どうしてもしなければいけないことがあるの」

　そういって、エレノアはサイズが調節《ちょうせつ》できる犬のスペアの首輪をとってきた。さらに、キッチンの引き出しにしまってあった予備《よび》のリードも。こうして数分後、ふたりと一匹はそろって出かけた。

　それはもう、ふつうとはかけはなれた光景だ。ふたりと一匹は、キリビリの家を出発して、半島最《さい》南端《なんたん》にある知事公邸《ちじこうてい》につづく道を進んでいった。中年の女性がひとり、恥《は》ずかしそうにうつむいたまま歩く。左手に、数歩前をとことこ行く雑種《ざっしゅ》の犬のリードを握《にぎ》り、右手に握ったリードの先には、幽《ゆう》霊《れい》のように青白い四歳の男の子がつながれていて、ふわふわ浮かんでいる。

　バーナビー・ブロケットは、凧《たこ》になっていた。

　ふたりと一匹は、北へとむかい、セント・アロイシャス・カレッジのほうにやってきた。ヘンリーがこの小学部門に通ってもうすぐ丸五年になる。けれども、ベルが鳴って小学生たちが校舎《こうしゃ》のなかの階段《かいだん》をかけおりてくる音がきこえると、エレノアは回れ右をして、早足でジェフリー・ストリート・ワーフのほうへむかった。この埠頭《ふとう》に立って海をながめるのが好きだった。ヨットのような形をしたオペラハウスが見え、その帆《ほ》のあいだに、超高層《ちょうこうそう》ビルやホテルが点々とそびえたっている。右手にはハーバーブリッジの堂々とした姿《すがた》も見える。橋は、北シドニーの海岸とむこうのロックスを結んでいる。エレノアは橋のほうをむいて、風にたなびく州旗《しゅうき》と国旗を見あげながら、ふーっと深く息をついた。少なくともほんのひととき、安らいだ気持ちになる。

「やあ、エレノア、おはよう！」チャパクアさんの声がした。二十キロ競歩《きょうほ》の元代表で（一九七六年モントリオールオリンピックでは四位に入賞した）、毎日、健康のために朝の散歩をしている。ベウラストリートから出発して、いつもこれくらいの時間にやってくる。ひじをからだにぴったりつけ、野球帽《やきゅうぼう》をかぶったアヒルみたいによちよちと歩いてくる。「おはよう、キャプテンW・E・ジョーン

バーナビー散歩に行く

ズ！」

それから、チャパクアさんはふと顔をあげて、バーナビーが母親の頭上にふわふわ浮かんでいるのに気づいた。楽しそうな表情がぱっとかわる。チャパクアさんはきっすいのシドニーっ子だ。この街《まち》と、この街に住む人たちと、そのすばらしい伝統《でんとう》に誇《ほこ》りをもっている。数年前には議員に立候補《りっこうほ》までした（またしても四位だった）し、シドニー・モーニング・ヘラルド紙には定期的に投稿《とうこう》して、自分の基準《きじゅん》に合わないものに片っぱしからもんくをつけている。ちなみに、その基準は異常なほど高い。

「ブロケットさん、息子さんが浮いてますよ」チャパクアさんは、親しげにエレノアと名前で呼ぶことさえたえられないというような、ぞっとした顔でいった。「浮いてます！」

「浮いてる？」エレノアは、そりゃまたビックリぎょうてんみたいな顔で見あげた。

「ご存じないわけはないですよね。ひもでつないでいるんですから！　ブロケットさん、わたしたちはこれからどこへ向かっていくんでしょうねぇ？　世界でもっともすばらしい都市シドニーは、ここまで落ちてしまったのですか？」

エレノアは言いわけしようとして口をひらいたけれど、息子が浮いていることを説明することばが見つからなかった。うろたえたチャパクアさんは、興奮《こうふん》した狼《おおかみ》のようにうなっただけで、そのまま奥さんの待つ家へ帰ってしまった。奥さんは、ひとつ見つかったということはまちがいなくもっとたくさんいるということだから、あっという間にシドニーは気味の悪い生きものであふれかえるでしょう、といった。

エレノアはチャパクアさんと会ったせいでプライドがずたずたにされた気がしていたのに、バーナビーのほうは、目の前に広がるはじめて見る景色《けしき》にうっとりしていたので、なんとも思っていなかった。キャプテンＷ・Ｅ・ジョーンズのほうを見おろすと、ご主人の興奮を感じとって、うれしそうにしっぽをふっている。バーナビーは、朝日のまぶしさに目を細めた。日ざしが水面に反射《はんしゃ》して、波間《なみま》から虹色《にじいろ》の光がゆらめいている。フェリーが一隻《いっせき》、サーキュラーキーの乗り場から出発して、ぐるっとカーブを切り、ニュートラルベイへとむかっていく。ああ、ぼくもあのフェリーに乗ってみたいな。バーナビーは思った。いままで一度も行かせてもらったことのない、ずっと遠くにあるあの場所に何があるのか、見てみたい。

「ろくなことにならないのはわかってたわ」エレノアは、かんかんだった。回れ右をして、さっき来た道をどんどんもどりはじめる。「これであっという間に、ご近所の笑いものになるわ。バーナビー、あなたをできるだけ早く家のなかにもどさなくちゃ」

けれども、帰り道で、またちがうご近所さん（しかもふたり連れ）に出会ってしまった。ジョーとアリスのモファット夫妻《ふさい》で、コンピュータ業界《ぎょうかい》では有名人らしい（と、エレノアはきいていた）。ふたりは手をつないで幸せそうにぺちゃくちゃしゃべりながら歩いてきたけれど、エレノアとバーナビーとキャプテンW・E・ジョーンズがやってくるのを見つけると、いきなり立ちどまって、ぎょうてんして口をあんぐりあけたまま、目を見開いた。

「写真、とらなきゃや」ジョー・モファットがスマートフォンをポケットからとりだすと、バーナビーにむけた。モファットはむさくるしい若者で、いつもぼさぼさの無精《ぶしょう》ひげをはやし、オーストラリアドルで十億もの資産《しさん》があるといううわさにもかかわらず、定番のコーディネートはTシャツに短パンにゴムぞうりだ。「あのー、ブロケットさん！　ちょっとじっとしててもらえますか？　おたくの息子さんの写真をとりたいんです」

「じっとしているつもりなんかないわ、この下等動物《かとうどうぶつ》！」エレノアはそういいはなつと、さっさと通りすぎたので、もう少しでアリスをなぎ倒《たお》しそうになった。いきなりスピードがついたせいで、バーナビーの顔は強風にあおられた。あまりの強さに髪《かみ》の毛がぜんぶうしろになびき、風よけのような役《やく》割《わり》を果たしたので、ふたりと一匹は意に反してスピードがゆるんでしまった。「じろじろ見ないでちょうだい。失礼きわまりないわ」

「一枚だけ、たのみます」ジョーは追いかけてきた。「みんな、見たがるはずです」

エレノアがそのときなんと答えたのかは、とてもお伝えできない。少なくとも、品のいいことばではなかった。エレノアは家まで全速力でかけていった。キャプテンW・E・ジョーンズはまとまった距離《きょり》を走るのが大好きなので大喜びだったけれど、バーナビーは気《き》の毒《どく》に寒さにふるえていた。やっとのことで家のなかに避難《ひなん》すると、エレノアはまずキャプテンの首輪からリードをはずした。キャプテンはすぐに、用を足すために裏庭に走っていった。それからエレノアは、もうひとつのリードをバーナビーの首からはずし、天井にはってあるデビッド・ジョーンズのビロードのマットレスにむかって浮きあがらせておいた。

「こんなこと、許《ゆる》すわけにはいかないわ」エレノアは、バーナビーにむかって叫《さけ》びながら指をふった。息子に対してむしょうに腹が立ってきたので、悪い考えがまた頭をよぎりだす。「ゆるしませんよ、バーナビー。きいているの？　母親のわたしが、いますぐ浮くのをやめなさいといっているの。さっさとおりてらっしゃい！」

「だって、おりられないよ」バーナビーは、悲しそうにいった。

「おりてくるの！」エレノアは叫んだ。怒《いか》りのあまり、顔が真っ赤になっている。

「どうやったらおりられるの？　ぼく、どうしても浮いちゃうんだよ。それがぼくのふつうなんだ」

「そう、それなら仕方ないわね」エレノアは首を横にふりながら、とうとう静かな声でいった。「そういうことなら、あなたのふつうを好きにはなれないわ」

そういうなり、エレノアはキッチンへ行き、後《うし》ろ手《で》にドアを閉めてしまった。そして、その日の午後じゅう、だれとも口をきかなかった。

第四章　これまでの人生で最高の日

「セント・アロイシャスに決まってるでしょう」エレノアがいった。アリスターとふたりで、バーナビーをどこの学校に通わせるか決めている晩《ばん》のことだ。「なんといっても、近いもの」

「あの学校に行かせるつもりはない」アリスターがいう。「ご近所のほとんどが、息子をあの学校にやってるんだぞ。キリビリじゅうで、わたしたちのことがうわさになってしまう。もし、会社にそのことが知れたらどうなる？　同僚《どうりょう》からおかしな目で見られてしまう」

「じゃあ、どうするおつもり？」

「あの学校、なんといったかな……あのラベンダー・ベイにある学校だ。少し遠いが……」

「ありえないわ！」エレノアは、どれだけ脳《のう》みそがツルツルなの、という目で夫を見つめた。「おむかいのジェーン・マクォーリー・ハミッドが、息子のダンカンをあの学校にやってるのよ。なんていわれると思うの？」

「となると、ほかに考えつかないな」アリスターはため息をついた。「まあ、ずっと家にいさせればいいんじゃないか。だいたい、ほんとうに勉強させる必要があるのか？」

「いやだ、あるに決まってるじゃないの」エレノアは、シドニーの学校のリストが出ているネットの画面をスクロールしながらいった。そして、希望にかなう学校をひとつ見つけた。「ただでさえ欠点がある子なのに、その上、ものを知らない愚《おろ》かな子にするわけにはいかないわ。ほら、見て、あったわよ」エレノアは勝ち誇《ほこ》って、画面を夫のほうにむけた。〈望《のぞ》まれない子どものためのグラベリング・アカデミー〉

「なんだか、バーナビーのためにつくられたような学校だな」アリスターは、その学校のホームページをじっくりながめた。そこには、この学校が創立された経緯《けいい》が長々と書いてあった。創立者《そうりつしゃ》はディルウィニア女性刑務所《けいむしょ》の前所長で、何かしらの理由でふつうの教育システムから排除《はいじょ》された子どもたちを教育するのが目的だそうだ。

「見学の予約、とろうかしら?」

「行ってみて損することはひとつもない。それに、よさそうな学校じゃないか」アリスターはいって、コンピュータ画面に表示された写真を次々とクリックしていった。「塀《へい》の上にある有刺鉄線《ゆうしてっせん》はおそらく、子どもたちに捕虜収容所《ほりょしゅうようじょ》について教える授業の一環《いっかん》だろうな」

「それに、校舎《こうしゃ》の外観《がいかん》もいいわね」エレノアがいう。「『オリバー・ツイスト』に出てくる孤児《こじ》たちの救貧院《きゅうひんいん》みたい。子どもたちがいかにも好きそうだわ!」

「好きに決まってるさ」アリスターもうなずいた。こうして三日後、ふたりは、校長のハリエット・フーパーマン・ホールの前にいた。

「頭がよくないというわけではないんです」アリスターがいった。

「それどころか、かなり賢《かしこ》い子です」エレノアがいう。「ものすごくむずかしい本を読んでいます。すでに亡《な》くなっている作家の本が好きなんです」エレノアはそういって、くすくす笑った。まるで、そんなおかしな話はきいたことがないみたいに。

「それに、問題を起こしたことは一度もありません」アリスターがいった。「しかしわたしたちが思うに、バーナビーにはどうしても、何かしらの……なんといいますか……とくべつな注意が必要なのです」

フーパーマン・ホール女校長はにっこりして、かすかにはえた口元のひげをなでた。なんとなく、雌《めす》のヤギに似ている。もっとも、二本の前歯はヒトコブラクダの歯みたいだ。口をひらく前に、べっとりぬりたくったダークレッドの口紅《くちべに》を舌《した》でなめる。口角《こうかく》からはみだした口紅が、レンガをつないでいるモルタルみたいに見える。くねくねと舌を出し入れするのが、なんとも気味が悪い。

「アリスターさん、エレノアさん」校長はいった。「それとも、ミスター・ブロケット、ミセス・ブロケットとお呼びしましょうか？　わたくしども、グラベリング・アカデミーは長いこと、ひどい誤《ご》解《かい》を受けてきました。生徒たちが、ほかの学校の生徒よりも扱《あつか》いにくいという誤解です。たしかに、なかには、歩けるようになってからというもの少年刑務所に出たり入ったりをくりかえしている生徒もいます。それに、まあ、残念《ざんねん》ながら、すべての教室に防犯《ぼうはん》カメラを、あらゆるドアに金属探知機《きんぞくたんちき》を配置《はいち》しているのも事実です。それから、ええ、わたくしどもは、近ごろいわれだした〝教師資格《きょうししかく》の正《せい》式認可《しきにんか》〟とかいう、なんのことやらわかりませんがみょうちくりんな資格だかなんだかを何ひとつ、教師に求めていません。だいたい、そんなもの、なんのことやらさっぱり理解できませんしねえ。そう思いませんか？」

「あ、あの、おそらくそれは……」

「しかし、そういったことはさておき、わたくしどもは、毎朝八時に校門をあけ、午後三時にはしっかり南京錠《なんきんじょう》をかけるという事実に誇りをもっています。そして、その八時間のあいだにとくに大きなことが起きるわけではありませんが……」

「七時間、ですな」アリスターがいった。数字は大の得意だ。

「その八時間のあいだにとくに大きなことが起きるわけではありませんが……」校長は、あっさり無視《し》してつづけた。「少なくともお子さんたちを親御《おやご》さんのじゃまにならないようにしておけます。ええ、はっきり申し上げましょう。それこそ、親御さんの求めてらっしゃることですから。本校は、人とちがうことを受けいれています」校長は、いかにも太《ふと》っ腹《ぱら》な調子でいった。「息子さんのバーナビーは、浮いている。それがどうしたというのです？　ここには、カンガルーのようにとびはねる六歳児がいます。武装《ぶそう》して酒屋を襲《おそ》い、奪《うば》った品をどこにかくしたかを決して白状《はくじょう》しない子もいます。そうかと思えば、フランス語を流ちょうに話す子もいます。けれども、そういったことで生徒を責《せ》めるようなことがあるかといえば、いいえ、決してありません」

アリスターとエレノアにしてみたら、それだけきけばじゅうぶんだった。そしてその直後、ふたりは学校をあとにした。壁紙《かべがみ》がはがれかけているのも、カーペットがたばこの焼《や》けこげだらけなのも、すぐそこにあるゴミ箱《ばこ》に紙くずがあふれ返って明らかに火事の危険性《きけんせい》があるのも、見て見ないふりをして。

これまでの短い人生のなかで、ほかの（もちろん、ヘンリーとメラニー以外の）子どもと会うことがほとんどなかったので、グラベリング・アカデミーに通いだした最初の週、バーナビーは当たり前だけどかなりきんちょうしていた。でも、ついていたのは、となりの席も新入生だったことだ。ライアム・マゴナガルといって、ひいひいひいおじいさんは、一八〇〇年代にイギリスからオーストラリアに船で運ばれた最初の囚人《しゅうじん》のうちのひとりだった。もとはといえば、ジョージ四世の銅像《どうぞう》におしっこを引っかけた罪でアイルランドからイギリスに移送《いそう》された受刑者《じゅけいしゃ》だ。バーナビーとおなじでライアムも、会ったこともない子どもたちがたくさんいる教室で一日を過ごすことに、おじけづいていた。

ライアムも、いままで友だちがいなかった。不幸にも、生まれつき肉体的な異常《いじょう》をかかえていたからだ。両腕《りょううで》とも手首までしかなく、ふつうなら手があるところにスチール製《せい》のフックがついている。

　クラスのほかの子たちはみんなこわがっていたけれど、バーナビーはまったくなんとも思わなかった。

　それどころか、会った日の朝から毎朝、ライアムの右のフックをとって握手《あくしゅ》したいくらいだった。ただし、それは不可能だった。校長がいつも、正面入り口でバーナビーをつかまえて席まで連れてくると、太いロープにいくつも複雑《ふくざつ》な結び目をつくっていすにくくりつけるからだ。

「事故だったの？」バーナビーは、個人的な話ができるくらいに打ちとけると、ライアムにたずねた。会ってほんの数時間後だ。「手がなくなったのは、ってことだけど」

「ううん、生まれつきだよ。そういうことってあるよね。ほら、脳《のう》みそがない人だっているし。あそこにいるデニス・リクトンみたいにさ」ライアムは、ふつうより背が高い男の子のほうにうなずいてみせた。その子ははいている靴《くつ》と熱心に会話をしている。「ファッションのセンスがない人だっている」ライアムはいって、神経質《しんけいしつ》そうな男の子をちらっと見た。ジョージ・ラフタリーといって、ロビンフッドみたいな帽子《ぼうし》をかぶっている。「ぼくはたまたま、両手がなかった。義手《ぎしゅ》をつけてみたこともあったけど、どうしても慣《な》れなくてさ。フックのほうが調子いいんだ。このフックさえあれば、なんでもできる。鼻をほじるのはムリだけどね」

「ピッカピカだね」バーナビーは、光るフックをほれぼれとながめた。

「毎朝、家を出る前にみがいてるから」ライアムは、バーナビーに気づいてもらってうれしそうだ。

「カッコよくしてるのが好きなんだ。だいたいさ、ずっとこうだから、まったく気にならないし。ま、バスケットボールはできないけど。ぜったいうまいって自信あるのに」

「バスケなら、ぼく、大の得意だよ」バーナビーがいった。「ボールをもって浮かんでゴールネット

ライアムに出会う

に落とせばいいだけだから。成功率《せいこうりつ》百パーセント」

「前から浮いてるの？」

「生まれた日からずっと」

「へーえ、カッコいいね！」ライアムはいった。これでもう、ふたりは友だちになった。ごくごくかんたんだ。

　数週間がすぎた。毎日おなじことのくりかえしだ。バーナビーは始業《しぎょう》の合図が鳴《な》りひびく直前に到着《とうちゃく》し、すぐさまいすにしばりつけられ、帰るまでずっとそのままにされる。ほかの男の子たちにからかわれてもできるだけ気にしないようにして、ライアム・マゴナガルとの幸せな友情を着々とはぐくんでいた。

「あたらしい学校は気に入ったか？」ある日の夕食のとき、アリスターが息子のほうを見あげた。ふたりとも、ルバーブのフランを平らげようとしていた。エレノアがほとんど午後じゅうかけてこしらえたものだ。完ぺきとはいえないが、まあまあおいしい。

「ううん、最悪だよ」バーナビーはいった。「くさった果物《くだもの》みたいなにおいがするし、ほかの子たちはいじわるだし、うそばっかり教わってるし。今日なんか一時間もかけて、ニュージーランドの王と女王のことを勉強して、じゃがいもの木の植《う》え方《かた》を教わって、イタリアの首都はジュピターだっていわれたよ」

「たしかバルセロナ、だったか？」アリスターがいった。数字は大の得意かもしれないが、地理となるとちょっと盲点《もうてん》だ（もちろん、オーストラリアの外に出たことは一度もない。ふつうの人間は世界を見たがったりしないものだと信じていて、ニューサウスウェールズ州を出たことさえない。それどころか、シドニーの外にいったこともなかった）。

「で、フーパーマン・ホール校長が、読書会をはじめたいといって、読みたい本はありますかってきいたんだ。だから、『鉄仮面《てつかめん》』って答えたら、それはむりだっていわれた。そんな本は先生には話がこみいりすぎてるから、頭のなかが陰謀説《いんぼうせつ》でいっぱいになって眠れなくなる、って。だから、ボビー・ブルースターのシリーズの『バスの車掌《しやしよう》さん』っていってみたら、バンパイアの本しか読みたくないっていうんだ。独創的《どくそうてき》でぞくぞくしちゃうから、って」

「ぞくぞくしちゃうってどういう意味？」メラニーが顔をあげた。ヘンリーは、フランにむかってばかにしたように笑ったし、キャプテンW・E・ジョーンズは耳をたらして顔をかくした。

「メラニー！」エレノアがぎょっとして叫《さけ》んだ。「そんな言葉、口にするものじゃありません。この家でぞくぞくしちゃうなんて、だれであってもゆるしませんよ。いいですか？　そんなの、ふつうじゃないの」

「生まれてこの方、ぞくぞくなんかしたことはない。四十を過ぎているがね」アリスターがいった。

「あんな学校、大きらいだ」バーナビーがぶつぶついった。「仲良くなったのは、ひとりだけだよ。手があるはずのところに、フックがついてるんだ」

「すごいな」ヘンリーがいった。

「すごくなんかないわ」エレノアがきっぱりいって、首を横にふった。息子を生徒として受け入れてくれればそれでじゅうぶん、なんてことは思ってもいないみたいに。「ふつうじゃないもの。断じてふつうじゃないわ。でもとにかく、学校が楽しくて何よりだわ」

「楽しくなんかないよ。いまもいったよね」バーナビーはいった。

「ほんとうによかったわ」

しかしけっきょく、バーナビーのグラベリング・アカデミーでの学校生活はいきなりおわった。つぎの水曜日の午後、くさったようなにおいと、べとべとの天井《てんじょう》と、あふれかえったゴミ箱と、たばこの焼けこげと、フーパーマン・ホール校長の口紅と、はがれかけの壁紙がいっしょくたになり、入ったばかりで見習い期間中《きかんちゅう》の生徒と終身刑《しゅうしんけい》のようにずっとここにいる生徒をわけている長い廊下《ろうか》の角で、自然発火《しぜんはっか》した。火は、おんぼろのカーペットの上を走り、次々に火花を生みながらドアの下から各教室のなかへと進み、バーナビーの教室にも入るとすぐに壁をのぼり、あらたな燃料《ねんりょう》を見つけてさらに勢《いきお》いを増《ま》して、どんどん燃え広がっていった。ほんの数分後には、フーパーマン・ホール校長も生徒たちも、悲鳴《ひめい》をあげながら窓《まど》から古いスチールの桟《さん》を引っこぬき、屋根《やね》に飛び下りて、雨どいをつたってなんとか地面におりた。

　ところが、バーナビーはまだいすにしばりつけられていた。だれも、バーナビーを助けなきゃなんて思いもしなかった。

「助けて！」バーナビーは叫びながら、しばられているひもを引っぱった。でも、引っぱれば引っぱるほど、きつくなってしまう。「助けて、だれか、助けて！」

　炎《ほのお》がどんどん大きくなってきて、教室の壁のうちひとつの面が、すっかり火につつまれてしまった。バーナビーは咳《せ》きこみはじめた。煙《けむり》で喉《のど》がつまって苦しい。涙《なみだ》がぽろぽろこぼれる。

「助けて！」バーナビーはまた叫んだ。でももう、声がほとんど出ない。ああ、これがぼくの最後の言葉になっちゃうのかもしれない。ぼくはここで死んで、二度と父さんにも母さんにもヘンリーにもメラニーにもキャプテンW・E・ジョーンズにも会えないんだ。最後にもう一度、手首と足首に巻いてあるロープを思いっきり引っぱった。でも、これっぽっちもゆるまない。バーナビーはうなだれて、ロープをはずすのはむりなんだとあきらめた。ここからのおそろしい数分間に、ありったけの勇気をふりしぼって立ち向かわなきゃいけない。いまさらだれかが助けにきてくれたところで、結び目がき

学校での災難

つすぎて、手でほどくのはむりだ。

そんな状況《じょうきょう》なので、たったひとり、バーナビーを助けにきてくれた人に手がなかったのはものすごくついていた。手ではなく、立派《りっぱ》なフックをもっていたから。

「バーナビー、じっとしてて」ライアムは叫んだ。げほげほ咳《せき》をしながらも結び目から目をはなさないようにして、フックの先っぽを使ってほどこうとしている。「引っぱらないで。よけいかたくなって、ほどけないよ」

バーナビーはいわれたとおりじっとしていた。すると間もなく、左の足首のしめつけがなくなったのを感じた。ふいに、左足が自由になった。それから、右足。そして、左腕《ひだりうで》、つぎに右腕。ライアムがやってくれた。結び目をほどいてくれた。

「あっ、待って」ライアムはいって、フックをバーナビーの足首に引っかけた。バーナビーが、天井のほうに浮いていきはじめたからだ。天井はもう、オレンジ色の炎の海だ。「ぼくの背中におぶさって、バーナビー。しっかりつかまってるんだよ」

バーナビーはいわれたとおりにした。ふたりの少年は窓のほうにむかい、そこから飛びだして、雨どいを伝って地面におりた。ものすごい勢いでドスッと落ちたので、からだがはずんだ。バーナビーはもう少しで、またふわふわ浮いてしまうところだった。でもライアムがすかさずつかまえて、しっかりおさえてくれた。

「ほら、くずれていく」バーナビーはいって、古い校舎を見あげた。炎につつまれて、燃え落ちていく。

「もう二度と開校できないだろうね」ライアムがいった。

ふたりの少年は顔を見合わせて、ニカーッと笑った。たぶん、バーナビー・ブロケットのいままでの人生で最高の日となった。

第五章　橋の上のマジシャン

二週間後、バーナビーはリビングのソファにひもでしばりつけられて、ロバート・ルイス・スティーヴンソンの『誘拐《ゆうかい》されて』を読んでいた。すると、エレノアが重たそうな包《つつ》みを引きずってきた。包みについているタグには、「バーナビーへ。エレノア・ブロケットより」と書いてある。

「ぼくに？」バーナビーは、びっくりして母親を見あげた。

「ええ。とくべつプレゼント。きっと気に入るわよ」

バーナビーが包み紙をはがすと、まあたらしいリュックサックが入っていた。バーナビーの小さなからだには少し大きすぎる。サイドの部分に、しっかりした肩ひもが二本、ぶら下がっている。

「学校用よ」エレノアはいった。友人たちに見つからない学校をさがすのはあきらめて、しぶしぶ地元の小学校に通わせることに決めていた。

「だけど、かばんならもうもってるよ」

「ええ。でもあれは、教科書をぜんぶ入れるためのものでしょう。これは、このあたらしいのは……えっと、とにかく、しょってみて。なんのためか、わかるから」

バーナビーはリュックを手にとろうとして、ひどくびっくりした。もちあがらない。「重たいよ。

石がつまってるみたいだ」

「だいじょうぶだから心配しないで」エレノアがいった。キャプテンW・E・ジョーンズが、ご主人のようすを見ようとリビングにのっそりあらわれた。「いいから、とにかくしょってみて。うまくいくかどうか、確かめたいの」

バーナビーは必死《ひっし》にリュックをもちあげ、やっとのことで片方の肩ひもに左の肩を通した。その瞬間《しゅんかん》、もう少しで引っくりかえりそうになったけど、どうにかこうにか右腕《みぎうで》も通すと、やっと全体のバランスがとれた。足が地面からふわっとはなれて浮きかけたけど、リュックの重みが勝ってすぐに地面にもどった。はいていた靴《くつ》がカーペットを踏《ふ》む音がして、ほっとする。

キャプテンW・E・ジョーンズは気に入らないらしく、ワンワンほえた。

「うまくいったわ!」エレノアは声をあげて、大喜びで手をたたいた。「お役所で砂袋《すなぶくろ》をいくつかもらってきたの。洪水《こうずい》が心配だからっていって。あなたの体重とバランスをとるためにふた袋入れてみたのよ。かんぺきじゃない?」

「だけど、こんなのしょってたら歩けないよ。肩が痛くて」バーナビーはもんくをいった。

「まあ、わがままいわないでちょうだい」

バーナビーは喜んでもらいたくて、いわれたとおりにした。でも、かんたんなことではない。最初の週のうちに、運ばれている荷物《にもつ》の重みのせいで肩に青あざができた。だけどだんだん肩が強くなってきて、それほど気にならなくなってきた。バーナビーが毎月少しずつ大きくなってくるので、そのたびにエレノアが砂を足し、また痛みとの戦いはふりだしにもどる。ところがどういうわけか、バーナビーは地面にむりやりとどまると必ず、耳が少し痛くなった。

教室では、バーナビーは足首を手錠《てじょう》でいすにつながれていて、両手とからだは自由に動かせるようになっていた。首相とかミノーグ姉妹〔訳註：歌手で女優のカイリー・ミノーグとダニー・ミノーグ〕みたいなたいせつなお客がたまたま学校訪問《ほうもん》にくるといけないからだ。学校も、アリスターとエレノアとおなじで、まわりから浮いている生徒がいるのを自慢《じまん》にはしたがらなかった。

バーナビーが悲しいのはひとつだけ、友だちのライアム・マゴナガルとおなじ学校に通えなくなったことだ。ライアムは、お父さんがコンピュータ関連のアクセサリをデザインする仕事をインドで引きうけたので、家族でそちらに引っ越してしまい、連絡《れんらく》がとれなくなった。親友でも、ときどきあることだ。

一年がすぎ、また一年がすぎ、それからさらに二年がすぎた。バーナビーは八歳になった。まだヘンリーの部屋《へや》の二段ベッドの下の段で寝《ね》ていて、だんだん増《ふ》えていく本を入れておくために本箱《ほんばこ》のいちばん上の段を使わせてもらっていた。そうすれば、好きなだけ天井《てんじょう》の近くをふわふわ浮きながら、本の位置をいろいろかえられる。『三銃士《さんじゅうし》』のシリーズをぜんぶ一か所にまとめたり、たいせつにしている孤児《こじ》もののコレクション、『オリバー・ツイスト』と『サイダーハウス・ルール』と『ジェーン・エア』をいちばんとりやすい場所においたりした。

バーナビー・ブロケットは、孤児にとくべつな思い入れがあった。

そんなある晴れた二月の朝、担任《たんにん》のペルフォード先生が生徒たちに、これから特別《とくべつ》課外授業《かがいじゅぎょう》に出かけますといった。

「シドニーでいちばん有名な観光地《かんこうち》はどこでしょう？」先生はたずねて、教室を見わたした。いっせいに上がるはずだった手が、ひとつも上がらない。「じゃあキャサリン・フラワーズ」

「ウエストフィールド・ショッピングセンターですか？」キャサリンは肩をすくめながらいった。

「何をふざけている？」先生はぴしゃりといった。「ばかなことをいうな。マーカス・フット、シドニーでいちばん有名な観光地は？」

「オペラハウスです」マーカスは答えた。前にオペラハウスでお芝居《しばい》を観《み》たことがあり、それ以来そのおなじ舞台《ぶたい》に立ってシェイクスピア劇《げき》の主役をやるのが夢だ。できれば、白タイツをはいて剣をもっている役がいい。マーカスは変わり者で、タイツをはいて剣をふりまわしながらはねまわる以上にすてきなことなんて人生にないと考えていた。

「そうだな。ただし、先生が考えていたのはべつの場所だ。さあ、だれかほかにいないか？　頭のなかに脳《のう》みそがある生徒は？」

「万里《ばんり》の長城《ちょうじょう》」リチャード・レストランジがいった。

「ナイアガラの滝《たき》」エミリー・パイパーがいった。

「ビッグベン」ふたごのミケルソン姉妹、エイミーとエーメがいった。

「いいかげんにしなさい」先生は、あきれたというふうに両手を投げだした。「ハーバーブリッジに決まっているじゃないか。おどろくべき工学《こうがく》技術《ぎじゅつ》の結晶《けっしょう》にして、いちおう付け加えておくと、ジーナ・ルウエリンが七年前の雨が降る七月の午後に、デイヴィッド・ペルフォードの二番目の妻になることを決めた場所だ」

子どもたちは、うたがわしそうな顔をした。ペルフォード先生が結婚《けっこん》を申しこんでその気になった女の人が、ひとりどころかふたりもいるなんて。

「そして、特別課外授業として今日の午後、全員で観光客とおなじように橋のアーチの頂上《ちょうじょう》までのぼる予約をとってある。そう、きみもだよ、スティーヴン・ヘブデン。持病《じびょう》のめまいのことは、ききたくない」

いつもとちがうことができるので、子どもたちは大よろこびで外に出て、待機《たいき》していたバスに乗った。それからの短い乗車時間のあいだ、バーナビーはバスの天井から、ほかの子どもたちがマンガを読んだりハンカチに包んだものを調べたりiPodをきいたりするのをながめていた。ああ、ほんとうだったらぼくも、みんなといっしょにあの席にすわれるはずなのになあ。

ハーバーブリッジに着くと、大学生のガイドが待っていた。ダレンという名前で（「ダズって呼んでくれ」）、ぼさぼさのブロンドに日に焼《や》けた顔をして、バーナビーが見たこともないほど歯が白かった。

「おはよう、クライマーたち！」ダズは叫《さけ》んだ。こんな幸せはいままでなかった、みたいな顔で。「みんな、シドニーを上から見下ろす準備《じゅんび》はできてるかな？」

子どもたちから、不満そうな声がいくつかあがった。ダズはそれを準備ＯＫのしるしと受けとったらしい。両手をたたいて、「よし、じゃあ、行くぞ！」と、やけに興奮《こうふん》した声でいった。たしかにクラスのなかには、目の前に堂々とした橋があらわれるとはしゃぎだす子もいた。ほとんどの子たちは、親の運転する車で何百回も橋をわたったことがあったけれど、ちゃんと見たことは一度もなかったからだ。そして、数少ない観察力《かんさつりょく》のある子たちは、橋の美しさに感動していた。

「もちろん、ふつうの服ではのぼれない」ダズは、子どもたちを特別な部屋に連れていった。グレーとブルーのジャンプスーツがずらっと用意されていて、帽子《ぼうし》とフリースとレインジャケットと特製《とくせい》クライミングシューズと妙《みょう》な形のケーブルの束《たば》もあった。「それなりのかっこうをしなくちゃな」

子どもたちは着替《きが》えた。みんな、すてきなあたらしい装備《そうび》につつまれてはしゃいでいる。女の子たちは、とくべつに用意されたシュシュで髪《かみ》をひとまとめにして、顔にかからないようにした。「上はかなり風が強いからね」ダズはうれしそうに笑った。まるで、風に吹き飛ばされて湾《わん》のなかに落ちるかもしれないなんてめちゃくちゃ愉快《ゆかい》だ、というように。「そして、ひとりも落ちてはほしくないだろう？　二度とごめんだ、これがぼくのモットーさ！　さて、のんできた子はいるかな？」

　子どもたちはぽかんとして顔を見合わせた。マーカス・フットがおずおずと手をあげた。「バスのなかでブラックカラントジュースをのみました」マーカスは不安そうにいった。「だけど、トイレのことを心配してるなら、もう行ってきました」

「ぼく、もう四回も行ってます」スティーヴン・ヘブデンがいった。橋をのぼらなくてすむ言いわけを必死でさがしている。

「ソフトドリンクのことじゃない」ダズは笑った。「酒だよ！　飲酒したら橋をのぼらせるわけにはいかないんだ。全員にアルコール呼気検査《こきけんさ》を受けてもらわなきゃいけない」

「おいおい」ペルフォード先生が声をあげた。一瞬《いっしゅん》、自分が検査に通らないんじゃないかと心配になったからだ。「この子たちはまだ八歳だよ」

「規定《きてい》ですから」ダズはいって、ひとりひとりにチューブのなかに息を吐《は》かせ、指数《しすう》をチェックした。「呼気チェックをしないままのぼらせたら、ぼくは失業《しつぎょう》しちゃうからね」

　十分後、全員しらふなのがはっきりすると、たくさんのコードやワイヤーを複雑《ふくざつ》な方法でジャンプスーツにとりつけてもらい、子どもたちは鉄の階段《かいだん》のほうへと連れていかれた。外に出た瞬間、バーナビーは浮きはじめた。ジャンプスーツと装備の重みで、ほんのちょっとだったけれど、ダズはあわててバーナビーの足首をつかんで、引っぱりおろした。

「いったいどこへ行くつもりだ？」ダズは、バーナビーをびっくりした顔で見つめた。

「しょうがないんだよ。ぼく、浮いちゃうんだ」

「おおっ、そりゃイケてる！」ダズは叫んだ。めったにいない、ちがうことをおそれるよりおもしろがるタイプの人間だ。ダズはバーナビーをしっかりおさえながら、子どもたちを全員、ずらっと縦《たて》に一列《いちれつ》に並《なら》べた。それから、子どもたちのジャンプスーツの固定用ベルトを、橋の内側を通っているポールに通した。

「ほんとうは、きみたちみたいな小さい子どもをのぼらせちゃいけないんだ」ダズは、もうすぐ出発というときにいった。「だけど今日は、すごく特別な日だからね」

「なんで？」ジョージ・ジョーンズがたずねた。いつもお腹《なか》が張《は》っていることで有名だ。じっさいこのあと、そのうわさを自分で証明《しょうめい》することになる。

「まあ、見てなって」ダズはジョージにウインクしてみせた。「ぼくを、橋の上のマジシャンだと思ってくれ。そのうちぜんぶ、わかるから」

子どもたちは橋のアーチをのぼりはじめた。しっかりつながれているので、バーナビーもおさえてもらわなくても歩ける。

「いまなら、ぼくたちとおんなじだね」フィリップ・ウエンズレーデールが、バーナビーにむかってニヤッとした。

「うん」バーナビーは答えた。ぎゅっと顔をしかめているので、両方の眉《まゆ》のあいだに小さな縦線がくっきり見える。「うん、そうみたいだね」

ところが、自分でもびっくりだけど、バーナビーはほかのみんなとおなじなのがうれしくなかった。なんだか、自分じゃない人のふりをしてるみたいだ。

子どもたちは、どんどんのぼっていった。ジーニー・ジェンキンズという女の子が、国歌『進め美しのオーストラリア』をにぎやかにアレンジして合唱《がっしょう》しようとしたけれど、だれもいっしょにうたわないので、一番だけでやめてしまった。ドナルド・サトクリフと天敵《てんてき》のジェイムズ・カルサーズはぴったりくっついて向かいあい、飼《か》っている犬の話をはじめた。どちらもキングチャールズ・スパニエルを飼ってるとわかると、これまで何年も相手にしてきたひどい仕打ちをあっという間に忘れて、あらたな友情をはぐくみはじめた。ケイティ・リンチというがり勉の女の子は、頭のなかで詩を暗唱《あんしょう》していた。「コーニー」とみんなに呼ばれているコーネリアス・ヘイスティングスは、横に広がる景色《けしき》をながめては目に入る建物《たてもの》を片っぱしから指さして、おどろきの声をあげながら、何度も「カメラ持ってくればよかった」とくりかえしていた。とうとう、すぐうしろを歩いていたリーサ・ファラガーが、それ以上いったらなぐるわよといって脅《おど》した。ディラン・コッターは何段あるか数えていた。ジーン・キャヴァナは自分の髪の毛で遊んでいた。アン・グリフィンは、となりに住んでいる男がこの前亡《な》くなった奥さんを殺したんじゃないかと考えて、地上にもどったら調査《ちょうさ》を始めようと決心した。つまり、だれもがそれぞれのことをせっせとやりながら、ハーバーブリッジのアーチをのぼっていった。

一時間くらいで、てっぺんに到着《とうちゃく》した。みんな、きょろきょろして、目の前に広がる街《まち》を見おろした。ものすごいながめだ。遠くで熱気球《ねつききゅう》が、街のむこうの緑地帯《りょくちたい》に着地しようとしている。バーナビーには、乗っていたふたりの人が喜んでとんだりはねたりしてるのが見えた。真下では、シドニーのはしからはしへのびている道路を車が行きかっている。エンジンの音がうるさくて、スティーヴン・ヘブデンの叫び声とジョージ・ジョーンズのおならの音がかき消された。右手は、はるか向こうのコッカートゥー島まで見わたせそうだ。バーナビーが左を向くと、オペラハウスの白いタイルと、シドニーっ子たちを乗せたフェリーがサーキュラーキーからその向こうの湾や入り江《いえ》へと走るのが見えた。

橋の上に立っていると、シドニーがほんとうに世界でいちばんすばらしい街だってことがわかる。バーナビーは、ここ以外の場所に住もうなんて考える人はどうかしてると思った。

はじめた。

「さてと、おりよう」みんなが何枚か写真を撮《と》ってからダズがいうと、全員が回れ右をして段をおりはじめた。

半分くらいおりたところで、バーナビーは橋の入口のテラスに人がいっぱい集まっているのに気づいた。さらに近づくと、衛星放送用《えいせいほうそうよう》のアンテナをのせた中継車《ちゅうけいしゃ》が通りに何台もとまっているのがわかる。たくさんのカメラマンが、ハーバービューホテルのベランダから写真を撮っている。

「なんかあるの？」ルーシー・ハニーフィールドがたずねた。

「特別な日だっていっただろう」ダズはにっこりしただけで、それ以上は教えてくれなかった。いちばん下に到着すると、両側に人がずらっと並んで出迎《でむか》えてくれている。ロッド・レーバー・アリーナでのテニスの試合のとき、選手の入場をむかえるボールボーイみたいに、二列で立っている。

「九百九十九万九千九百九十七」全員が声を合わせて（たいへんそうだ）叫んだ。デニス・ピールが、列のあいだを通りぬけて、橋につながっていたジャンプスーツのフックをはずしたときだ。

「九百九十九万九千九百九十八」つぎは、エミリー・パイパーのとき。

「九百九十九万九千九百九十九」ジェニー・ジェンキンズが通ると、みんなの興奮が高まった。

そして……。

「一千万！」叫び声がしたとき、バーナビー・ブロケットがいちばん下の段におりた。カメラマンがどっと押し寄せてきて、レポーターがいい場所を確保《かくほ》しようと先を争ってくる。

「ぼく、お名前は？」ストライプのツイードのスーツを着た中年の男の人が、バーナビーにマイクをつきつけた。マイクには〝チャンネル９ニュース〟と書いてある四角いものがついている。

「バーナビー・ブロケットです」バーナビーはいった。

「シドニー・ハーバーブリッジにのぼった一千万人目になった感想は？」

9,999,994……
9,999,995……
9,999,996……

バーナビーは注目を浴《あ》びて面食《めんく》らい、きょろきょろした。ダズがやってきて、バーナビーのチェーンをはずすと、浮かないうちに肩車《かたぐるま》をして、建物のなかに連れていった。そこでは記者会見が始まろうとしていた。ダズはバーナビーをいすにすわらせた。となりには、ものすごく年とった人がすわっていて、手をバーナビーのひざの上にぽんと置《お》き、そのままぎゅっと押しつけて、顔をくしゃくしゃにしてのぞきこんできた。

「わしは、最後の生き残りだ」おじいさんがいった。

「生き残りって、なんのですか？」バーナビーはきいた。

「橋をつくった。もちろん、ひとりでではない。だが、それに近い」

そういうなり、おじいさんが手をはなしたので、バーナビーは浮きはじめ、天井まであがって止まった。部屋のなかがいきなり、カメラのフラッシュとテレビカメラのライトでまぶしくなる。

「すごい！」記者たちは叫んだ。

「ふつうじゃない！」

「ひどいわ！　ひどすぎる！」

最後の叫び声は、記者会見場にいる人ではなく、その日の夜、テレビでニュースを見ていたエレノアがあげたものだ。

「みんな、変な子だと思ってるわ。みんな、わたしたち全員変だと思ってるわ！」エレノアは絶望《ぜつぼう》してアリスターのほうを見た。正面の窓《まど》の外に目をやると、夕方から集まってきた中継車が何台もとまっている。「うちの家族をさらし者にして！　こんな恥《は》ずかしいこと、たえられないわ」

「まったく、なんてことをしてくれたんだ」アリスターがきびしい声でいい、バーナビーにむかって指を振った。バーナビーは、天井にはってあるデビッド・ジョーンズのマットレスに押しつけられている。「よくもこんな注目を集めてくれたな。どういうつもりだ？　何度いったらわかるんだ？」

「だけど、ぼくのせいじゃないよ」バーナビーは反論《はんろん》した。

「いや、いつだっておまえのせいだ」アリスターがきっぱりいった。「わたしは職場《しょくば》にいたんだ。バーナビー、職場だぞ！　そうしたら、おまえのふざけたようすがテレビにうつった。わたしがどんな思いをしたか、おまえにわかるか？　みんながこちらを見た。わたしのうわさをしてるんだ。かげでいろいろいってるんだぞ」

「ごめんなさい」バーナビーはいった。目に涙《なみだ》がたまってくる。

「あやまってなんになる？」アリスターは向こうをむいてすわると、両手に顔をうずめた。「わたしの望みはただ、ふつうの生活がしたいということだけだった。ふつうの家族と、ふつうの子どもたちと。なのにおまえのせいで、何もかも台なしだ」

エレノアはアリスターを見つめた。夫の怒《いか》りはよくわかる。自分もおなじように感じていたから。バーナビーをじっと見あげて、鼻からふーっと息を吐いた。ドラゴンがいまにもだらしない村人たちを焼きつくそうとしているときのように。そして、怒り狂《くる》ってどなりだした。

「もう一秒だってがまんできないわ」エレノアはきっぱりいった。「八年といったら、八年よ。長すぎるわ。人とちがう息子なんて、いりません。バーナビー、わかってるの？　なんとかしなきゃいけないわ。あなたがふつうにならないんだったら……そのときは……そのときは……」エレノアはその先を考えた。どうやってつづけようかと。「あなたのわがままには、もうこれっきり、つきあうつもりはありません」

第六章
ミセス・マクォーリーズ・チェアで起きたおそろしいできごと

一週間くらいするとやっと、記者もレポーターもブロケット家の外にすわりこむのにあきて、ほかにつきまとう人をさがしにいってしまった。エレノアは、そのあいだずっと外に出ようともしないで、家のなかに暗くとじこもり、ほとんど口もきかずに、バーナビーへの怒《いか》りをどんどん高めていった。アリスターは、仕事を二、三日休んだ。人生初だ。ふつうの人は病欠などしないというのが持論《じろん》だから。ふつうの人は週に五日、九時から五時まではたらき、はたらいたぶんだけのお給料をもらうものだ、と。そしてついに、あるどんよりとした木曜日の夕方、ふたりはキッチンにすわってドアをぴったり閉めた。ヘンリーとメラニーはそれぞれの部屋《へや》にいかされた。バーナビーは、リビングの天井《てんじょう》のマットレスのところで浮きっぱなしだ。キャプテンW・E・ジョーンズまで、庭に出された。すでにりんごの木の下のかくれた場所で用を足してあったから、いまのところはほかに用もなかったのに。

最初に口をひらいたのは、エレノアだった。アリスターに、最近浮かんだ考えを話した（ほんとうは、最近どころではない。八年前、病院からタクシーでもどってくるときに浮かんでいた考えだけど、それはみとめたくなかった）。

アリスターは、エレノアの考えのいい点をみとめた上で、いくつかちがう提案《ていあん》をした。

エレノアもその提案に賛成し、また少しあたらしい意見をいった。そのうちひとつは、おもしろいだけで必要ないと判断して、不採用になった。

アリスターが最後にひとつ提案をつけくわえると、エレノアはいそいでキッチンの引き出しのところに行き、いつもの場所にいちばんよく切れるスチールのはさみがあるのを確かめた。

「ここにあるわ」エレノアははさみを手にとり、窓《まど》からさしこむ夕日にかざして、きらりと光る刃《は》を満足そうにながめた。

こうして、ふたりのおそろしい考えがまとまった。

「本気なのね？」エレノアがたずねる。

「きみが本気なら」アリスターがいう。

「本気よ」エレノアはきっぱりいった。「百パーセント、本気」

「もう引き返せないぞ。いいな？」

「アリスター、責任があるのは、本人以外のだれでもないのよ。あなたは、自分の両親をこんなひどい目に合わせたことがある？　わたしもそんなことしたことある？」

「ここで握手《あくしゅ》すべきかな」アリスターは手をのばした。

「それはどうかしら」エレノアは、陳腐《ちんぷ》なことをするのは気が進まなかった。「裏社会《うらしゃかい》の犯罪者じゃないんだから」

つぎの日は、朝から日の光がふりそそぎ、赤い目をしたオニカッコウが六羽、ブロケット家の庭に仮り住まいの巣《す》をつくっていた。キャプテンW・E・ジョーンズはそれがおもしろくなくて、古代ローマ全盛期《ぜんせいき》の百人隊長《ひゃくにんたいちょう》以来お目にかかれなかったようないばりくさったようすで、自分のなわばりを守っていた。家族はいつものようにキッチンに集まり、朝食をおえた。子どもたちは元気いっぱいだったけれど、エレノアとアリスターはいつになく静かだ。

「バーナビー、制服《せいふく》着ないの？」メラニーが、天井を見あげた。「今日は学校にもどるんじゃなかった？」

「いいえ、今日じゃないの。ちがうわ」エレノアが答える。

「だけど、レポーターはもういなくなったわよ。これ以上家のなかに引きこもってたら、頭がぼけぼけになっちゃう」

「決めるのはわたしたちだ。おまえじゃない」アリスターがいった。

「そうよ、わたしたちはもう決めたの」エレノアが、アリスターをキッとにらんだ。今朝になって気持ちがにぶったりしてないことを確かめるために。「そうよね？」

「そうだ」アリスターが答える。「人生でこれほど最良の決意をしたことがないと自信をもっていえる」

「なんか、ちょっと大げさじゃないの？」メラニーは、びっくりした顔で父親を見つめた。「もう一日、バーナビーを休ませるだけのことなのに」

「ぼくのクラスは全員、バーナビーのことをすごいっていってるよ」ヘンリーが、トーストをもう一枚とろうと手をのばした。これで今朝は七枚目だ。八枚までいけるかな、と考えている。「ぼくも浮けるのかって、きかれる」

「ほらね」エレノアは自分の予言がひとつ当たったのがうれしくて、勝ち誇《ほこ》った。それが長男を困《こま》らせるようなことであっても。「いじめられてるの？」

「まさか。どこ見ていってるんだよ？」たしかに、ヘンリーのいうとおりだ。十五歳になったヘンリーは、スポーツ万能《ばんのう》で、クラスメートにいじめられるタイプにはとても見えない。ママレードをこれだけ塗《ぬ》りたくっても、筋肉《きんにく》には影響《えいきょう》しなさそうだ。「だいたい、バーナビーみたいに浮くと思われたところで、ぼくが気にするとでも？　人にどう思われるかなんて、関係ないよ」

「いや、大いに関係ある」アリスターが、いら立ちをこめたため息をつきながらコーヒーを置《お》き、バーナビーが落とした『二都物語《にとものがたり》』を拾ってもち主に手わたした。「おまえ、人にうわさされたいのか？　おまえが、えっと、そうだな……おたんこなすだというふうに。または、あんぽんたんとか？　事実でもないのに」

　メラニーはくすくす笑った。自分の兄が、おたんこなすとかあんぽんたんとか考えると、おもしろくてしょうがない。キャプテンＷ・Ｅ・ジョーンズまで、大喜びでほえながら、お腹《なか》を上にして転がり、脚《あし》をばたつかせた。

「好きにいえばいいさ」ヘンリーは、あっさりいった。「ぼけなすでも、うどの大木でも、なんとでも」

「本気でいってるのか？」アリスターは前のめりになって、知らない人間を見るように長男を見つめた。「本気で、おまえの弟のおそろしい秘密《ひみつ》を友だちに知られても、まったく気にならないといっているのか？」

　ヘンリーは、ちょっと考えてから答えた。「うん」首を縦《たて》にふる。「本気でいってる」

「たとえ友だちのほとんどに、おまえ自身も浮くのをおさえこんでいると思われてもか？」

「たぶんそうかもね」ヘンリーは肩をすくめた。「いままではとくに浮きたいと思ったことはないけど、わかんないよ。その気になって、条件《じょうけん》が整《ととの》えば……」

「ヘンリー、あなた、わざといやがらせをいってるの？」エレノアが、ほとほとうんざりというふうにコーヒーを置いた。

「ほんとうのことをいってるだけだよ。バーナビーが浮いてても、ぼくはなんとも思ってない。思ったこともない。ついてるな、バーナビー。そう思ってるよ」ヘンリーはたまにとんでもなくムカつくけど、やっぱり、勇気があって正々堂々としてる。

「あたしも」メラニーが、誇らしそうに兄を見つめた。

「もう仕事に行かなければ」アリスターは立ちあがり、あきらめたような顔で子どもたちを見つめた。「ときどき、どこでまちがったんだろうと思うことがある。エレノア、わたしたちはどこでまちがったんだろうね」アリスターはかがみこんで、妻のほっぺたにキスをした。ふたりはしばらく、意味ありげに見つめあった。「ほんとうに今日はいっしょにいなくていいんだね？」アリスターは小さい声でいった。

「たぶん、ひとりのほうがやりやすいわ」エレノアは、カップの底《そこ》に残ったコーヒーを見つめた。

「そうか、わかった」

「ひとりのほうが何をやりやすいの？」メラニーがたずねる。

「なんでもない」アリスターは、ブリーフケースに手をのばした。「じゃあ、いってくる。また今夜」アリスターはバーナビーのほうを見あげて、一瞬《いっしゅん》ためらった。目を合わせられない。「元気で」そういってから向きをかえて、深くうなだれて仕事に出かけていった。まるで心のどこかで、とんでもなく残酷《ざんこく》な恥《は》ずべきことをしてしまったと気づいているみたいに。

「もう学校に行ってもいいんじゃないかなあ」ヘンリーとメラニーがそのあとすぐに出かけると、バーナビーはいった。キャプテンW・E・ジョーンズも庭で、恐《おそ》れを知らないリスを追いかけている。ちょっとひと息つこうとこの家の庭に立ち寄るなんて、とんでもない。ここはひとつ、礼儀《れいぎ》というものを教えてやらねばならない。「一日じゅう天井で過ごしたくないよ」

「今日は散歩に出かけようかと思って」エレノアがいう。「なんといっても、こんなに気持ちのいい日だもの。それにあなたもわたしも、一週間以上家に閉じこもっていたし。どう？　いい考えだと思わない？」

「ひもでつなぐつもりじゃないよね？」バーナビーがたずねた。

「選んでいいわよ。ひもか、砂袋《すなぶくろ》か」

バーナビーはしばらく考えた。「砂袋にする」

雲ひとつない青空の下、エレノアとバーナビーとキャプテンW・E・ジョーンズはそろって出かけた。キャプテンは、茂みや生け垣《いがき》を通りかかるたびに鼻をくんくんさせ、夜のうちに知らない犬がいやがらせのためにわざとにおいを残していってないか、確かめた。ふたりと一匹は、港を見わたせる家が立ち並《なら》ぶ南のほうに歩き、それからハーバーブリッジにむかった。バーナビーは、橋の最北端《さいほくたん》に立つ二本の旗を見あげた。オーストラリア国旗《こっき》と、アボリジニの旗《はた》だ。つい一週間ほど前、自分があの真下にいたなんて信じられない。ブルーとグレーのジャンプスーツを着た人たちが一列でアーチをのぼっていくのが小さく見える。もしかして、あの人たちをてっぺんまでガイドしてるのは、ダズかな。

「また橋にのぼるんじゃないよね？」バーナビーがたずねると、エレノアは首を横に振《ふ》った。

「まさか。ありえない。あの橋にはもう一生ぶんの恥をかかされたでしょう？　ああ、おそろしい。あんな橋、とりこわせばいいんだわ」

「だって、そんなことしたら、シドニーのこっちとあっちを行き来できなくなっちゃうよ」

「つくる前は百年ものあいだ、それでなんとかやってたのよ。どうにかするでしょうよ」

バーナビーはすでに、ちょっとつかれてきていた。砂袋入りリュックを背負うのは十日ぶりだから、肩にずっしりくる。それに、耳がまた痛くなってきた。むりやり地上にいるといつもだ。

「のぼらないなら、どこ行くの？」バーナビーはたずねた。ふたりと一匹は、左手にある階段《かいだん》をのぼって、湾《わん》にむかってのびている長い遊歩道《ゆうほどう》におりた。

「ちょっと運動するだけよ」エレノアは答えた。「オペラハウスまで行ったら引き返して、植物園に行きましょう。ああ、もう三年も行ってないわ。前はお父さんがしょっちゅう連れていってくれたのに。まだ若くて、いまみたいに悩《なや》みがたくさんなかったころよ」

　バーナビーは、たくさんの悩みリストのトップは自分だとわかっていたので、口をつぐんでいた。歩きながら港のほうを見つめて、喉《のど》がかわいたな、水をもってくればよかった、と思っていた。もう少しで歩道のむこう側に着くというとき、エレノアは立ちどまってしゃがみ、靴《くつ》ひもを結びなおした。バーナビーが左を向くと、グレンモアホテルの屋上《おくじょう》のテラスに並《なら》んだテーブルにパラソルが立っているのが見えた。あそこに家族ですわってお昼を食べたらどんな感じだろう。パラソルの下に浮かんでるんじゃなくて。そのとき、エレノアが立ちあがると、ポケットから重たそうなものが落ちた。スチールの歩道に、ガチャンという音がひびく。エレノアはあわててそれを拾った。

「ん？　何？」バーナビーが振りかえると、エレノアの手に金属《きんぞく》のようなものが光っていた。

「あら、いやだ」エレノアは、家を出たときからずっとポケットに入れてあったキッチンばさみを見せた。「さっき使ってポケットに入れたまま、引き出しにもどすのを忘れていたわ」

「あぶないよ」

「ほんとうね。でも、だいじょうぶ。気をつけるから」

「ワン」キャプテンW・E・ジョーンズがほえた。あやしいことがあると、すぐに気づく。「ワン、ワン、ワン、ワン！」

「ちょっと、静かになさい」エレノアがキャプテンのリードを引っぱった。

階段をおりてロックス地区に出ると、ふたりと一匹は朝のコーヒーを飲んでいる人たちのあいだをぬって、フェリー乗り場があるサーキュラーキーのほうに向かって急な階段をおりた。途中でバーナビーはちょっと立ちどまった。アボリジニのおじいさんが埠頭《ふとう》の入口の前でディジュリドゥ〔訳註：オーストラリア大陸の先住民アボリジニの楽器〕を吹いていたからだ。

「バーナビー、早く」エレノアがいらいらしていった。

「演奏《えんそう》、ききたいんだ」

「時間がないのよ。早くしてちょうだい」

バーナビーがため息をついて向きなおろうとしたとき、おじいさんが演奏をおえた。ふたりは言葉は交《か》わさなかったけれど、目が合った。バーナビーは、落ち着かない気持ちになった。今日はなんだか、どこかがおかしい。

オペラハウスの前まで来ると、しばらく立ちどまって、観光客が階段をのぼりおりしながら写真を撮《と》っているのをながめた。バーナビーは前から、この建物《たてもの》のデザインにひかれていた。広い海に出《しゅっ》航《こう》しようとしているヨットを思いだす。「ここで何回くらい、オペラ観《み》たことある？」

「あら、一度もないわ」エレノアはいった。「いまどき、オペラなんか行く人はいないわ。ふつうじゃないもの。芸術に触《ふ》れたくなったら、ふつうの人とおなじようにテレビで『マスターシェフ天才料理人バトル』を観るわ。さあ、早く、どんどん行きましょう」

そのまま歩くと、植物園の前に出て、大きな鉄の門をくぐった。あまり人気《ひとけ》がなく、ベビーカーに赤《あか》ん坊《ぼう》を乗せたお母さんが数人いるだけだ。角にアイスクリームを売るワゴン車がとまっていて、若い女の子がすわっているのが車の窓ごしに見える。夢中で本を読んでいるけれど、たまにお客が来ないかと顔をあげる。

「完ぺきだわ」エレノアは、静かなのがうれしそうだ。

「なんかつかれてきちゃった。ちょっと休まない？」バーナビーはいった。

「まだよ。入《い》り江《え》をぐるっとまわってから、ぜったいに休憩《きゅうけい》するから」

植物園の真ん中を通る道に出ると、バーナビーはウールームールー湾を見わたした。朝の光に水がきらめいて、海面に虹色《にじいろ》の光がはねている。コインの水切りみたいだ。もう海に出ているヨットもちらほら見える。あ、あのヨットは、家族づれだ。お母さんとお父さんと子どもたちがいっしょに、楽しい朝のひとときを過ごしている。グレンモアホテルの屋上で見たのとおなじ。家族全員、幸せそうだ。だれも、子どものことで恥ずかしい思いなんかしていない。

「まだずっと先？」バーナビーは、さらに十分くらいしてからたずねた。でも、エレノアは何もいわずにずんずんと、ひそかに闘志《とうし》を燃やす競歩《きょうほ》の選手みたいに歩きつづける。

「さ、休憩にしましょう」やっとエレノアがいうと、バーナビーは、台座《だいざ》がある大きな岩の上にたおれこんだ。キャプテンW・E・ジョーンズは、やたら大きいうめき声をあげながらバーナビーの足元にすわりこみ、はあはあ息をしはじめた。「着いたわ」

「着いたって？」バーナビーは、あたりを見まわした。

「ミセス・マクォーリーの椅子《チェア》よ。学校で習ったでしょう？」

「ううん」

「ありえない」エレノアはため息をついた。「近ごろの学校は何を教えているのかしら？　自分たちの歴史の一部なのに」

バーナビーは肩をすくめた。「その日、休んだのかも。もしかしたら、家から出られなかった日かもね」

「言いわけなんて、いくらでもあるわ。だいたい、あの先生がもう少ししっかりしていたら、あなたたちをこういうところに連れてきたはずよ。むりやり橋をのぼりおりさせて、あげくの果てに顔が新聞に載《の》ることになるなんて。ここはね、オーストラリアが始まった場所なの。すべてはここから始まったのよ。わたしたちはみんな、ここから来たの」エレノアは海のほうをながめて、深く息を吸いこんだ。まるで、遠く太平洋のにおいのなかに、過ぎ去った時代や生活の思い出が流れているみたいに。

「二百年前のことよ」エレノアは語り始めた。「ニューサウスウエールズ総督《そうとく》のラクラン・マクォーリーが、この近くに住んでいたの。奥さんのエリザベスは毎朝ここを散歩するのが好きで、イギリスから来る船をながめていたの。いつもここにすわっていたのよ。ちょうどあなたがいま、すわっている岩の上。毎日欠かさず、船をながめていたの。その総督の奥さんの名前にちなんで、この場所はミセス・マクォーリーズ・チェアという名前になったのよ」

バーナビーは立ちあがって、うしろを振り返ってみた。幽霊《ゆうれい》の席をとっちゃったんじゃないかと心配になったからだ。

「当時は、イギリスから囚人《しゅうじん》がここに移送《いそう》されてきたものよ」エレノアはつづけていった。「そのことは知っているでしょう?」

「あ、うん」歴史《れきし》の授業《じゅぎょう》でそれくらいは習った。

「その船には、大人《おとな》だけでなく、子どもも乗っていたの。まだ小さい子もいたのよ。あなたとおなじくらいの子もね。太平洋を長いこと旅してきて、このオーストラリアであたらしい生活を始めたの。その先どんなことが待ってるかわからないけれど、できるだけの努力をして、強く生きていったの」

バーナビーは想像してみた。自分みたいな八歳の男の子がある朝、船の上で目を覚ましたらシドニー湾が見えてくるのが、どんな気持ちか。このあたらしい大陸《たいりく》でどんな生活が待ってるかもわからないのに。

「最初はこわかったかもしれないけど……」エレノアは、バーナビーに近づいてきた。「そのうち、子どもたちは、起きたことにはすべて理由があると気づいた。知らない世界にふらっと入っていったら、そこに幸せが待っているかもしれない。もしかしたら、いままでよりずっと幸せになれるかもしれない」

バーナビーは海を見つめたまま、口をつぐんでいた。お腹が鳴《な》ったので、公園の角にとまってたワゴン車のアイスクリームを買ってくれるか、きいてみようと思った。そのとき、ふいにビリビリという音がして、そのあと「シューーッ」という音がつづいた。ヘビが攻撃《こうげき》する前にたてるような音だ。

ビリビリは、エレノアのはさみの音だった。バーナビーのしょっている砂袋入りのリュックの底を切って穴をあけている。

シューーッというのは、ゆっくりとこぼれ落ちていく砂の音だ。砂は、地面にピラミッドを作っていく。

バーナビーはわけがわからなくて、足元を見てから、母親のほうを見た。エレノアは首を横に振りながら、バーナビーと目を合わせようとしない。

「バーナビー、ごめんなさい」エレノアはいった。「でも、こうするのがいちばんなの。海のむこうには、すばらしい世界が広がっているわ。あなたも、昔の移住者《いじゅうしゃ》みたいになれるはずよ。どこかで幸せが見つかるわ。きっとそうよ」

バーナビーはあっけにとられていた。砂はどんどん袋からこぼれおちていく（まるで人間砂時計《すなどけい》だ）。キャプテンW・E・ジョーンズははねまわりながら、鼻を一瞬、砂のなかにつっこんで、それからあせってご主人を見あげた。バーナビーの足はもう、地面から少し浮きあがっている。

「母さん！」バーナビーは叫《さけ》んだ。「母さん！　たすけて！　浮いちゃうよ！　キャプテンＷ・Ｅ・ジョーンズ、たすけて！」

「バーナビー、ごめんなさい」エレノアはもう一度いった。声が喉《のど》につかえて少しかすれている。

「ほんとうに、ごめんね」

キャプテンＷ・Ｅ・ジョーンズはほえながらぐるぐる走りまわり、それからぴょんぴょんはねて、どんどん上に浮いていくバーナビーの足を口でくわえようとした。だけど、もう間に合わない。砂袋はもう、ほとんど空っぽで、バーナビーはどんどん空にむかって浮いていく。

「母さん！」バーナビーは、木のてっぺんと並ぶくらいまできたとき、最後にもう一度叫んだ。「たすけて！　お願いだから！　もう浮かないようにがんばるから！」

「バーナビー、もう遅《おそ》いの」エレノアは叫んで、手をふって別れのあいさつをした。「気をつけて！」

一分後、バーナビーはすっかり高く浮いてしまい、地上にはもう声が届《とど》かなくなった。母親も、飼《か》い犬も、すばらしいシドニーの街《まち》も、どんどん見えなくなっていく。これ以上浮かないように止めてくれるマットレスもないので、バーナビー・ブロケットはひたすら浮かびあがっていった。この先何が起きようとしているのか、わからないまま。

おそろしいできごと

第七章　北西の方向から近づいてくるもの

バーナビーは目を閉じた。これ以上、地面がどんどんはなれていくのを見たくない。スティーヴン・ヘブデンみたいにめまいでクラクラはしないけど、やっぱり、高くなればなるほどこわくなってくる。

やっと思い切って目をあけると、いつの間にかモモイロインコの群《む》れが集まってきていた。むっとした顔をして、すぐ近くを飛んでいる。自分たちの空に八歳の男の子が侵入《しんにゅう》してきたのがおもしろくないらしい。インコたちはバーナビーをちょっとつついたり、羽をバーナビーの顔の前でぱたぱたさせたりしていたけれど、しばらくするとむこうに飛んでいってしまった。残されたバーナビーは、ますます空高く浮かびあがりつづけた。そして、ふと左に目をやった。あ、遠くのもう少し高いところから、なんかが近づいてくる。たぶん、またべつの生きものだ。目をこらすと……生きものなんかじゃない！　かごの上に大きなバルーンがついていて、燃《も》えさかる炎《ほのお》の力で空中を飛んでいる。

「たすけて！」バーナビーは叫《さけ》んで、両腕《りょううで》をばたつかせたけれど、上にあがるスピードがさらにはやくなっただけだった。「ここだよ！　たすけて！」

熱気球《ねつききゅう》は、北西の方向からどんどん近づいてくる。あ、そうか。うまくタイミングを合わせれば、気球がぼくの真上にくるように移動できるはずだ。バーナビーは両腕をぱたぱたさせたり脚《あし》をばたつかせたりした。深い海にもぐったダイバーが、海面に浮かびあがろうとしているみたいに。それから、少しスピードをゆるめて、両方の目でしっかり気球を見すえた。

しばらくすると、気球がほとんど真上にきたので、バーナビーはまた手足をばたつかせ、もう数メートルだけ上にあがった。そして、かごの底《そこ》に頭をぶつけた。

「あうっ」バーナビー・ブロケットはうめいた。

「そこにいるのはだれ?」かごのなかから、声がした。かなりお年を召《め》した女の人らしい。

「たすけてください。かごのなかに引きあげてもらえませんか?」

「ぶったまげたねぇ!」さっきとちがう声がした。こちらも、同じくらいの年の女の人の声だ。「小さい男の子よ。エセル、魚とり網《あみ》をとってちょうだい」

先っぽがネットつきの輪《わ》っかになっている太い銀色の棒《ぼう》が、かごのなかからおりてきて、バーナビーをすくいあげてくれた。バーナビーは引きあげられ、かごのなかにひょいっとおろされた。が、すぐに炎にむかって浮きあがりはじめた。

「あっ、おさえて! ぼくをかごに結びつけて! でないと、焼け死んじゃう」

「ぶったまげたねぇ!」ふたりの女の人は、声をそろえた。そしてバーナビーをつかまえて、いわれたとおりにした。ぶじに固定すると、ふたりはバーナビーをじっと見つめた。びっくりしているけれど、何か思いだしたように。

「あんたのこと、知ってる」最初の女の人がいった。マージョリーという名前だ。そして、しわくちゃの指をバーナビーの鼻先にむけた。「先週、ニュースで見たわ。シドニー・ハーバーブリッジにのぼった百万人目でしょ」

風にのって

「一千万人目だけど……」バーナビーはいった。

「だれ？」エセルがたずねる。女の人はふたりとも、カラスの巣《す》みたいな髪型《かみがた》をして、編《あ》み針《ばり》やお箸《はし》をいくつもさしてとめていた。「マージョリー、だれだって？」

「やだ、忘れるわけないでしょうに。到着《とうちゃく》した日の晩《ばん》に、テレビで見たじゃないの。ハーバーブリッジに学校の友だちといっしょにのぼって、記録をつくった子よ。みんなして大はしゃぎでお祝いしてたら、この子がいつも浮いてる子だってことがわかって。まったく、おもしろいったらなかったよ」

「ああ、あの子ね」エセルがいって、バーナビーをじっと見おろした。「ほんとにあのときの子？」

「はい、ぼくです」バーナビーはうなずいた。

「だけど、こんなとこで何してるの？　気球のなかに人を引っぱりあげるなんて、そうそうないことだからねぇ。ほんとのことというと、初めてよ」

「あらエセル、二度目じゃない」マージョリーがいった。「バルセロナで会った人間砲弾《にんげんほうだん》、まさか忘れてないでしょう？」

「ええ、もちろん。だけどあの人の場合は、むこうから飛びこんできたでしょ？　すくいあげたりはしなかったから」

　バーナビーは口をひらこうとしたけど、母親を悪くいうのは気が引ける。「ぼくが悪いんです。砂《すな》袋《ぶくろ》を置《お》き忘《わす》れちゃって、気づいたら宙《ちゅう》に浮かんでました」

「砂袋？」エセルが顔をしかめた。

「それで、足を地面につけるんです」

「まあ、ろくなもんじゃないわね」

「どっちにしても、あたしたちにはたいしたことはできないわよ」マージョリーがいった。「シドニーに連れて帰ってほしいなんて、思ってないでしょうねぇ？　こうしてここにいるからには、ずっといてもらわなくちゃ」

「でも、うちに帰らなきゃ」バーナビーはいった。

「悪いけど、むり。そうしてあげたくても、できないの。ほら、風のことがあるから。そっちの方向には運んでもらえないのよ。東に行くしかないの。でも、よかったわねぇ、世界が丸くて。これが十四世紀だったら、世界はまだ平べったかったから、はしっこから落ちちゃってたわ」

ん？　どういう意味？　バーナビーは眉《まゆ》を寄せて考えた。うしろのほうには、たぶんほんの数キロのところにノースシドニーがあって、両親と兄と妹と犬の住む家がある。まさか、地球をぐるっと一周しなきゃみんなに再会できないなんてこと、ないよね？

「この子、うそついてるわよ」エセルが、バーナビーのほうにかがみこんでじっと目をのぞきこんだ。

「マージョリー、あたしには、この子がほんとうのことをいってないのがわかるの。男の子なんて、みんなうそつきだから。それは、科学的事実。しかもこの子は、ぜんぶ顔に出てるし。目を見ればわかる。ほら、正直にいってごらん。ほんとうはどうしてこんなとこにいるの？」

バーナビーは、無実をうったえようとした。でもなぜか、このふたりの女の人は、正直にぜんぶいうまでゆるしてくれないような気がする。そこで、ありのままをぜんぶ話すことにした。

「だって、そんなひどい話ってある？」バーナビーが話しおえると、エセルがいった。

「ありえないわ！」マージョリーも声をあげた。「いったいどんな母親が、自分の子どもにそんなことするの？」

「マージョリーってば、どんな母親か、知ってるくせに」エセルが悲しそうにいった。

「エセル、あんただって」マージョリーは、おなじくらい悲しそうな声でいった。

「それに、きいたかぎりじゃどうやら、父親も一枚かんでるわね」

「まったく、ひどい話だこと」

「なのに、その親たちのところに帰りたいわけ?」エセルが、よくもそんなことを考えられたものだというふうにバーナビーを見つめた。「こんなふうに、ふわふわさまよわせられたっていうのに?」

　バーナビーは、よく考えてみた。いまのいままで、帰りたいかどうか考えることさえなかった。帰るのが当たり前みたいに思っていた。なんたって、まだ八歳だ。家に帰らなかったら、どこで暮《く》らせばいい?　何を食べればいい?　どうやって生きていけばいい?

「よけいな心配はしなくていいのよ」エセルが、さっきバーナビーのうそを見すかしたときみたいにあっさり心を読んでいった。「あたしたちといっしょにいらっしゃい。南アメリカにいったことはある?」

「いいえ」バーナビーは首を横にふった。「シドニーから出たことが一度もないんです」

「だったら、お楽しみがたくさん待ってるわよ。あたしたちは、ブラジルの家に帰るところなの。ほら、ブラジルでコーヒー農園《のうえん》をやってるから。二、三か月、お休みをとってたんだけど、そろそろ帰らなくちゃと思ってブラジルにむかってたら、あんたがやってきたってわけ。たいしてかからないわよ。この子は、すばらしい気球だもの。ね、マージョリー?」

「ええ、エセル、すばらしいわ。いままでいちばん」

「まさに最高」

「だんとついちばん」

　バーナビーは腕がロープからはずれないように注意しながらなんとか立ちあがり、気球の外をながめてみた。もう陸地《りくち》は消え、かわりに、白い薄雲《うすぐも》のまとまりの横を通りすぎていることに気づいた。

「どう？　冒険《ぼうけん》する心の準備《じゅんび》はできた？」

「だって、ほかにどうしようもないんですよね？」

「よくできました！　じゃあ、全速力《ぜんそくりょく》で走れ！」

「全速力で飛べ、でしょ、マージョリー」

「もちろんよ、エセル」

しばらくして、座標《ざひょう》がきちんと定まり、航空図《こうくうず》をきちんと折りたたむと、ふたりはピクニックバスケットをひらき、バーナビーにサンドイッチとリンゴとオレンジジュースをすすめてくれた。

「で、南アメリカではどうしてるんですか？」バーナビーは食べながらたずねた。「だんなさんと暮らしてるんですか？」

「だんな？」エセルが叫んで、ぞっとした顔でマージョリーを見つめた。

「だんな？」マージョリーも声をあげて、だれかに頭の上にすわってやるとおどかされたみたいな顔でエセルを見つめた。

「だんななんて、いるわけないわ」エセルがいった。「そんな、きたなくてくさい生きもの。ごろごろしてばっかりの役立たず。酒をのんで、ギャンブルをして、キッチンの棚《たな》が曲がってるのに、言いわけばっかりして直しやしない。とんでもなく下品な音とむかつくようなにおいを、口にするのもおそろしいからだの部分から発しながら、テレビでスポーツを観《み》てばっかり」

「スポーツ！」マージョリーが、ぶるっとふるえた。

「ああ、とんでもない。もうずっと前に、だんなをもとうなんて考えは捨てたわ。興味《きょうみ》をもったこともないし。ねえ、マージョリー？」

「ええ、エセル、これっぽっちも、もったことないわ」

「じゃあ、ずいぶん昔からのお友だちなんですね？」バーナビーはたずねた。

「ええ、そうよ」マージョリーがいった。「二十代前半のころからずっと。それって、信じられる？　四十年以上も前の話よ。あたしたちが会ったのは、シュロップシアのアマチュア演劇《えんげき》サークルにふたりが入ったとき。おたがいをひと目見てすぐ、運命だってわかったの。あたしたちは……」

「友だちになるって」エセルが口をはさんで、マージョリーの手をやさしくたたきながらにっこりした。「最高の親友にね」

「最高の仲良しにね」マージョリーもうなずいた。

「そのとおり」エセルはいって、満足そうにふーっと息を吐《は》きながらうなずいた。「何か問題でも？」

「いいえ、もちろん問題ありません」バーナビーはいった。「ぼくにも、ライアム・マゴナガルというすごく仲のいい友だちがいました。通ってる学校が丸焼《まるや》けになったとき、ぼくの命をすくってくれたんです。まあ、学校というより、牢屋《ろうや》みたいなものでしたけど」

「あんたが火をつけたの？」マージョリーが身を乗りだしてきて、もっていたお箸の片方でバーナビーをつついた。

「いいえ。そんなこと、しません」

「まさか、いま頭の上にある炎でなんかたくらんでやしないでしょうね？」

「だから、ぼくが火をつけたんじゃありません！　燃えそうなものだらけだったんです」バーナビーは必死《ひっし》でいった。

「それで、母親に追いだされたのかと思ったものだから」

「追いだしたのは、ぼくがふつうじゃないからだっていってました」

はじめて、ふたりとも口をつぐんだ。バーナビーをじっと見つめてから、顔を見合わせて、またバーナビーを見つめる。

「あのね」エセルが、みょうに静かな声でいった。「四十年前、あたしも母親にふつうじゃないっていわれて、家を追いだされたの。それ以来、一度も会ってないわ。電話をかけても出てもらえないし、手紙を書いても返事が来たためしがないし。ひどい話よねぇ」

「あたしも父親におなじようなことをいわれたの」マージョリーがいう。「永遠《えいえん》に家から閉めだされたのよ」

「えっ、だって、どうして?」バーナビーはいった。「ふたりとも、ものすごくふつうに見えるのに。うちの近所に住んでるおばあさんと、どこもちがわないですよ」

「なんですって? おばあさん扱《あつか》いなんかしたら、かごの外に放りだすわよ」マージョリーがバーナビーをギロッとにらみつけてから、いきなりけたたましく笑いだした。からだじゅうをふるわせて、まるで全身をくすぐられてるみたいだ。

「こらこら、マージョリー」エセルも、くすくす笑っている。「かわいそうに、この子、あんたが本気でいってると思うじゃないの」

「やだ、ばかいわないでよ! 一九八二年を最後に、本気でものをいったことなんか、一度もないわ。放りだしたりしないわよ、安心して」

「ありがとうございます」バーナビーは、ほっとしていった。

「とにかく、たいせつなのは、自分の考えるふつうがほかの人の考えるふつうとちがうからって、自分に問題があるなんて思わないことね」

「そのとおりよ、マージョリー」エセルは、うんうんうなずいた。「もしあたしが、母親におまえはどこかおかしいっていわれたとき、いうことをきいてたら、どんなにさみしい人生を送っていたことか」

「あたしも、あのとき父親のいうことをきいてたら、ずっとみじめだったわ」

「だいたい、ふつうになりたい人なんてどこにいるの？」エセルは声をはりあげて、両腕を宙に投げだした。「あたしは、断固《だんこ》なりたくないわ」

「だけどもし、ぼくがふつうだったら、両親に追いだされたりしなかったはずです」バーナビーはいった。「いまもまだ、ヘンリーとメラニーとキャプテンＷ・Ｅ・ジョーンズといっしょに家にいられたんです」

「それって……ねこ？」

「ヘンリーは兄です。で、メラニーは姉です」

「で、キャプテンＷ・Ｅ・ジョーンズは？」

「犬です」

「血統書《けっとうしょ》つき？」

「雑種《ざっしゅ》です」

「親は？」

「わかりません」

エセルもマージョリーも、これにはどう答えたらいいかわからなかったので、だまったまま、うんうんうなずいていた。熱気球は、おおよそ南アメリカの方角に向かって進んでいく。

「少し休んだほうがいいわ」少しして、エセルがいった。「ブラジルまで、遠い道のりだから。マージョリー、あなたが進路をとる？　それともあたしがとりましょうか？」

ききわけのいい子だと思われたくて、バーナビーはかごのすみっこに丸くなって目を閉じた。そして一分もしたらもう、ぐっすり眠っていた。

第八章　コーヒー農園《のうえん》

バーナビーは目をさまして、ぎょっとした。いつの間にか、ふかふかのベッドに寝《ね》ている。やわらかい毛布がかかってるし、頭の下にはふわふわの枕《まくら》がふたつ。そういったぜんぶに水まき用ホースがぐるぐる巻いてあって、バーナビーが天井《てんじょう》に浮いていかないようになっている。天井には扇風機《せんぷうき》があって、四枚の羽根《はね》がくるくる回転しているから、はさまれたら切り刻《きざ》まれてミンチになってたはずだ。バーナビーはそろそろと起きあがり、シーツにつかまって窓《まど》の外を見た。

ものすごく大きい農園が、目の前に広がっている。背の高い緑色の植物が育っていて、ずらりと並んだその列のあいだを十数人の人たちが歩いている。みんな、うすいブルーのダンガリーのオーバーオールを着て、つばの広い帽子《ぼうし》で日ざしを防《ふせ》いでいる。茎《くき》のようすを調べながらたがいに大きな声をかけあい、やたら大きな手振《てぶ》りをして、葉っぱのにおいをかぎ、満足そうな顔をしたり、どうかなと首をかしげたりしている。枝の先には小さな赤い果実《かじつ》がなっていて、農夫のうちひとりがたまに、実をちぎってはロのなかにほうりこんでいる。考えこんでいるみたいにかみながら、おでこにしわを寄せ、じっくり味をたしかめてから、足元の土にかすをぺっと吐《は》きだす。

信じられない……ぼく、気球《ききゅう》が着陸《ちゃくりく》してこの農園に運ばれてくるあいだずっと、知らないで寝てたんだ。ここはいったいどこなんだろう？　不安になってきたとき、ドアがぱっとあいて、エセルとマージョリーがかけこんできた。

「あら、起きたわよ、エセル」マージョリーがいう。

「そろそろかなと思ったわ。どれくらいになるかしら？」

「三十六時間近く」

「ぼく、三十六時間も寝てたんですか？」バーナビーは、びっくりして目を見ひらいた。「ほんとうに？」

「ええ、ほんとうですとも」エセルがいう。「まったく目をさまそうとしなかったのよ。着陸のとき、思いっきりドシンってなったのに。そうそう、ほら、そのおでこのこぶは、そういうわけでできたの。なんだろうと思うといけないから」

　バーナビーは、手をおでこのほうにのばしてみた。右目のちょうど上が、ずきずきする。「あうっ」

「まあ、空まで浮かんでいくっていうのは、つかれるでしょうよ。くたくたになってもむりないわ」マージョリーがいう。

「着陸したときに相談《そうだん》して、ここに連れてきたほうがいいってことになったの。ここでゆっくり、このあとどうするか決めればいいでしょ。で、ヴィンセントの古い部屋《へや》に寝かせたの。ヴィンセントもあなたくらいのときにあたしたちといっしょに住むようになって、それからずっとこの部屋で幸せに暮《く》らしてたのよ。こんなに気持ちのいいベッドで寝たことないっていってたわ」

「だって、ほら、あの子はこのベッドでしか寝たことないんだもの。くらべる相手がないじゃない」エセルがいう。

「ヴィンセントって？」バーナビーはたずねた。

「ここでしばらくめんどうをみてた男の子。いまはアメリカに住んでるけどね」マージョリーが答えた。「とってもすばらしい子よ。いっしょにいると楽しくてねえ。ああ、会いたいわ。それはそうと、今日は何がしたい？」

「家に帰りたいです」

「ええ、そうね。だけど、オーストラリアは遠すぎるわ。そこが問題。ブラジルからそうかんたんに行けるとこじゃないの」

「でもね、ちょっと調べてみたのよ」マージョリーが、どうだと得意そうに顔いっぱいで笑う。「それでわかったんだけど、リオデジャネイロからシドニーまで直行便《ちょっこうびん》があるの。まあ、香港《ホンコン》でトランジットがあるけど、ほんの二、三時間だし」

「でも、かなり長いフライトよ。だいじょうぶ？」エセルがいった。

「だいじょうぶです」やったあ、熱気球だけじゃなくて、飛行機の旅も経験《けいけん》できるんだ。「空港って、ここから遠いんですか？」

「三、四百キロくらい。汽車に乗らなきゃいけないの。フォンセカ・エクスプレスがサンパウロから、つまりいまいるここから、ニューヨークまで通ってるの。リオは途中駅《とちゅうえき》よ。でも、そんなに急いでないんでしょう？」

「まあ、そこまで大急ぎってわけじゃや……」

「よかった。だってね、航空会社《こうくうがいしゃ》に問い合わせたら、今週末まで空席がないの。よかったら、それまでここにいればいいわ」

バーナビーはうなずいた。エセルとマージョリーはほんとうに親切で、オーストラリアにもどるチケット代だけでなく、泊《と》まる場所も食事もただで用意してくれるという。バーナビーとしては、せいいっぱい感謝《かんしゃ》するしかない。

「じゃ、これで決まりね。土曜日までここにいて、それから家に帰る。出発前に、送別会《そうべつかい》もしましょうね。それまでのあいだは、ここでの生活を楽しめばいいわ。ブラジルのこと、よく知ってる？」

「ぜんぜん知りません」バーナビーは首を横にふった。「学校の地理でもまだ、南アメリカのことは習ってないから」

「前からいってるのよ。子どもたちはできるだけ、外国のことを知るべきだって」マージョリーが、もっともらしくうなずきながらいった。「いつ家から追い出されるかわからないんだから」

「または、逃げだしてきちゃうかもしれないし」エセルがいう。

「または、浮きだしてきちゃうかもしれない」マージョリーがいって、エセルににっこりした。エセルがげらげら笑いだす。それからふたりして、はねながらハイタッチをした。バーナビーは、おばあちゃんがふたりでこんなことをしているのを見るのは初めてだった。「もちろん、あたしたちだって初めてここに来たときは、ブラジルのことはなんにも知らなかったわ」マージョリーはつづけていった。「だけど、家族があたしたちと縁《えん》を切りたくなったからには、できるだけはなれて暮らしたかったの」

「それにふたりとも、コーヒーが好きだったから」エセルがいう。

「コーヒーが大好きだった」マージョリーがいい直す。

「それで、自分たちでコーヒー農園を始めたら楽しいだろうって考えたのよ」

「ここ、ブラジルで」

「ちょうどここ、この農園で」

「そして、それからずっとここに……やだ、エセル、どれくらいになるかしらねぇ？」

「約四十年」

「そんなにたつ？」

「ええ、そうよ」

「なんか、信じられないわね」

「そうね、ずうっと幸せだったものねえ」エセルがいう。それからふたりして顔を見合わせてにっこりして、軽くハグをした。そういえば、ふたりはずっと手をつないでいる。それもまためずらしいことだけど、無意識《むいしき》にやってるらしい。そういえば、父さんと母さんが手をつないでるのを見たこと、あったっけ？　父さんなんかいつも、人前で愛情表現する人は、注目を集めたいだけでそれ以上の意味はないっていってたし。

「あら、いやだ」マージョリーが、ハンカチで目をぬぐった。「エセル、あたしの目のなかに何か入ってない？」

「ちょっと見せて。おや、まあ、ほんとだわ。ちょっと待って。じっとしててよ」

「ね、気をつけてよ。人に目をさわられるのがきらいなの、知ってるでしょ？」

「ごちゃごちゃいわないで。ほら、とれた。どう、よくなった？」

「ええ、もうだいじょうぶ、ありがとう。あなたは命の恩人だわ。さて、バーナビー、お腹《なか》すいたでしょ？　朝食はいかが？」

　そのあとすぐ、バーナビーはもうキッチンにすわっていた。目の前には、とんでもない量の食べものが並《なら》んでいる。あらゆる調理法《ちょうりほう》の卵料理《たまごりょうり》、ソーセージ、カリカリベーコン、山盛《やまも》りハッシュポテト、ボウルいっぱいのチリビーンズ、お皿《さら》にあふれそうな焼《や》きマッシュルームとフライドオニオン。

オレンジジュースときんきんに冷えた水が入ったピッチャーが、テーブルの真ん中においてある。バーナビーはもぐもぐ食べながら——蚊帳《かや》をすっぽりかぶって床《ゆか》にピンでとめ、頭が出せるようにてっぺんに穴をあけてある——農夫たちがかわるがわる入ってきては用事をすませるようすをながめていた。みんな、エセルとマージョリーが帰ってきたのがうれしいらしく、ハグをしたりキスをしたりしておかえりのあいさつをしている。

「ちょっと、チアゴ、はなれてちょうだい、暑苦《あつくる》しいんだから」エセルが声をあげて笑った。黒くてこい口ひげをはやしたかなり太った男の人が、エセルのからだに腕《うで》をまわして息が止まるんじゃないかというほどぎゅっと抱《だ》きしめている。男のシャツがはだけてお腹が見えていて、すてきなながめとはいいにくい。

「ああ、エセルさん」チアゴはにっこりした。笑うと、眉《まゆ》がさがって口ひげが上向きになるので、もう少しでくっつきそうだ。「やっぱりあんたがいるといないじゃ、大ちがいだ。もう二度とここをはなれないでくれ」チアゴは指を振《ふ》りながらいった。ふざけてるようにも、大まじめにもきこえる。「あんたたちがいなくなってから、困《こま》ったことばかりだった」

「わかってるでしょ？　マージョリーもあたしも、たまにはお休みが必要だって。ときどき気球旅行に出かけなかったら、どうにかなっちゃう。だけど、そうね、何があったかはきいたわ。チアゴ、あたし、あなたには頭に来てるのよ。ほんとうに頭に来てる。もう少し、優しさと理解を見せてくれてもよかったんじゃないの」

ん？　バーナビーは眉を寄せた。ほんとうに頭に来てる人にしては、エセルの声は怒《おこ》ってるようにはきこえない。ちょっとがっかりしてるみたいだけど。

「あ、ああ」チアゴは首をふって、顔をそむけた。悲しそうで、同時に苦しそうだ。「その話は、いまはよそう。で、ちょっとしたサプライズを連れてきたようだね」チアゴはバーナビーのほうに歩いてきて、じろじろ見つめた。「どちらさん？」

「バーナビー・ブロケット」マージョリーがいった。「今週はずっと、ここに泊まるの。そのあと、オーストラリアのおうちに帰るのよ」

「蚊帳をかぶってるのか」

「浮くから」マージョリーが説明した。「ほんの二、三秒も、足を地面につけていられないの」

チアゴはくちびるをぎゅっとすぼめて、考えこんでから、両腕を宙《ちゅう》に投げだした。世のなかいろんな人がいるもんだ、というふうに。

「バーナビー、コーヒー豆《まめ》をつんでみたいかい？」チアゴがたずねる。

「やったことないです」

「サッカーは？」

「好きです。だけど、観《み》るだけ。やろうとしても、浮いちゃうから」

「ふーん、そうか。じゃ、何がしたい？」

バーナビーは、考えてみた。「本が読みたいです。本、好きだから」

「あら、まあ」マージョリーが、ちょっと困った顔をした。「この家には、本は一冊もないんじゃないかしら。少なくとも、英語の本はないわねえ。ぜんぶ、ポルトガル語だもの。ポルトガル語は読める？」

「いいえ」バーナビーは首を横にふった。

「だったら、楽しんでもらえるようなものは何もなさそうだわ」

ちょうどそのとき、女の人がキッチンに入ってきた。たぶん十八歳くらいで、洗濯《せんたく》ものであふれそうなバスケットをかかえている。女の人は、キッチンに集まっている四人を見て、ぴたっと足を止めた。そのとき、ものすごくふつうじゃないことが起きた。チアゴが、怒《いか》りに燃える表情を浮かべてその人を見つめると、テーブルにつかつか近づいていき、バーナビーが食べおわったお皿をとって床に投げつけた。お皿がこなごなにくだける。そして、チアゴは外に出ていってしまった。

「まったく、あんなことしなくたって」マージョリー首を横にふりながら、ほうきとちりとりに手をのばした。

「まあ、かわいそうに」エセルが女の子に近づいていって、腰《こし》に腕をまわした。「それにその洗濯もの、ぜんぶひとりで運ぶなんてこと、しちゃだめ。からだのことがあるんだから」エセルはバスケットをとって、台の上においた。それから、こちらをむいていった。「バーナビー、パルミラよ。小さいときからずっと、いっしょに暮らしてるの。さっきまでいたチアゴは、パルミラのお父さん。いまはちょっと、どうかしちゃってて。気づいたと思うけど」

バーナビーは、なんていったらいいか、わからなかった。あんなに取り乱している人を見たことがない。だけど、気づいたときにはもう、パルミラから目がはなせなくなっていた。世の中にはこんなにきれいな人がいるんだ……。

「心配いらないわ」マージョリーがいって、パルミラの肩をぽんぽんたたいた。「そのうちもとに戻るわよ。ただ、少し時間が必要なだけ」

パルミラは悲しみにあふれた顔で首を横にふってから、もう一度洗濯もののバスケットをとりあげて、キッチンから出ていった。バーナビーはその姿《すがた》をずっと目で追っていた。胃《い》のあたりがふしぎにちくちくする。こんなの初めてだ。生まれて初めて、バーナビーは、床にしっかり足をつけているのに、天井までふわふわ浮いていくような気がしていた。

第九章　すばらしいプレゼント

二日後、バーナビーはひとりで、納屋《なや》のひとつのなかにすわっていた。コーヒー豆《まめ》のふくろをひざの上にのせて、浮かないようにしている。するとパルミラが、冷たいオレンジジュースのグラスとサンドイッチをもって入ってきた。

「あ、ごめんなさい」パルミラがドアのところで止まった。「いるって知らなかったから」

「かまいません」どっちにしてもちょっとさみしかったから、人がそばにいるのはうれしい。「よかったら、ここでどうぞ」

パルミラはにっこりして、バーナビーのとなりの、さかさまにした樽《たる》にすわった。「よく、お昼休みはここまでくるの。静かだし。ひとりで考えごとができるから」

バーナビーはうなずいた。もしかして、いまもひとりになりたいのかな。だけど、せっかくパルミラといっしょにいられるチャンスをむだにしたくない。きのうの夜、パルミラの夢を見た。夢のなかで、いっしょにシドニーに帰ろうってことになった。その話をしたい気もするけど、恥《は》ずかしくてできない。

「農場の生活は気にいった？」パルミラがきいた。

「すごく。エセルもマージョリーも、とってもよくしてくれるし」

「ほんとうに、やさしい人たち。うちの父とわたしも、ふたりにはすごく感謝《かんしゃ》してるの」

「チアゴも好きです。ロバの乗り方を教えてくれました」

そのとき、パルミラの目に涙《なみだ》があふれてくるのが見えた気がした。パルミラは手をお腹《なか》のあたりに当てて、しばらくじっとしてる。具合《ぐあい》でもわるいのかな？「わたしにも、いろんなことを教えてくれたわ。だけどもう、口もきいてくれないの」

「ここで生まれたんですか？」バーナビーがたずねると、パルミラは首を横にふった。

「ここじゃないわ。ブラジルでもない。うちの家族はとても貧乏《びんぼう》だったの。生まれたのはアルゼンチンよ。あそこの、とにかく貧《まず》しい街《まち》。母は、わたしを産んですぐに亡《な》くなったの。そのあとすぐ、父とわたしは国境《こっきょう》を越えて、このコーヒー農園《のうえん》にたどりついた。エセルさんとマージョリーさんがわたしたちを受けいれてくれて、それからずっと、ここで暮《く》らしてるの」

「ヴィンセントって知ってますか？」バーナビーはたずねた。寝《ね》ている部屋《へや》にスケッチブックがたくさんあって、ものすごくふつうじゃない絵がいっぱい描いてあり、ヴィンセントっていうサインが入ってた。ほとんどが人物画だけど、バーナビーが見たことのあるだれにも似てない。ページの真ん中に人物がいて、そのまわりに、その人の生活の一部らしいものが描かれている。持ちものだけじゃなく、その人が感じているものもある。バーナビーがとくに気に入ってるのは、自分とおなじくらいの歳《とし》の男の子の絵だ。そのまわりには、いろんな色、稲妻《いなずま》、空《から》っぽのお皿《さら》、南アメリカの細かい地図がある。引っくりかえして裏《うら》を見たら、きちんとした字で「自画像《じがぞう》」と書いてあった。

「ええ、もちろん知ってるわ」パルミラがバーナビーの質問《しつもん》に答えていった。「大人《おとな》になるまでずっと、ここで暮らしてたの」

「ヴィンセントのこと、教えてもらえませんか？　ヴィンセントがおいていった絵をここんとこずっとながめてるんです。あんな絵、初めて見たから。あと、キッチンのとなりの廊下《ろうか》の壁《かべ》に、すごく大きい絵がかかってるけど、あれもヴィンセントが描いたんですよね？」

「そうよ。美しいでしょう？　何時間でもながめてられるわ。エセルさんとマージョリーさんがヴィンセントに初めて会ったとき、まだ八歳か九歳くらいだったの。そのときヴィンセントが描いてたのは……ええっと、なんていったかしら？　建物《たてもの》の壁に描く絵のことなんだけど」

「アート？」

「あ、そうそう、落書き《グラフィティ》。グラフィティっていうんだったわ。あのころヴィンセントは、この国の大《だい》統領《とうりょう》を批判《ひはん》する絵を描いていたの。どうしようもない大統領で、国民の財産《ざいさん》を盗んで自分の宮殿《きゅうでん》に金のバスタブをつくって、労働者の汗のお風呂《ふろ》に入っていたの」

「うぇーっ、きたない」バーナビーは顔をしかめた。

「これはたとえよ」パルミラは肩をすくめた。「国じゅうがあの男を軽蔑《けいべつ》していたけれど、恐れてもいた。軍隊《ぐんたい》をもっていて、大統領の座から引きずり下ろすこともできなかった。とても払いきれない重い税金《ぜいきん》をかけて、わたしたちが食べるのにも困っているのをなんとも思ってなかった。新聞も、発行禁止や編集者《へんしゅうしゃ》がやめさせられるのを恐れて、批判できなかったの。作家にしても、意気地《いくじ》なしばっかり。ただひとり、まだ小さいヴィンセントだけが、大統領に支配《しはい》されている人々の不満を表現する方法を見つけたの。そして、どこからともなく絵の具を見つけてきて——たぶん、スラム街《がい》のがらくた置《お》き場《ば》とか、ごみ箱《ばこ》とかからだと思うけど——街の壁にすばらしい絵を描きあげたのよ。ふしぎな色や、めずらしい構図《こうず》でいっぱいの絵。世界に、この男の本質《ほんしつ》をはっきり示したの。人々はヴィンセントにすっかり魅了《みりょう》されて、警察《けいさつ》は居場所《いばしょ》をつきとめて逮捕《たいほ》しようとした。もし見つかってたら、牢屋《ろうや》に入れられていたでしょうね。死ぬまで出られなかったかもしれない。だけどある晩《ばん》、エセルさんとマージョリーさんがたまたま街でヴィンセントを見つけて、スラム街まであとをつけたの。そうしたら、段ボールが山積《やまづ》みになったすみっこにひとりで暮らしてたのよ」

「お父さんとお母さんは？」バーナビーはたずねた。

「いなかったわ。だからエセルさんとマージョリーさんがヴィンセントをコーヒー農園に連れて帰って、実の息子のようにして育てた。教育も受けさせ、きれいなカンバスと高級な絵の具と絵筆も与えたら、ヴィンセントの才能は日に日にのびていった。とうとうヴィンセントはすばらしい画家になって、ニューヨークに発《た》ったの。そこであっという間に、アメリカでずばぬけて有名で人気《にんき》のあるひとりになった。それもこれもすべて、あのふたりのおかげなの」

「ここには、家族がいない人がたくさんいるみたいだね」バーナビーがいった。「エセルとマージョリーも、家族のところから追い出されたっていってた。人とちがうから、って。ぼくには、すごくふつうに見えるけど」

パルミラはにっこりした。「だって、ふつうだもの。わたしたち、みんなふつうだわ。たまたま、自分たちの思うふつうが、ほかの人のふつうとはちがっていただけ。だけど、世の中ってそういうものなのよ。自分たちが経験《けいけん》したことしか受けいれられない人っているのよね」

「ぼくの母さんは、浮いている人を見たことがなかった。それでたぶん、ぼくのリュックに穴をあけたんだと思う」バーナビーはしばらく考えこんで、うなだれた。「もしかして、ただぼくのことを好きじゃなかっただけかも。このままのぼくを」

「母親が自分の子どもを愛さないはずはないわ」パルミラはバーナビーの腰《こし》に腕《うで》をまわして、ぎゅっと引き寄せた。「その子が何をしても、どんな子でも。わたしには、はっきりわかるの。知ってるの」

バーナビーはパルミラにもっと体をくっつけて、口をつぐんでいた。なんだか、すごくさみしくなってきた。ここブラジルで、ほとんど知らない人たちに囲《かこ》まれてるなんて。シドニーにいれば、リビングでキャプテンW・E・ジョーンズにボールを投げて遊んでいられたのに。ほんとなら夕方までずっと、パルミラの腕に抱かれていられたら幸せだったけど、うしろで音がしたので、ふたりは振《ふ》りかえった。すると、チアゴが納屋《なや》のむこう側に立っていた。話をきいていたらしい。むこう側のドアからさしこむ日ざしのせいかもしれないけど、チアゴのほっぺたはたしかにぬれていた。泣いていたみたいに。だけど、じっくり見てたしかめることはできなかった。ふたりが振り返った瞬間《しゅんかん》、チアゴは気づかれたとわかり、コーヒー農園のほうにいってしまったから。

金曜日の夜、エセルとマージョリーは、オーストラリアに帰る旅の無事《ぶじ》を願って、バーナビーのためにバーベキューパーティをした。ふたりは、きれいな色の封筒《ふうとう》に入った二枚のチケットをくれた。一枚は、リオデジャネイロまでの汽車《きしゃ》の切符《きっぷ》。もう一枚は、シドニーまでの飛行機のチケットだ。そのあと、バーナビーがいままで親切にしてもらったお礼をいおうと思ったら、ふたりは農園ではたらいている女の人と話をしていた。

「それであの男が出てってから、パルミラのところに連絡はないの？」マージョリーがいっている。

バーナビーは眉《まゆ》を寄せた。あの男って、だれのことだろう？

「ひと言もないよ。あの男がサンパウロに戻ってくるなんて、石器時代《せっきじだい》に戻るくらいの確率《かくりつ》だろうね」マリア・コンスエラという名前のその女の人がいう。「恐竜《きょうりゅう》がまたこの地球をかっ歩する確率といっしょ！　最初から、あの男にかかわるとろくなことがないのはわかってたよ。だからいわんこっちゃない。あのきれいな顔をひと目見てあたしは、悪魔《あくま》の生まれ変わりだってはっきりいったでしよ？　悪魔《エル・デイアボロ》！　もしチアゴがあの男をとっつかまえでもしたら、とんでもないことになるよ」

「そうねえ、このままあのひどい男が帰ってこなけりゃ、いいやっかい払いができたってものだわ」エセルがいう。「あとはチアゴがパルミラに前みたいにやさしくしてくれればいいんだけどねぇ。パルミラがそばにいなくてチアゴがどうかしちゃってるのは、だれが見てもわかるもの。それにパルミラも、いまがいちばん父親が必要なときだもの。わたしが見るかぎり……まあ、バーナビー！　人の話を立ち聞きしちゃいけないって、教わらなかったの？」

「ごめんなさい」バーナビーはあわてていった。「お礼をいおうと思っただけなんです。今週、ここに泊《と》めてくれてありがとう、って」

「どういたしまして。いつでも歓迎《かんげい》よ」エセルがいう。「だけど、ほんとうに帰りたいの？　だって、ご両親にあんなひどいことをされたのに。どうして帰りたいなんて思うの？」

「父さんと母さんはいまごろ、後悔《こうかい》してるかもしれないし。オーストラリアに帰れば、はっきりします。チアゴが村ではがきを買ってきてくれたから、明日、これから帰るって書いて出すつもりです」

「乾杯《かんぱい》しましょう」マージョリーがいって、農夫たちを全員集めて、バーナビーにむかってグラスをかかげた。「あなたがいてくれて、とっても楽しかったわ。あと、パルミラからちょっとしたプレゼントがあるはずよ。そうよね？」

パルミラが恥ずかしそうににっこりして、前に出てきた。バーナビーの胸がドキンとする。「これでお別れだから、あなたがわたしたちのことを忘れないでくれるようにと思って」パルミラはバーナビーに、きれいな包《つつ》みを手わたした。「わたしのことを、わ、わ、忘れないように」

バーナビーは興奮《こうふん》してにこにこしながら、包みを受けとった。すると、やったぁ！　なかには、英語版の『シャーロック・ホームズの冒険《ぼうけん》』の小さい本があった。一週間、本をまったく読んでなかったので、想像力が永遠になくなってしまいそうで心配だったのだ。

「ありがとう！」バーナビーはパルミラに飛びついてハグをした。「だけど、どこにあったの？　ここには英語の本は一冊もないのかと思ってた」

「秘密《ひみつ》」といって、パルミラはバーナビーにウインクしてみせた。たった一冊の本でパルミラがバーナビーをこんなにも幸せにしたのがわかると、みんなはいっせいに拍手《はくしゅ》した。パルミラはにっこりして、うれしそうにこのふつうじゃない家族を見まわした。すると、なかでもいちばん愛する家族、父親のチアゴと目が合った。チアゴのいかめしい顔が、だんだんゆるんでくる。バーナビーが家族のことで落ちこんでいたときに娘《むすめ》がなぐさめていたのを思いだしたからだ。そして、思いやりいっぱいのプレゼントでバーナビーを喜ばせてあげたのを見て、娘への愛があふれてきた。チアゴはパルミラのほうにかけより、両腕で抱《だ》きしめ、ぎゅっと引き寄せた。そしてパルミラの耳元で何やらささやいた。パルミラは、二度とお父さんが自分とも、お腹のなかの赤《あか》ん坊《ぼう》ともはなれることはないと、はっきりわかった。

つぎの日、バーナビーはフォンセカ・エクスプレスに乗った。パーティが真夜中までつづいたから、ほとんど寝てなくて、目をあけてるのもやっとだ。だれもいない車室に席を見つけると、バーナビーはシートベルトをして浮かないようにした。靴《くつ》をぬぎ、大きなあくびをひとつする。このままだれにもじゃまされず、この車室にひとりだといいんだけどな。シャーロック・ホームズの短編集《たんぺんしゅう》の最初に載《の》っている『ボヘミアの醜聞《しゅうぶん》』を読んでいるうちに、時間がたつのも忘れた。読みおえると、バーナビーは本を片づけて家に送るはがきを書いた。検札《けんさつ》にまわってきた車掌《しゃしょう》さんが、つぎの駅にあるポストに投函《とうかん》すると約束《やくそく》してくれた。

家族のみなさま

たぶん、ぼくがどこにいるのか、ふしぎに思っていると思います。家をはなれて、一週間以上たちますから。空に浮いていったあと、ぼくは熱気球にのったふたりの女の人にたすけられました。だけど、風むきのせいで、まっすぐ家に帰れなかったのです。気球であともどりするなんて、できませんから。風がふくのにまかせるしかありません。そして風は、ぼくをブラジルまでつれてきました。

シドニーが、家族のみんながこいしいです。

いまは、帰るとちゅうなので、もうすぐ会えるはずです。もう浮かないようにします。どうすればいいか、わからないけれど。だけど、できるだけどりょくするってやくそくします。キャプテンW・E・ジョーンズによろしくとおつたえください。

息子・弟・かいぬしのバーナビーより

追伸　家についたら、パルミラという友だちに、あそびにきてってさそいたいと思ってます。パルミラはオーストラリアに一度もきたことがなくて、きてみたいといってます。

Top View: Tropical Sunset. Bottom View: Coral Gables Waterway.
#72-26

MURPHY BROS. PRESS, INC.

M
BP

POST CARD

TO

ミスター＆ミセス・ブロケット、ヘンリー、メラニー、

キャプテンW・E・ジョーンズ

オーストラリア　NSW2061　キリビリ
ワルーダ通り15

それから、リオデジャネイロに着く時間にアラームをセットするのも忘れて、バーナビーは目を閉じて眠ってしまった。

第十章　史上最悪《しじょうさいあく》のジェレミー・ポッツ

アリスターは郵便受《ゆうびんう》けをひらいて、取りだした請求書《せいきゅうしょ》やらダイレクトメールやらをちらっと見てから、ハウスクリーニング会社とあたらしくオープンした宅配《たくはい》ピザのチラシのあいだに、はがきがはさまってるのに気づいた。字を見たとたん、鼓動《こどう》がはやくなり、すぐに読みはじめた。

バーナビーが浮いていってしまってからの九日間、ブロケット家はまちがいなく、いごこちが悪かった。ヘンリーとメラニーは、めんどうなことをさんざんいっていた。警察《けいさつ》に連絡《れんらく》して行方不明の弟をさがしてもらおうといってきかない。だけどアリスターに、ほんとうのことがわかったらわたしたち両親がたいへんなことになるかもしれないときかされると、少しおとなしくなった。

「警察っていうものは、この手のことをすごくあやしむんだ。だから、気づいたときにはもう、わたしたちは法廷《ほうてい》に引きずりだされて、おまえたちふたりは里子《さとご》に出されるかもしれない。それにだいたい、バーナビーがいなくなったのは、わたしたちの責任というわけではないしな。なんといっても、リュックをおろしたのは本人なのだから」

これが、エレノアとアリスターがあらかじめ決めておいた説明《せつめい》だった。バーナビーが、またしても重いともんくをいってリュックを肩からはずして、気づいたら浮かんでいた。エレノアはたすけようとしたけど、ジャンプしても手が届《とど》かなかった。リュックをしょっているのがどんなにたいせつか、何度もいってきかせたのに、わがままでいうことをきかなかった。

起きたことはすべて、バーナビーの責任だ、と。

だけど、ヘンリーとメラニーはそれでは納得《なっとく》しなかった。弟のことが心配でたまらず、毎晩、両親にうるさくせがみ、バーナビーを見つける努力をもっとしてほしいといった。両親にうそをつかれてるとは、これっぽっちも思っていなかった。なんといっても、ミセス・マクォーリーズ・チェアで起きたおそろしいできごとを目撃《もくげき》したのは、キャプテンW・E・ジョーンズだけであり、キャプテンはうそをあばけない。

あの子がふつうでありさえすれば……アリスターは思いながら、通りに目を走らせた。どの家の生《い》け垣《がき》も平らに刈《か》られ、芝生《しばふ》は完ぺきに手入れされている。子どもに、まわりと合わせるよう期待《きたい》するほうがまちがいなのだろうか？　自分がバーナビーくらいのころのことを思いだす。まわりから浮かないようにあらゆる努力をしていた。だけど、むりだった。両親がやたら息子に注目を集めようとしていたからだ。

アリスターは、息子が人から注目されるよう両親が必死だったことを思いだすと、胸がむかむかしてきた。父親のルパートの夢は俳優《はいゆう》で、母親のクローディアの夢は女優だった。二十代前半に演劇学《えんげきがっ》校《こう》で出会ったとき、ふたりとも自分たちが国際的《こくさいてき》な映画スターになることを疑《うたが》わなかった。

「最高の監督《かんとく》の仕事しかしたくないわ」クローディアはいった。それまでやった仕事は、人工甘味料《じんこうかんみりょう》入《い》り朝食シリアルのテレビコマーシャルで演じたちょい役だけ。スプーンの役だ。

「共演《きょうえん》するのは、演技というものに真剣《しんけん》に向き合っている役者に限る」ルパートがいった。十六歳のとき、昼過ぎにやっている連続ドラマに一話だけ、〝カフェにいる殺し屋〟役で出演したことがあった。

どういうわけか、ふたりはスターへの道を歩くことはなかった。そこで、アリスターが生まれたとき、あたらしい野望《やぼう》をいだいた。自分たちのかわりに息子をスターにしよう。

歩けるようになるとすぐ、アリスターはコマーシャルやら舞台《ぶたい》やらテレビのドラマシリーズやらのオーディションに連れていかれた。本人はその手のことにはまったく興味《きょうみ》がなく、家で友だちと遊んでるほうが好きだったのに。生まれつき引っこみじあんなので、見ず知らずの人たちの前で『オリバー！』の一シーンを演じさせられたり、ばかげたロンドンなまりで『マイ・フェア・レディ』の『運がよけりゃ』をうたわされたりするのが、大きらいだった。

「やらなかったら、夕食ぬきよ」クローディアはいった。アリスターが十一歳のとき、アマチュア演劇プロダクションの『チキチキバンバン』でジェレミー・ポッツ役のオーディションを受けろといわれて、もんくをいったからだ。

「だけど、ぼく、ジェレミー・ポッツになんかなりたくないよ」アリスターはふてくされた。「ぼく、アリスター・ブロケットでいたい」

「なら、アリスター・ブロケットとは何者だ？」ルパートが叫《さけ》んだ。せっかくのチャンスをみすみすのがそうとするなんて、信じられない。「何者でもない！　何者でもないんだ！　そのまま人生を送りたいのか？　だれからも注目されないまま？　お母さんとお父さんを見るがいい。映画業界の巨人になれたのに、それをすべて、ありがたみのわからない息子のために捨てたんだぞ。それなのに、見返りがこれか？」

アリスターは、何もいわなかった。両親が自分のために何かをあきらめたりしてないのは、わかっていた。父さんも母さんも何年も役者になろうとしてなれなくて、ぼくが生まれたのはそのあとだ。

だからふたりが成功できなかったのは、ぼくとはなんの関係もない。

おそろしいことに、そしてライバルが不足していたこともあり、アリスターはジェレミー・ポッツ役を勝ちとってしまった。何週間も、しぶしぶ稽古《けいこ》に通い、苦労してせりふを覚えたが、自分が歌をうたう番になるのがいつも恐怖《きょうふ》だった。共演者と監督がじっと見ているだけでもいやなのに、暗い劇《げき》場《じょう》に満員の観客《かんきゃく》がすわっているところを想像すると、いつも吐《は》きそうになった。

「やりたくない」アリスターは初日をむかえたとき、両親にいった。「お願いだから、やめさせて」だけど、何をいっても両親の気がかわることはなかった。そして数時間後、アリスターはステージに向かった。なんだか、脚《あし》がゼリーになったみたいだ。それから二時間のあいだ、控《ひか》え目に計算しても自分のせりふの五パーセントも思いだせず、ステージから二回落ち、共演者の足に六回つまずき、ポッツおじいさんが「灰のなかから、灰のなかから、栄光《えいこう》のバラが」とうたっているとき、アリスターはおしっこをもらしそうになっているのがみえみえだった。

地元紙の劇評欄《げきひょうらん》でひどくこきおろされ、つぎの日、学校に行くと、クラスの子たちからからかわれた。

「もうぜったいにいやだ」アリスターはその日、学校から帰ると両親にきっぱりいった。地面がぱっくり割れてぼくをのみこんでくれればいいのに、と思っていた。「もう二度と舞台にはあがらない。何をいわれても、あんな恥《は》ずかしいことはやらない。ぼくはもう、二度と、何があっても、まわりから浮くようなことはしない」

そしてあれから三十年がたったいま、玄関《げんかん》にむかって歩きながら、アリスターの心に両親に対する怒《いか》りがこみあげてきた。あんなに小さいときにこんなトラウマを負わされたからだ。ああ、あのとき、自分らしくいることができていたら……もの静かで、考え深くて、すなおな子どものままでいられていたら……だったらたぶん、そもそも、人から注目されることをこんなにおそれたりしなかっただろう。

そうだったら、自分の子どもがほかの人からどう思われるかを、こんなに気にすることもなかっただろうに。

「ポストに何か来ていた？」エレノアがたずねた。アリスターはキッチンに入っていき、家族を見まわした。朝食中だ。ヘンリーとメラニーは、だまりこくっている。バーナビーがいなくてどんなにさみしいか、両親にわからせるために口をつぐんでいるのだ。ただしアリスターもエレノアも、子どもたちがいい気にならないように、気づかないふりをしている。アリスターは、天井《てんじょう》の、バーナビーのマットレスをはずしたばかりの場所を、ちらっと見上げた。そして、はがきを丸めてポケットにつっこんだ。今日、職場《しょくば》に行ったらごみ箱《ばこ》に捨てよう。

「何も」アリスターは答えた。喉《のど》のあたりに引っかかるものがあるけど、首を横にふる。「請求書とダイレクトメールだけだ」

第十一章　綿棒《めんぼう》王子

「終点でーす！　終点でーす！」

バーナビーは目をあけて、大きくのびをした。あれ？　ぼく、どこにいるんだっけ？　あ、そっか。フォンセカ・エクスプレスに乗ってるんだ。

「この車室、コーヒーのにおいがするな」やってきた車掌《しやしよう》さんが、窓《まど》をあけて空気をいれかえる。

「このリュックのせいです」バーナビーは背筋《せすじ》をのばし、シートベルトをはずしてリュックをしょった。リュックのなかには、コーヒー豆がぱんぱんにつまっている。エセルとマージョリーからのおわかれのプレゼントだ。これをしょってれば、リオデジャネイロに着いたときに地面に足をつけていられる。サンパウロの駅ではあんなにくたくただったのに、列車の旅のおかげでリフレッシュできたみたいだ。何日もぐっすり眠ったみたいにすっかりしゃきっとしている。ところが、駅のホームにおりてみてびっくりした。〝ペン・ステーション〟という表示が目に入ったからだ。

「すみません」バーナビーは、通りすがりのおまわりさんにたずねた。「リオデジャネイロ空港は、どっちに行けばいいですか？」

「そっちの方角に、約八千キロだよ」おまわりさんは答えて、出口のほうを指さした。

「八千キロ?」バーナビーは、びっくりして口をあんぐりあけた。「ここ、どこですか?」

「ニューヨーク。世界でいちばんすばらしい都市だ」

「あ、それは、シドニーですよ」バーナビーはいった。南じゃなくて北アメリカにいるとわかってかなりおどろいていたとはいえ、そのような大きなまちがいを見すごすわけにはいかない。だけど、おまわりさんはなんとも思わなかったらしい。だまって肩をすくめると、むこうに行ってしまった。バーナビーは、ひとまず駅の外に出たものの、これからどうすればいいのか途方《とほう》にくれた。ぼく、すっかり寝過《ねす》ごしちゃったんだ。乗る予定だったシドニー行きの便は、ぼくをおいて出発してしまった。

バーナビーは、巨大な街《まち》の通りをひとりっきりでさまよっていた。大通りを進み、わき道にそれ、また一時間近くちがう大通りを歩き、広場をぬけ、せわしないショッピングエリアに入り、建物《たてもの》の高さと歩道を歩く大ぜいの人たちにちょっとめんくらっていた。しばらくすると、超高層《ちょうこうそう》ビルのひとつにむかってのびている長い人の列が目に入り、ビルの壁面《へきめん》にある大理石《だいりせき》の表示を見つめた。〝クライスラー・ビル〟とある。そのとき、うしろからひとりの男がぶつかってきて、リュックを背中から引きはがされた。男はリュックをもって走って逃げていく。

「あっ! 待て! どろぼう!」

だけどバーナビーには、何もできなかった。追いかけなきゃと思ったときにはもう、足が地面からふわりとはなれて、空へと浮かんでいた。そしてビルのてっぺんに近づいたとき、頭をかたい金属《きんぞく》に思いっきりぶつけた。街の景色《けしき》が足元で万華鏡《まんげきょう》のようにぐるぐるまわり、それから目の前が真っ暗になった。

「あうっ」バーナビー・ブロケットはいった。

クライスラー・ビルのてっぺんにむかって

「おい、きみ！　だいじょうぶか？」

バーナビーは目をあけて、顔をあげた。ビルの壁《かべ》につってあるワイヤーの囲《かこ》いの下に浮かんでいる。まっすぐのびる壁面が、段になった王冠《おうかん》の形にかわるあたりだ。囲いのすき間から、がっちりした黒いブーツが見える。

「しゃべれるか？　けがは？」

「うぐぐ」バーナビーはうめきながら、囲いのなかをのぞきこんだ。若い男の人が、ブルーデニムのオーバーオールを着て立っている。まわりには、バケツやらぞうきんやらがたくさんある。「ぼく、どうしちゃったんだろう？」

「空気がぬけてく風船みたいにふわふわ浮いてきたんだよ」その人が答えた。「そして、そのままここに突っこんできて、頭を打ったんだ。いったい、どうやってこんなことに？」

「ぼく、浮くんです」バーナビーはいった。ハドソン川にむかって舞《ま》いおりていくタカと目が合う。いいなあ、あんなふうに好きに浮かんだり着地したりできて。

「うそだろ！」

バーナビーは肩をすくめようとしたけど、格子《こうし》の床《ゆか》に肩がはさまって、動かすのはちょっとむずかしい。「囲いのなかにいれてもらえますか？」

「もちろん」その人は横から手をのばして、バーナビーの両耳をつかんで引っぱりあげると、また浮いていかないように両手でバーナビーの肩をしっかりおさえつけた。「こんなの初めてだ」その人は信じられないというふうに首を横にふった。「ふつう、ここにお客は来ないからね」

「窓掃除《まどそうじ》のお仕事ですか？」バーナビーはたずねて、きょろきょろした。いろんなブラシやらゴムのローラーやら泥落《どろお》としやらスポンジやらが、囲いの床にちらばっている。

「まあ、昼間はね。食べていかなきゃならないからな」

バーナビーは背伸びをして、ビルのてっぺんのほうをながめた。頭をかたむけて、三角形の窓と、そのまわりのアーチ形のスチールをじっくり見てみる。

「すごいながめだろう？　これをぜんぶ掃除するには、丸一週間かかるんだ。そうそう、おれの名前はジョシュアだ」その人はいって、手をさしだした。「ジョシュア・プルーイット」

「バーナビー・ブロケットです」

「おでこのこぶ、痛そうだなあ」ジョシュアは、バーナビーの髪を指でちょっとかき分けた。「少し消毒しなきゃ。いっしょにおりるか？」

バーナビーはあたりをきょろきょろした。だって、ほかにどうしようもない。下にもどるか、空へ浮かぶかのどちらかだ。「あ、はい、そうします」バーナビーは答えた。

ジョシュアはうなずいて、囲いの横にぶらさがっている四角い金属《きんぞく》の箱《はこ》をもちあげ、大きな緑色のボタンを押した。囲いが下におり始める。ジョシュアがバーナビーの手をしっかり握《にぎ》ったまま、ふたりして角を曲がり、従業員《じゅうぎょういん》入口からビルのなかに入り、一機しかない灰色《はいいろ》のエレベーターに向かった。エレベーターに乗ると、3と表記してあるボタンをジョシュアが押し、ビルの地下へとおりていった。

エレベーターをおりると、ふたりは曲がりくねった廊下《ろうか》を進んだ。灰色の石壁に、いかにも古そうなパイプがいっぱいくっついていて、そばを通りすぎるときにふしぎなゴボゴボという音がきこえる。それから、でこぼこした短い階段《かいだん》をおりて、大きな金属のドアをあけると、どんよりと暗い部屋《へや》があった。ジョシュアがコードを引っぱると、ひとつしかない電球が、仮の住まいみたいな部屋のなかを照らした。すみっこに寝袋《ねぶくろ》があり、そのとなりには空《から》っぽのカップがいくつかと、本が二、三冊と、食べかけのサンドイッチがある。

「ちらかっててごめん」ジョシュアは、ちょっと恥《は》ずかしそうにした。「あんまり片づけてないんだ」

「ここに住んでるんですか？」バーナビーはたずねた。

「ああ、そうだよ。部屋を借りる余裕《よゆう》がないから、しばらくここで暮《く》らそうと思ってさ」ジョシュアは頭をぽりぽりかいて、この程度《ていど》の人生しか送れなくてちょっと不幸だと思ってるような顔をした。「街の反対側にある小さな箱もどきに家賃《やちん》を払うよりいいさ」

こんなビルの地下に住むようになるまでには、何があったんだろう？　お父さんとお母さんは、どこにいるんだろう？　ぼくもそのうち、こういう場所で暮らすことになるのかな？　バーナビーが考えているあいだ、ジョシュアは部屋の角にあった箱を引っかきまわして、緑色のどろっとして見えるものが入ったびんと、バンドエイドを数枚、とりだしている。二度と家に帰れなかったらどうなっちゃうんだろう？

「すぐによくなるさ」ジョシュアは、消毒薬《しょうどくやく》を脱脂綿《だっしめん》でバーナビーのおでこにちょんちょんつけてから、傷口にバンドエイドを×印にはった。「少しはいいかな？」

「ずいぶんいいです」バーナビーはいった。壁の下の部分を通っている大きな丸いパイプのひとつにすわって、しっかりつかまっている。なにしろ天井は、ほとんどが金属みたいだから。こんなとき、あのデビッド・ジョーンズのビロードのマットレスがあったらいいのにとなつかしくなる。

「よし、バーナビー」ジョシュアがいった。「これを片づけちまうから待っててくれ。そうしたら、上にもどろう」

ジョシュアが部屋のすみっこに行って姿《すがた》が見えなくなると、バーナビーは反対側のあいているドアが気になってきた。そっと立ちあがり、ゆっくりとドアのほうに近づいていく。鉄の梁《はり》にしっかりつかまって、植物のつるからつるへと移動するサルみたいにぶら下がって。ドアのむこうにある部屋の床には、とんでもなくかわった彫刻《ちょうこく》がたくさんちらばっていた。ぜんぶ、鉄でできていて、奇妙《きみょう》だけどおもしろい形にねじれている。真ん中に木片がいくつも埋《う》めこまれているものもあった。木の中心には、うすいブルーのペンキの点々がちっている。デザインにはとくに深い意味はなさそうだし、ひとつとしておなじ彫刻はないけれど、ひとつひとつ手にとってみると、それぞれに興味をそそられる。どれも、画廊《がろう》とか美術館とかにあってもおかしくない作品ばかりだ。

そのとき、バーナビーの目は部屋のすみっこに釘《くぎ》づけになった。彫刻とおなじくらい、思いもよらないものがある。ただのダンボール箱いっぱいに、綿棒《めんぼう》がつまってる。水を含ませて耳掃除をするときに使うような綿棒で、どうやら何千本もありそうだ。いや、何万本かも。

「浮いてっちまったかと思ったよ」うしろから声がした。振《ふ》りかえると、ジョシュアがいた。いつの間にか入ってきたらしい。

「これ、ジョシュアがつくったの？」バーナビーは、彫刻を見わたしながらたずねた。

「そうだよ。気に入ったかい？」

「すごくすてきです。何か意味はあるんですか？」

「意味は自分で決めるものだ。ひとつひとつが、ぼくにとってはちがう意味をもってる。窓掃除は昼間だけの仕事だっていっただろう？　ほんとうは、アーティストなんだ。というか、アーティスト志望《しぼう》だな。まあ、人に作品を見てもらったり、買ってもらったりはしてないけど。この街のギャラリーのオーナーってのが、どれだけいばってるか知ったら、びっくりすると思うよ。こんなことしてても、時間のむだかもしれない。わかんないけどね」

「この綿棒の箱は？　これも作品なんですか？」

「いいや」ジョシュアはにっこりした。「ちがうよ。これはただの綿棒の箱だ」

「よっぽど耳が汚れてるんですね」

「使ってるわけじゃないよ」ジョシュアは、一本手にとってじっくりながめた。「家族のことを忘れないようにもってるだけだ。ほら、こんな地下にひとりでいるのは、すごくさみしいときがあるからね」

「ふつう、写真とかかざるんじゃないですか?」

「ああ、写真ならさいふのなかに一、二枚入ってる。だけど、綿棒はうちの家業《かぎょう》だから、見てると家のことを思いだすんだ。父は、アメリカの綿棒王でね。つまりぼくは、王子ってことになるかな。サミュエル・プルーイットって名前、きいたことない?」

バーナビーは首を横にふった。

「そっか。そんなに有名じゃないんだな。だけど父は、それはそれは金をもってる。綿棒を発明したんだ。おかげで世界じゅうのだれかが耳掃除用の綿棒を買うたびに父に二十五セントが入る。ものすごくたくさんの二十五セントだ。ぜんぶ合わせると、ものすごくたくさんのドルになる」

「じゃあどうして、こんなところに住んでるんですか? お城にだって住めるほどお金持ちなのに」

「金持ちなのは父だ」ジョシュアはいいながら、バーナビーを連れて廊下のほうへもどった。「ぼくじゃない。ぼくがもってる金は、あの窓を掃除してもらうぶんだけだ。だけど、それでじゅうぶんだよ。なんとか食べていけるから、そのあいだは作品をつくれる。父からは、一セントももらえずに追いだされた。家に入れてくれようともしない。連絡《れんらく》さえとってくれない」

「だけど、どうして?」バーナビーはたずねた。またエレベーターに乗って上にあがるところだ。

「どんなにいい彫刻か、お父さんは知らないんですか?」

「芸術愛好家じゃないんだよ。そこが問題だね。金にしか興味がない。そしてぼくにも、金に興味をもたせようとしてた。綿棒のビジネスについて教えこもうとした。ぼくが自分の会社ではたらくのを期待《きたい》してね。で、自分がリタイアしたら、継《つ》がせたかったんだ。だけどさ、ひとつ問題がある。なんだと思う？　綿棒ってさ……おもしろくない」

「でしょうね」

「それに、ぼくは自分の人生を思いどおりに生きたかった。人の思いどおりじゃなく。だから、こうしてここで、ネズミみたいに暮らしてる。毎晩、作品にとりくみながら、もしかしたら父のいうことが正しいのかもなんて考えたりもしてる。きっと、ぼくの作品を真剣《しんけん》に見てくれる人なんていないんじゃないか。ぜんぶ片づけたほうがいいのかもしれないなんてね」

　ふたりはまた、通りにもどってきた。ジョシュアは、地下室からもってきた鉄の重りをわたしてくれた。

「これを靴《くつ》のなかに入れておくといい」ジョシュアはいった。バーナビーもジョシュアに気づかれないように地下室からもってきたものがあって、それをズボンのおしりポケットにかくした。「少し歩きにくいだろうけど、少なくともしばらくのあいだは、浮かずにすむよ」

「ありがとう」バーナビーはいった。「あと、おでこを消毒してくれて、ありがとう。たいていみんな、知らんぷりするだろうから」

「たいていみんな、仕事でいそがしいんだよ」ジョシュアは手を振った。そして、窓掃除の囲いのなかにもどっていき、緑色のボタンを押して、また上にのぼっていった。「気をつけるんだぞ、バーナビー・ブロケット！　ニューヨークは、ときにはとても危ない街だからね！」

第十二章　スター誕生《たんじょう》

バーナビーは、どうやったらシドニーの家に帰れるかを考えるのをやめて、どうやったらジョシュア・プルーイットに感謝《かんしゃ》のきもちを表わせるかを考えはじめた。だって、傷の消毒《しょうどく》をしてくれて、浮いていかないようにしてくれるほどやさしい人なんて、そうそういない。だけど、どうすればいい？　お金はほとんどないし、この街《まち》には友だちもいない。

あ……そっか、いいことを思いついた。

通りをゆっくりと――ものすごーくゆっくりと――歩きながら、バーナビーは郵便局《ゆうびんきょく》をさがした。そして、見つけるとなかに入り、ぶ厚い電話帳がおいてある前のスツールにすわり、ページをぺらぺらめくって、お目当ての住所をさがした。ほどなく、さがしていた住所が見つかったので、紙に書きとめた。さいわいほとんどのマンハッタンの通りには名前ではなく番号がついていたので、それほど苦労しないで目的地にたどりつけた。靴《くつ》にいれた鉄の重りがずっしりきてたし、耳がまた痛くなりはじめてたけど。

通りからながめると、その画廊《がろう》はとても堂々としていた。真っ白に塗《ぬ》ってあって、大きな窓《まど》から、壁《かべ》にほんの二、三枚の小さな絵がかかってるのが見える。バーナビーは、こんな場所に出入りしたことがないのでちょっと不安だったけど、深呼吸《しんこきゅう》をひとつして、ドアをあけると、なかに入った。

机《つくえ》のむこうにすわっている女の人が顔をあげた。バーナビーをひと目見たとき、その表情からして、ぞっとして気を失いそうになってるのがわかった。

「おぞましい」女の人は、びっくりするくらい力強い声でいった。

「えっ？　何が？」バーナビーはたずねた。

「あなたの服。色のセンスはゼロだし、おしゃれかどうかの配慮《はいりょ》などひとつもなし。だって……この時期にチェックのショートパンツって……」女の人はバーナビーの服を見つめて、ありえないというふうに首を横にふった。「いま、どこにいると思っているの？　ゴルフコースとか？」

女の人は立ちあがった。うわ、すごく背が高い。二メートルくらいありそうだ。髪《かみ》の毛をおでこからぜんぶうしろにぴっちり流してるので、眉毛《まゆげ》が髪の生えぎわにくっつくんじゃないかと思うくらいつりあがってる。死んだ人みたいに顔色が悪くて、血みたいに真っ赤な口紅《くちべに》をぬっている。

「だいたい、ど・な・た？」女の人はたずねた。わかるように発音するのがつらいみたいに、言葉を引きずりだすようにして。

「ぼく、バーナビー・ブロケットです」

「そう、ベンジャミン・ブリュ－イット、ここは託児所《たくじしょ》ではないのよ」女の人はきっぱりいった。こんな子の名前を正しく聞きとっては自分の品位にかかわる、とでも思ってるみたいに。「孤児院《こじいん》でもないの。ここは画廊。すぐに出ていってちょうだい。おかしなにおいもぜんぶ外に出してね」

バーナビーは、自分のにおいをくんくんかいでみた。キャプテンW・E・ジョーンズがいつも、自分のかごのなかに丸くなって寝《ね》てるときにするみたいに。たしかに、この人のいうとおりかもしれない。エセルとマージョリーのコーヒー農園《のうえん》を出て以来、お風呂《ふろ》に入ってない。そのあと、ブラジルからニューヨークまでの列車のなかで眠ったりもしたのに。

「おかしなにおいじゃありません」バーナビーは、失礼な、という声を出すよう努力した。「アフターシェーブローションのにおいです」

「ひげなんか生える歳《とし》じゃないでしょう。まだ子どものくせに」

バーナビーは眉《まゆ》をよせた。たしかに。ここは、さっさと本題に入ったほうがよさそうだ。「ミスター・ヴィンセントに会いに来たんです」

「ミスター・ヴィンセント？」女の人は、なんてばかなことをいうんだろうと笑った。「まず、ミスター・ヴィンセントなんて呼び方、だれもしないわ。〝ヴィンセント〟といえば、それで通じるから。それから、ヴィンセントはものすごくいそがしいの。スケジュールは、十年後までびっしり埋《う》まっているのよ。そうでなくとも、ふらっと入ってきたおでこにバンドエイドをはったくさい子どもなんかに用はないわ」

「お願いします、バーナビー・ブロケットが来たと伝えてください」バーナビーは、失礼なことをいわれたのは聞き流した。「きっと、会ってくれるはずです」

「いいえ、さっさと出ていって」

「緊急《きんきゅう》の用事があると伝えてください」

「出ていかないなら……」女の人はきっぱりいいながら近づいてくると、バーナビーの前にそびえるように立ちはだかった。「警察《けいさつ》を呼ぶしかなくなるわね」

「ブラジルにあるコーヒー農園から来たと伝えてください。きっと、会ってくれるはずですよね？」

女の人は、ためらった。自分の雇《やと》い主の過去はよく知っていたから、「コーヒー農園」と「ブラジル」という言葉にはかなりの重みがある。ヴィンセントについて書かれた伝記も、いままで受けた新聞のインタビューもぜんぶ読んでいる。もしかしたらこの子は、ただものじゃないかも……敵《てき》にまわすのはよくないかもしれない。

「ちょっと待っていて」女の人はそういって、つかれきったようなため息をつくと、回れ右をして、画廊の奥にある事務所に入っていった。

一、二分後、細い口ひげをはやした黒髪の男の人が出てきた。うっすら笑みを浮かべ、ちょっとおもしろがっているような顔でバーナビーを見つめる。「わたしに会いたいというのはきみか？」アクセントに、サンパウロのスラム街《がい》出身なのがにじんでいる。

「ぼく、バーナビー・ブロケットといいます。シドニーの上空をただよっているとき、熱気球《ねっききゅう》にぶつかって、それに乗っていたのが、あなたのお友だちのエセルさんとマージョリーさんでした。いろいろあって、おふたりに一週間、コーヒー農園に泊《と》めてもらいました。あなたが前にいた部屋《へや》で寝てたんですよ。おふたりとも、あなたのことをすごくほめてました。パルミラからも、あなたがおふたりの大のお気に入りだときいてます」

「もちろん！　ふたりは大親友だよ！」ヴィンセントは叫《さけ》んで、大よろこびで両手をたたいた。「わたしの恩人《おんじん》だ。いまのわたしがあるのは、すべてあのふたりのおかげだよ。きみも、あのふたりに助けられたんだね？　わたしが助けられたみたいに？」

「ええ、まあ、そんなとこです」バーナビーはうなずいた。「あのときあのふたりに会ってなかったら、どうなってたかわかりません」バーナビーは、さっきの背の高い女の人を見あげた。敵意と軽蔑《けいべつ》が混ざった目でこちらを見つめている。「奥さんですか？」バーナビーは、何気なくヴィンセントにたずねた。その質問《しつもん》をきいて、その女の人は目をまん丸くした。目玉が飛びだして床《ゆか》に転がるんじゃないかと心配になるくらいに。

「だれとも結婚《けっこん》なんかしてないわ」女の人はやけにいばって答えた。まるで、毎晩コンピュータゲームをしているのを責《せ》められたみたいに。

「あ、いえ」バーナビーは口ごもって首を横にふった。「いえ、そんなつもりじゃなくて」

「で、わたしに何かできることが？」ヴィンセントは、バーナビーの腕《うで》をつかんで、きれいな革《かわ》ばりのソファに連れていった。「まさか、エセルとマージョリーが……病気とかいうわけでは……？」

「いいえ」バーナビーはあわてて首を横にふった。「ちがいます。ふたりとも、すごく元気です。じつは、えっと、ミスター・ヴィンセント……」

「ただのヴィンセントと呼んでくれ」

「じつは、ヴィンセント、あなたは芸術のことをとてもよく知ってるってことで、まちがいないですよね？」

ヴィンセントは、両手をのばして自分の画廊にかざられた作品を見まわした。「少しは知っている」けんそんして答える。

「ちょっとお見せしたいものがあるんですけど、いい作品かどうか、教えていただけませんか？」

「今日は鑑定《かんてい》はしていないわ！」ヴィンセントの助手が、手をぱんぱんたたいた。「予約が必要よ。たしか、四月の第二火曜日に空きがあったはず。十八年後の四月よ。午前十時に予約を入れておきましょうか？」

「おいおい、アラバスター」ヴィンセントは、きびしい顔で助手をだまらせた。「エセルとマージョリーの友だちなら、わたしの友だちだ。さあ、バーナビー、見せたいものっていうのは？」

バーナビーはポケットに手をつっこんで、ジョシュアの彫刻《ちょうこく》を取りだした。最初からそのつもりで、だまってもってきた小さい彫刻だ。人のものをもってきたらいけないのはわかってるけど、今回にかぎっては、ゆるされるはずだ。

ヴィンセントはバーナビーからその金属《きんぞく》の作品を受けとると、両手で引っくりかえしながらしばらくじっくり見ていた。それから、窓のほうに歩いていき、差しこんでくる明るい日差しのなかでさらにじっくりながめた。小声でぶつぶついうと、彫刻の鉄と木材に指を走らせてから、感心したように首をふる。

「みごとだ」ヴィンセントはいって、バーナビーのほうをむいた。「実にみごとだ。きみが作ったのか？」

「いいえ。ぼくの友だちです。クライスラービルの窓掃除《まどそうじ》をしてるんですけど、アーティスト志望《しぼう》なんです。だけど、だれも作品に目をとめてくれそうになくて。ぼくの傷口を消毒してくれて、おでこにバンドエイドをはってくれました。なんとかしてお礼をしたいんです」

「アーティスト志望なんかじゃない！」ヴィンセントは、力強い声でいった。「アーティストだ！すばらしいアーティストだ。とにかく、おもしろいにおいのバーナビーくん、わたしをその友だちのところに連れていってくれ。いますぐ会いたい！」


一週間後、ヴィンセントが親切に五番街のだだっ広いマンションのゲストルーム（セントラルパークが見おろせる部屋だ）に泊めてくれたおかげで、バーナビーはすっかり清潔《せいけつ》でぴかぴかになり、においも消えて、また画廊にやってきた。すごく高価な靴をはき、かかとに重りを入れて浮かないようにして、カメラマンや新聞記者がジョシュア・プルーイットの初の個展《こてん》を取材するために並んでいるなかを歩いていく。今年の美術界で屈指《くっし》のイベントという評判《ひょうばん》の個展だ。

「すべてきみのおかげだときいたよ」記者のバッジをつけた人が近づいてきた。バーナビーはうなずいて、その人の顔のほとんどをおおっているひどいやけどのあとをなるべく見ないようにしていた。じろじろ見るのは失礼だとわかってるけど、どうしてこんなやけどをしちゃったんだろうと思わずにはいられない。

「まあ、少しは」バーナビーは答えた。

「チャールズ・エザリッジだ」その人はいって、バーナビーの手をとって握手《あくしゅ》した。「カナダの新聞社トロントスターの、美術批評《びじゅつひひょう》主任《しゅにん》をしている。ヴィンセントから今回のすばらしい作品の話をきき、どうしても自分の目で見たくなったんだ。そして、むだ足ではなかったよ。明日の朝には汽車《きしゃ》でカナダにもどらなくてはいけないが、来てよかった。うちの読者を代表していわせてもらうが、プルーイット氏の作品を世に出してくれたことに、感謝したい。いくらお礼をいっても足りないくらいだ。もしわたしにできることがあったら、なんでもいってくれ」

バーナビーはうなずいた。だけど、してほしいことなんて思いつかないので、そのままジョシュアをさがしに行った。

「バーナビー、きみには感謝しきれない」ジョシュアはいった。賞賛《しょうさん》を浴びてうれしそうだ。「それに、ほら、あそこ……父までかけつけてくれた。やっとぼくのことを誇《ほこ》りに思ってくれたらしい。ニューヨークタイムズに載《の》ったからね。もう綿棒《めんぼう》の仕事はしなくていいっていってくれたよ」

「じゃあ、仲直りしたんですか？」バーナビーはたずねた。

「まあ、まだいろいろわだかまりはあるけどね。なんといっても、一セントもない状態《じょうたい》で家から放りだされたんだ。しかもその理由ときたら、ただぼくが自分が望んでいるのと少しちがっていたってだけだよ。そのうち忘れられるとは思うけど、そうかんたんなことじゃない。いったいどこの親が、自分の息子をそんなふうに追いだす？」

バーナビーは眉《まゆ》をよせてくちびるをかんだ。この一週間はいろんなことがありすぎて、父さんと母さんのことをあんまり考えずにすんだ。だけどジョシュアの話をきいて、家のことを思いだしてしまった。それで楽しい気持ちにはなれなかったけど。バーナビーは、ヴィンセントがかざったすばらしい展示《てんじ》を見まわした。お金持ちの芸術愛好家たちが作品をひとつひとつながめ、その横でアラバスターが、売約済《ばいやくず》みの小さな赤い丸をつけてまわっている。

「そのうち和解《わかい》できるさ」ジョシュアはさらにいった。「父が、息子がビジネスマンではなくアーティストだってわかってくれていれば。そんなことより、バーナビー、きみのことだよ。これからどうするんだ？」

「シドニーの家に帰りたいんですけど、方法を考えてるとこです」

そのとき、ある考えが浮かんだ。バーナビーは、チャールズ・エザリッジのところにまた近づいていった。感謝の気持ちをあらわしたいといってくれた、トロントスターの記者のところに。

「あの、エザリッジさん。明日の朝、トロントにもどるっておっしゃってましたよね？」

「ああ、そうだよ。どうしてだ？」

バーナビーはちょっと考えた。頭のなかで世界地図を思い描こうとする。「トロントって、シドニーの近くですか？」

第十三章　リトル・ミス・キリビリ

エレノアはキャプテンW・E・ジョーンズの散歩から帰ってきたとき、ちょうど家の前の通りで郵《ゆう》便配達《びんはいたつ》の人に会った。配達人はエレノアに、本屋からの小包《こづつみ》と、ヘンリーの学校からの手紙と、バーナビーからのはがきを手わたした。まず、手紙を読む。どうやらヘンリーがここ二、三週間、けんかをしているらしい。そのあと、おそるおそるはがきを読みはじめた。顔から血の気が引くのがわかる。末っ子が書いてきたのにまちがいない。胸のあたりが、いままで感じたことのないような痛みでちくっとする。

バーナビーといっしょにハーバーブリッジに行ってから、何週間もたつ。あの日のできごとは、ほとんど頭からはなれたことがない。自分は正しいことをしたと思えるときもある。なんといってもバーナビーはすごくがんこで、ぜったいに変わろうとしなかったから。だけど、ほんのたまに、どうして自分はありのままの息子を愛せなかったんだろうと思ってしまうときもある。だってわたしは、いつでもごくふつうの家族のふつうの母親だってことを誇《ほこ》りに思ってきた。なのに、わたしがしたことは、ふつうだといえる？

通りのむこうに、エスター・フレデリクソンが七歳の娘《むすめ》のタニアを連れて車からおりるのが見えた。

家族のみなさま

ブラジルからシドニーまでひこうきで帰るつもりでしたが、列車のなかでねすごしてしまい、目がさめたらニューヨークでした。まだ帰ってないのは、そういうわけです。心配しているといけないので。アメリカであたらしい友だちが何人かできましたが、今日カナダまで行って、そこからひこうきにのって帰るつもりです。新聞社が、ぼくにたくさんかんしゃしたいといって、チケットを買ってくれますが、どうやらトロントからひこうきにのらなくちゃいけないようです。

まだ、浮かないようにはなってません。~~もしく~~もしかすると、浮くのがぼくなのかもしれません。キャプテンW・E・ジョーンズに、ドッグビスケットを食べすぎないようにつたえてください。ぼくが家にいたときから、ちょっとデブになりかけてたから。

息子・弟・かいぬしのバーナビーより

To　ミスター&ミセス・ブロケット、ヘンリー、メラニー、キャプテンW・E・ジョーンズ

オーストラリア　NSW2061　キリビリ
ワルーダ通り15

「あら、こんにちは、エレノア」エスターがこちらを見て叫《さけ》んだ。やたら大きなトロフィーを振《ふ》り回していっる。「優勝よ！」エスターは勝ち誇っていった。「リトル・ミス・キリビリで優勝したの。この子の三つ上の姉といっしょ。あと、母親ともね！」

エレノアはにっこりしたけど、わざわざ通りをわたってタニアとエスターにおめでとうをいう気にはなれなかった。リトル・ミス・キリビリ・コンテストなんて、いやな思い出にしかつながらない。小さいとき、エレノアはリトル・ミス・ビーコンヒルで優勝した。そのせいで騒《さわ》がれたり注目されたりするのが、いやでたまらなかった。母親もリトル・ミス・ビーコンヒルだったので、エレノアは生まれたときからずっと、メイクアップアーティストや美容師《びようし》専門学校の練習用の人形みたいにあつかわれてきた。顔に口紅《くちべに》やグロスをぬりたくられ、髪《かみ》の毛をまとめてやたらごちゃごちゃしたアップスタイルにされ、手を腰《こし》にあてて歩かされた。母親のミセス・ブリンガムがいうところの「きめポーズ歩き」を完成させるまでずっと。

「いい？　忘れないでよ」母親はいった。エレノアがまだ五歳で、初のビューティコンテストに出場させられることになったときだ。「審査員《しんさいん》から、将来の夢は何かってきかれたら、なんて答えるの？」

「犬の訓練所《くんれんじょ》ではたらきたい」エレノアはいった。「あと、できるだけたくさんの捨て犬を助けて、あたらしいおうちを見つけてあげたい」

「世界平和でしょう！」母親は、腕《うで》をふりまわしながら叫んだ。「まったく、この子は。何度いったらわかるの？　将来の夢は、世界平和よ！」

「あ、そうだった。ごめんなさい。もう忘れないから」

「じゃあ、いちばんの友だちはだれかってきかれたら、なんて答えるの？」

エレノアは考えた。この質問《しつもん》の答えは、しょっちゅう変わる。「アギー・トレントン、かな。先週だったらホリー・モンゴメリーだったけど、火曜日に髪の毛を引っぱられたし、ランチをとられたし」

「いちばんの友だちは、お母さんよ」母親は、歯ぎしりしながらいった。「エレノア、お母さんのいうことをくりかえしなさい。わたしのいちばんの友だちは、お母さんです。はい」

「わたしのいちばんの友だちは、お母さんです」エレノアは、おとなしくくりかえした。

「いちばん好きな音楽は？」

「ビートルズ」

「ショパンでしょう！」

「あ、そっか。ショパン」

「いちばん好きな本は？」

「赤毛のアン」

「うーん、そうねえ」母親はいう。母は、本は一冊も読んだことがない。「いいわ、なかなかよさそうな返事ね。さてと、あと忘れてることはないかしら？」

エレノアのほうは、ビューティコンテストに出たいなんて思ったことは一度もなかった。それどころか、メイクをされたり髪をアップにされたりするのがいやでたまらなかった。ほかの子たちといっしょに近所で遊ぶほうがずっといい。汚《よご》れなんか気にしないで遊んで、ひじに切り傷をつくって顔を泥《どろ》だらけにして帰ってきたい。だけど、母親がゆるしてくれない。

「あなたはレディなのよ。レディらしくふるまわなければいけないの。あなたの年齢《ねんれい》で出場できるコンテストはニューサウスウエールズ州だけで四十以上あるの。その気になれば、ぜんぶにエントリーできて、そのうちすべてで優勝できるわ。すてきじゃない？　いままで一シーズンの最多優勝《さいたゆうしょう》は、三十六回よ。だれだか知ってる？」

「だれ？」

「ママよ！」

エレノアはため息をついた。たいくつだと感じるのはコンテストそのものだけではなく、ほかの出場者もだった。どの女の子も、自分の頭で考えてないように見える。母親にいわれたことをくりかえしているだけだし、よくほっぺたが裂《さ》けないなと思うくらいニカーッと笑っている。

だけどエレノアは、母親のいうことをきくしかなかった。週末がめぐってくるたびに、エレノアと母親は車に乗りこんで、西のブロークンヒルから東のニューキャッスルへ、北のコフスハーバーから南のモーニントン半島へと移動し、歌をうたい、コンテストの舞台《ぶたい》を行ったり来たりし、トロフィーを獲得《かくとく》した。エレノアは、友だちのお誕生日《たんじょうび》パーティに出たことは一度もなかった。パーティはいつも土曜日で、エレノアが観客の前で自分を見せびらかす日だったからだ。

こんなことが六年つづき、とうとう、エレノアは十三歳の誕生日をむかえるとすぐ、自分のトロフィーをずらりと並べるためにわざわざ家の裏に増築《ぞうちく》した部屋に入っていった。そして母親に、ビューティコンテストの出場はもうおわりにすると伝えた。

「おわりは、ママが決めるわ。そして、あなたの外見がおとろえるまでは、おわりにはならないの。まだ二、三年はいけるわね」

「悪いけど、もうやめる」エレノアは、静かにいった。「もう出場しない。コンテストなんて、大きらい。みんなにじろじろ見られるのも、好きじゃない」

「あなたに見とれてるのよ！」

「ううん、ちがう。気持ちわるいし。コンテストに着る服もきらいだし、競争するのもきらいだし、とくに注目されるのがいや。それに、そのせいで顔にブツブツができちゃうし、お医者さんは不安を感じてるせいだっていってた。とにかく、ほっといてほしいの」

そしてひとしきり言い合いをしたあと、母親に脅《おど》されても負けずに、エレノアはとうとう自分の意見を通した。メイク用品を捨て、着る機会のなくなった衣装を救世軍《きゆうせいぐん》に寄付《きふ》し、エレノアの毎日はついに平和になった。

「生きているあいだ二度と人からじっと見られることがなければ」エレノアは、トロフィーをぜんぶ箱《はこ》にいれて物置《ものおき》にしまった日、日記に書いた。「そうなったら、幸せに歳《とし》がとれると思う」と。

そしていま、エレノアは家に入りながら、首を左右にふって考えていたことを振り払おうとした。心のどこかで思っていた。タニア・フレデリクソンのところに走っていって、やりたくなかったらコンテストの出場なんてことわっていいのよ、といってやりたい。あなたが今年のリトル・ミス・ブルーマウンテンズだとかリトル・ミス・ウーロンゴンだとかにならなくても、だれもあなたのことを悪く思ったりしないわよ、と。

だけど、エレノアはだまっていた。そして、ソファにすわってバーナビーのはがきをもう一度読み、思わずふーっと深いため息をついた。それから、はがきをわきにおいて、本屋からの小包をあけた。バーナビー宛《あ》ての荷物だ。入っていたのは、『デビッド・カッパーフィールド』で、バーナビーが浮いていってしまう前に注文していたらしい。エレノアは、表紙にしばらく見入っていた。少年がひとりで、ロンドンを指している標識《ひょうしき》のある大通りにいる。その表情は、さみしそうで不安そうだ。それからエレノアは、ページをめくりはじめた。

ぼくが自分の人生の英雄《えいゆう》になるか、その地位はほかのだれかのものになるかは、ページをめくるうちにわかるだろう。

「ワンッ」キャプテンW・E・ジョーンズがほえた。いっしょにソファに乗りたいらしい。エレノアはうなずいて、となりのクッションをとんとんたたいてから、靴《くつ》をぬぎすて、のびをした。

ぼくの人生をはじめから話すと、生まれたのは（きいた話を信じているのだが）金曜日で、夜中の十二時だった。

エレノアはこの部分を読んで、小さく声をあげた。それから本を閉じて立ちあがり、キッチンに行くと、バーナビーのはがきをごみ箱《ばこ》に捨てた。冷蔵庫《れいぞうこ》をあけて、なかをながめる。夕食はポークチョップにしましょう。エレノアはそう考え、それ以外のすべての考えを振り払った。あと、デザートは、パヴロヴァ〔訳註：オーストラリアの代表的なお菓子でメレンゲのケーキ〕ね。

第十四章　新聞に載《の》った写真

つぎの日の朝、バーナビーはふたたびペン・ステーションにいた。

そのターミナル駅のコンコースに立ち、足元を見おろす。赤と白の線が床《ゆか》を左右に走ってもようをつくっている。バーナビーが立っているあたりはくっきりしているけど、左右にいくと少しうすくなっている。バーナビーは背伸《せの》びをして、うしろの窓《まど》を見あげた。朝の光が、天井《てんじょう》からつるしてある大きな星条旗《せいじょうき》の下からさしこみ、その赤と青と白の色が波のようにゆれている。

まわりは、通勤《つうきん》する人であふれている。朝のラッシュアワーで、眠そうな目をして髪《かみ》も半乾《はんがわ》きの人たちが、片手にコーヒー、もう片方の手にドーナツをもち、その表情からして、自分が目的地にすぐに——できれば最速で——着かないと世界が終わってしまうと思っているみたいに急いでいる。だれもが、それほどいそがしくてそれほど重要人物、ってことだ。

バーナビーは息を深く吸い、それからふーっと吐《は》きながら、案内所のまわりにむらがる観光客を見つめていた。ブースのなかにいる女の人は観光客に責めたてられてうんざりした顔をしている。バーナビーは、あたらしいリュックをしょっていた。なかには、クライスラービルの地下にあった重たい鉄のかたまりがつまってるから、ふわふわ浮いていってコンコースの屋根《やね》にぶつかってしまうこともない。

「おはよう、バーナビー」チャールズ・エザリッジが、しっかりした足どりで近づいてきた。コーヒーとドーナツではなく、水のボトルを二本とリンゴを二個、もっている。駅を出入りする人たちのなかには、チャールズの顔をおおっているひどいやけどのあとをじろじろ見て、顔をそむける人もいる。その人たちの表情は残酷《ざんこく》で、チャールズが人に見られることに慣《な》れてなかったら傷ついているはずだ。ティーンの女の子がオエーッという声をあげて、自分のあけた口の真ん中を指でさすようなしぐさをする。その友だちが笑いころげる。そのかん高い声で、チャールズはそちらを見た。女の子が真っ赤になって、むこうをむく。そして友だちといっしょに、ひぃひぃ笑いながら階段《かいだん》をかけおりていった。

「朝食、買ってきたよ」チャールズがいう。その声で、いま起きたことに傷ついているのがわかる。

「お腹《なか》すいてるだろうと思って」

「ありがとう」バーナビーはいった。

「チケットは、途中《とちゅう》で受けとってきた」チャールズは、数枚の紙をふってみせた。「いそがないと乗り遅《おく》れちゃうな」

ふたりは下の階《かい》にむかった。プラットフォームへとつづく長い通路をいくつも通って進んでいく。

「プルーイット君の作品がきのうの夜、ぜんぶ売れたのはきいただろう？　しかも、かなりの値《ね》がついた。ニューヨーカー誌《し》が来週、あの個展《こてん》の特集を組む。あと、ニューヨークタイムズはすでに、展覧会《てんらんかい》が人がいうほどよくない理由をいくつもあげる準備《じゅんび》をしている。プルーイット君はすっかり、街《まち》の人気者だ。それがぜんぶ、きみのおかげなんだからね」

「ジョシュアがやっとアーティストになれてうれしいです。それから、家族と仲直りできて」

「前からアーティストではあった。ただこれから、売れっ子アーティストになるというだけだ。そしてわたしの経験《けいけん》によれば、そのふたつは必ずしも一致《いっち》しない」

ふたりは、九番ホームに行った。乗る予定の列車《れっしゃ》が待っている。バーナビーは、十番ホームとの間の空間を見わたして、眉《まゆ》を寄せた。

「駅、まちがったかな」チャールズは、バーナビーのようすに気づいていった。

「確認《かくにん》してるだけです」バーナビーはにっこりして、ふたりして列車に乗った。席を見て、バーナビーはほっとした。シートベルトをしめれば、天井に浮いていく心配がない。チャールズはバーナビーのリュックを頭の上の網棚《あみだな》に乗せてくれた。

「いろいろたいへんだろうね」チャールズがいう。「ほら、浮いてしまうってことだけど。できないことがたくさんあるだろうから」

「そうですね」バーナビーが返事をしたとき、ピーッという音がひびいて、列車が走りだした。「だけど、ずっとこうだったから。前に一度だけ、シドニーのハーバーブリッジに学校のクラス全員でのぼったとき、一列になってしばりつけられてたから、生まれてはじめてほかのみんなとおなじになれました」

「で、どんな気分だった？」

「へんな気分です」バーナビーは顔をしかめた。「自分じゃないみたいで。いやでした」

チャールズはうなずいて、しばらくかすかにほほ笑みながらバーナビーを見つめていた。そしてちょっと笑って、自分のところの新聞を広げて見出しをチェックしはじめた。バーナビーは窓の外に目をやり、列車がスピードをあげるにつれて目の前をびゅんびゅんすぎていく景色《けしき》をながめていた。ああ、本をもってくればよかったな。『三銃士《さんじゅうし》』なんか、こういう旅にはぴったりだったのに。

出発して二時間ほどたったころ、列車がオールバニーに止まり、数人の乗客がおりて、もっとたくさんの人が乗ってきた。ひとりのハンサムな若い男の人が、ばかでかい緑色のリュックを網棚にひょいっと乗せて、前の席にすわった。本に顔をうずめているので、バーナビーはタイトルをたしかめようとじっと見た。『政治家《せいじか》の国』とある。

「あの、そのリュックのなかに冒険小説《ぼうけんしょうせつ》は入ってませんか？」バーナビーは、期待《きたい》をこめて前のめりになった。

その男の人はびっくりして顔をあげた。「いや、あいにくもってないな。歴史《れきし》が好きなんでね。よかったら、十九世紀初頭のアイルランドの農地改革《のうちかいかく》について書かれた本ならあるけど……」

バーナビーはため息をついて、首を横にふった。追跡《ついせき》シーンがあるようなものを読みたい気分だ。または、孤児《こじ》が自分の道を切りひらこうとしてるとか。戦いのシーンがちょっとあってもいい。

そのころには、列車はそこそこ混んできた。でもまだ、通路をはさんで空席がふたつあって、母と娘《むすめ》がその席を確保《かくほ》しようといちもくさんにやってきた。あと五百キロ近くも通路に立ってなくていいとわかると、母親がほっとした表情を浮かべる。ところが、近くまで来ると、娘がぴたっと止まった。チャールズの顔のやけどをひと目見て、それ以上進もうとしない。口をぽかんとあけて、その場に突っ立っている。悲鳴をあげようか、そのまま気を失おうか、決めかねているみたいに。

「ベティ＝アン、早くして」母親がせかして、おなじくチャールズに気づくと、いらいらした顔でにらみつけてきた。こんな顔をしてよくも列車のなかにすわってられるわね、とでもいうふうに。「ベティ＝アン、早くなさいっていったでしょっ！」

それでも、娘は席にすわろうとしない。

「ねえ、いうことをきいて」母親はぴしゃりといい、今度は娘を前に押して窓際《まどぎわ》の席にすわらせ、自分は通路側にすわった。チャールズとのあいだには、狭《せま》い通路があるだけだ。

なんて無礼な！

バーナビーはどうなるかとはらはらしていたけれど、チャールズのほうを見ると、熱心に記事に見入っている。ただし、たしか三十分前に読んでいたのとおなじページだ。

もちろん、バーナビーもきのうの夜はじめてチャールズに会ったときは、ぎくっとした。赤黒い傷としわしわの皮膚《ひふ》が、右目のすぐ下からあごの左側にかけて広がっている。片方の耳もかなりひどく変形していて、右眉の真上にすべすべした真っ白い肌をした部分がある。失礼と思いつつもバーナビーがじっと見つめていたら、とうとうチャールズが新聞をおろしてこちらを見た。

「ん?」

「いえ、べつに」バーナビーはちょっと顔を赤くして、また窓の外を見た。

「わたしの顔を見ていただろう?」

バーナビーはまたチャールズのほうをむいて、くちびるをかんだ。「ぼく、ただ……はい、何があったんだろうって思ってただけです。きいてもいいですか?」

「ああ、かまわない」チャールズはいって、新聞を半分にたたんだ。「正直、動物園の動物みたいにじろじろ見られるより、はっきりきいてくれたほうがいい」チャールズはベティ＝アンと母親にきこえるように少し声をはりあげた。ふたりとも、チャールズを完ぺきに無視《むし》している。ベティ＝アンはもう、コンピュータゲームに夢中だったし、母親のほうはセレブについてのゴシップ記事を読んでいた。「それにしても、ちょうどこの記事に気づいたときにきかれるなんて、おもしろい」

チャールズは新聞を広げて、バーナビーに見せた。〝スタイル〟の欄《らん》に、ファッションショーでステージを歩くものすごくきれいな女の人の写真がある。観《み》ている人はみんな、神が降臨《こうりん》してくるのを見た古代の人みたいな表情を浮かべているけれど、そのモデルはどうでもいいみたいな顔でカメラのレンズをじっと見ている。

「ほら、このモデル」チャールズがいって、バーナビーはうなずいた。「知っているだろう？」

「いいえ」バーナビーは首を横にふった。

「ほんとうに？　きっとこの列車の乗客で知らないのは、きみだけだろうな。名前は聞いたことがあるだろう？　エヴァ・エザリッジ」

バーナビーは肩をすくめて、知ってるふりをしたほうがいいのかなと考えていた。「モデルさんですか？」

「モデルさん？」チャールズは笑った。「世界一有名なモデルだよ。それはもうたくさんのキャンペーンの顔をつとめてきたから、本人も半分くらいしかおぼえてないんじゃないかな。もちろん、本人はただのモデルだとは思っていない。歌手でもある。女優でもある。テレビの司会者もやっている。栄養失調《えいようしっちょう》の女性たちのためにつくられた下着のラインナップをデザインしている。あらゆる美容製《びようせい》品《ひん》のイメージキャラクターをしている」チャールズはちょっとためらってから、首をふって少しほほ笑んだ。「ああ、あと、わたしの妹でもある。忘れるところだった」

バーナビーは、チャールズのひざの上から新聞をとり、もう一度見た。となりにすわっている人と似ているところがあるかどうかと思って。だけど、このひどい傷跡《きずあと》の下がほんとうはどんなふうなのか、さっぱりわからない。

「そして、ここにいるふたりは……」チャールズはいって、おなじファッションショーで撮《と》られたさつきより小さい写真が並《なら》んでいるページをひらいた。「わたしの両親の、エドワード・エザリッジとエドワーディン・エザリッジ。父は超有名デザイナーで、母はおなじく有名な写真家だ」

「だけどこのショー、きのうの夜ですよ」バーナビーはいって、ページのてっぺんにのっている日付を指さした。

「そうだ」

「なのに、こっちじゃなくて、ジョシュアの個展のほうに行ったんですか?」

「もちろん」

「招待《しょうたい》されなかったんですか?」

「いや、ちゃんと招待はされていた」チャールズは、ちょっとつらそうに笑った。「この手のイベントにはかならず招待してくれる。わたしが美術批評家《びじゅつひひょうか》として有名になってから、だけどね。だが、行ったことは一度もない」

「どうしてです?」バーナビーは眉を寄せた。

「前に、家族をものすごく必要としている時期《じき》があったんだが、そのときはだれもそばにいてくれなかった」チャールズの声は、すっかり悲しそうになっていた。「興味《きょうみ》をもってくれるようになったのは、わたしが有名人になってからだ。そういうのはなんだか、少し遅《おそ》すぎるような気がしてね」

「だけど、家族じゃないですか」

「そしてきみは、その家族に何をされた?」チャールズはいった。ミセス・マクォーリーズ・チェアで起きたおそろしいできごとを、前の晩にヴィンセントとジョシュアの両方からきいていたからだ。

「わたしの傷の話だったね」チャールズは目をこすってため息をついた。「ほんとうに知りたいか?」

「話すのがいやじゃなかったら」バーナビーはいった。ほんとうに知りたい。

「べつにいやではないよ。だが、あんまり楽しい話ではないし、終わり方も楽しくない」

「ほとんどの話がそういうものです。ぼくの話がこれからどうなるかはわかりませんけど、でも、あなたの話はききたいです」

第十五章　スタジオの火事

窓《まど》の外の景色《けしき》が、だんだん夕闇《ゆうやみ》につつまれてきた。乗客のなかには、頭上の小さいスポットライトをつけて読書をつづける人もいたし、少し眠るために消す人もいた。

「あのおそろしいできごとが起きたとき、わたしはまだ小さかった」チャールズはむかしを思いだしながら小さい声で話した。「たった八歳だ」

「ぼく、いま八歳です」バーナビーはいった。

「そうか、それならきっと、わたしの気持ちをわかってもらえるだろうな。母は、さっき新聞で見ただろうけど、ブルックリンにある自宅にスタジオをもって写真家をしていた。スタジオはいちばん上の階《かい》にあり、真ん中の階に両親とエヴァとわたしが住んで、一階では父が自分のコレクションのデザインをしていた。母も父も、ものすごくいそがしかった。まるで、ブルックリンで起きているあらゆることの中心にうちの両親がいるように思えた。両親がつきあうのは、ファッショナブルな人たちだけだった。自分たちとおなじような人だ。完ぺきな容姿《ようし》のモデルや、映画スター、大物文化人。両親の考えるふつうがそれで、ほかの人の基準《きじゅん》とはちがう。有名な役者、音楽家、小説家、画家……そういった人たちが毎日のように家を訪《おとず》れていた。だから、エヴァとわたしもその家に住んでいることに、両親はほんのたまにしか気づかないみたいに見えた」

「妹さんとは歳が近いんですか？」

「ああ、二歳下だ。そろそろ三十だな。ほら、この写真を見れば、年齢《ねんれい》をおそれているのがわかるよ。まあとにかく、あと二週間ほどで九歳の誕生日《たんじょうび》というある日、気づいたら家にいるのはわたしひとりだった。めったにないことだ。なにしろあの家は、家庭というよりは、あるとくべつな宇宙の中心そのものみたいだったから。そこで、せっかくだから少し探検《たんけん》してみようという気になり、わたしは三階の母のスタジオに行き、焼《や》きつけた写真をあさり始めた。母が、服を脱《ぬ》いだモデルの写真をたくさん撮っているのを知っていたからね。ちょうど、服を脱いだモデルに大いに興味をもちはじめたころだったから」

バーナビーは、にやにやした。そのとき、車内販売の女の人がやってきた。お菓子《かし》が入った大きなかごをもって、「プレッツェル！　プレッツェルはいかがですか？」と歌うように叫《さけ》んでいるので、乗客の半分くらいが目をさます。販売係はチャールズのところにくると、はっとして、あわてて通りすぎていった。バーナビーはほんとうは、プレッツェルを買いたかった。ふーん、けっこういるんだなあ。見かけがちょっとふつうじゃない人と会ったとき、平気でひどいことをしちゃう人って。

「まあ、とにかく、写真スタジオにはたくさんの備品《びひん》があった」チャールズは、失礼なことをされたのに気づいてないような顔で話をつづけた。気づいてたのはみえみえだったけど。「とんでもない数の薬剤《やくざい》、トナー、現像液《げんぞうえき》、その他もろもろだ。わたしがしていたのはもちろん、本来やってはならないことだ。そして災害《さいがい》は起こるべくして起こった。わたしはランプをたおしてしまい、それがフィルムの山の上に落ち、何が起きているのか気づいたときにはもう、スタジオじゅうが火の海だった」

バーナビーは、思わず息をのんで、手を口に当てた。グラベリング・アカデミーの教室が火事になったとき、どんなにこわかったかを思いだしたからだ。あのときは、もう死んじゃうんだと思った……というか、ライアムが勇敢《ゆうかん》にもかけつけてくれてフックをつかって助けてくれなかったら、死んでるところだった。あのあと何週間も、火にかこまれたまま浮くこともできずにいるこわい夢を見たっけ。

「そのあとのことはすべて、あまり覚えていない」チャールズは、少し間をおいていった。バーナビーのほうをまっすぐ見ずに、自分のひざに視線を落としながら、二十年以上前の午後のできごとを思いだしている。「あっという間に家じゅうに火がまわったと、あとできかされた。だがぼくは、消防《しょうぼう》士《し》になんとか救出《きゅうしゅつ》されたらしい。目をさましたら、病院にいた。やけど病棟《びょうとう》に入院していて、顔じゅうがゼリー状のものでおおわれていた。ひどいやけどの上に軟膏《なんこう》をぬられて、包帯《ほうたい》でぐるぐる巻きだ。それはもう、とんでもない苦しみだったよ。数週間してやっと起きあがって鏡を見られるようになったとき、そこにうつっていたのは、古代エジプトのミイラみたいな姿だった。おそろしかったよ。あの年ごろの少年にとっては、世界の終わりのように思えた」

　バーナビーは、歴史《れきし》の授業《じゅぎょう》で読んだミイラを思いだして、あんなふうに布で包《つつ》まれたらどんなだろうと思い描こうとしてみた。でも、とても想像できない。

「入院は何か月もつづいた。包帯がとれたときは、いまよりもっとひどい状態《じょうたい》だったんだ。まだ傷が広がっているところで、おさまりきってなかったから。看護師《かんごし》たちでさえ、わたしをまともに見られなかった。やけどの患者《かんじゃ》の扱《あつか》いには慣れているはずなのにね。それから手術、手術、手術の日々が始まった。九歳の誕生日は病棟でむかえたよ。成長するにつれ、顔の皮膚ものびはじめて、さらにひどくなった。そして両親は、外見の美しさを重要視してきたから……まあ、自分たちの息子がこんなふうになってしまったことが信じられなかったんだろう。最初は毎日会いにきてくれていたのに、だんだん回数が減りはじめたのを、わたしも感じていた。すぐに、両親に会えるのは週に一回になり、そのうち交替《こうたい》でどちらかが来るだけになった。母は、父さんはコレクションを仕上げなければいけないなどといったし、父は、母さんは映画スターたちが昼食を食べている写真をとってヘアスタイルの比較《ひかく》をするのに一日かかる、などといった。エヴァはまったく来なかった。一度だけ来たとき、大声で悲鳴をあげたので、ほかの患者さんたちを動揺《どうよう》させるといけないからと外に連れだされた。そして、両親の見舞《みま》いは、月に一回にまで減った。そのうち、電話だけになり、やがて手紙がたまに来るだけになった。そしてとうとう、まったく連絡《れんらく》が来なくなった」

「そんな……ひどい」バーナビーはいった。

「わたしはもう、あの人たちとはちがう人間だった」チャールズは話をつづけた。「あの人たちとはちがいすぎていた。病院はわたしを児童養護施設《じどうようごしせつ》にうつした。まるで家族が、わたしなど存在しないことに決めたかのようだったよ。そして十六歳の誕生日、わたしは早起きして、荷物をまとめてカナダにうつり、そこであたらしい生活を始めた。わたしのことを、やけどだらけの生きものという外見ではなく、内面で見てくれる人たちとともにね。わたしは自分の力で人生を切りひらいた。そしてその世界で認められだしたとき、家族がまた連絡をとってくるようになったんだ。去年からは、インタビューでわたしの話をするようにまでなったよ。だが、わたしは家族と口をきいていない。電話もとらないし、手紙に返事も書かない。もちろん、最近インターネットでみんながやっている〝友だちになる〟だかなんだかも、承認《しょうにん》していない。どんなにむこうが熱心に連絡してきてもね」

バーナビーは、さっきのモデルの写真をもう一度ちらっと見た。たしかに、ものすごく美しいけど、悲しそうだ。人生に何かが足りないみたいに見える。それからページをめくってエザリッジ夫妻の写真を見ると、国連の事務総長《じむそうちょう》と熱心に話をしているところだけど、やはり幸せじゃなさそうに見えた。

「カナダではどうやって生活してたんですか？」バーナビーはたずねた。ふいに、家から遠くはなれてひとりぼっちだと感じたからだ。「だって、ひとりも知り合いがいないのに」

「人生には、幸運な瞬間《しゅんかん》がおとずれるものなんだよ」チャールズは窓の外に目をやった。悲しい思い出がうすれ、幸せな思い出にひたって、ほほ笑んでいる。「貸《か》し部屋《べや》の広告を街《まち》で見かけて、それから五年ほど、すてきなスペイン人夫婦の家で暮らすことになった。家に隣接《りんせつ》した診療所《しんりょうじょ》で獣医《じゅうい》をしている夫婦で、子どもがいなかったので、わたしを息子のようにかわいがってくれた。わたしの外見をいやがることもなく、わたしが人とちがうことを気にしないでくれた。通りでわたしをじろじろ見る人がいると、怒《おこ》って食ってかかり、守ってくれたよ。とてもいい人たちだった……。ああ、もうこんな時間だ。そろそろ寝《ね》なきゃいけない。まだ到着までに数時間あるからね。疲れただろう？」

「はい、まあ」

「じゃあ、少し眠ったほうがいい。目がさめたら、トロントだ。世界でいちばんすばらしい都市だよ」

「あ、でも、それってシドニーです」バーナビーはもう、半分うとうとしていた。「よくあるまちがいですけど」

列車は、つぎの日の朝早く、駅に着いた。チャールズとバーナビーが目をさまし、寝ぼけまなこであたりをきょろきょろしていると、車掌《しゃしょう》が声をはりあげていた。「トロント！　終点です！」

「これを忘れたらたいへんだ」チャールズは網棚《あみだな》に手をのばして重りがつまったリュックサックをおろし、バーナビーの背中にしょわせてやった。ふたりとも、ベティ＝アン母娘《おやこ》のことは無視《むし》していた。

母娘はさっさと列車《れっしゃ》をおり、ホームを通って混雑《こんざつ》した通りに出ていく。ああ、やっと足をのばせる、というふうに。

「君にはタクシーをつかまえよう。あとは、国際空港までと伝えるだけでいい」チャールズがいう。

「はい、チケットだ。かなり長い空の旅になってしまうが、確実に家に帰れる」

「だいじょうぶです。帰れさえすれば」

「ひとつききたいんだが……」チャールズはバーナビーをかたわらのベンチにすわらせ、自分もとなりにすわった。「ご両親がきみにどんなことをしたかはきいている。それなのにきみは、家に帰りたいんだね」

「もちろんです」

「だが、どうして……そんなことをされたのに？」

「だって、家族ですから」バーナビーは肩をすくめた。

「しかし、きみを追いだした」

「それでも、やっぱり家族です」バーナビーはくりかえした。そんなわかりきったことはない、というふうに。「それに、この先ぼくに、ほかのお母さんとお父さんができるなんてこと、ありませんよね？」

チャールズはうなずいて、ちょっと考えてから、たずねた。「でも、また追いだされたら？」バーナビーが顔をしかめる。

「わかりません。そこまで考えてませんでした。ぼくにわかってるのは、みんながシドニーにいて、ぼくは何をされてもやっぱり家に帰りたいってことだけです。ごめんねっていってくれるかもしれないし。本気じゃなかったかもしれない。あやまってくれれば……それでもう、たぶんぼくにはじゅうぶんです。だれだって、まちがうことってありますよね？」

チャールズはにっこりした。バーナビーのごくあたりまえの理屈《りくつ》にいいかえせない。「そうか、そうだな」そういって、立ちあがる。「さあ、タクシーをとめよう」

チャールズが片手をあげると、すぐにタクシーが一台とまった。

バーナビーはひょいと乗りこんだ。「ほんとうにありがとうございます」

「どういたしまして。気をつけて帰るんだよ」

タクシーが出発した。バーナビーは振《ふ》りかえって見て、びっくりした。チャールズはさっそく会社に向かうとばかり思っていたのに、もう一度ベンチに腰《こし》をおろして、携帯電話《けいたいでんわ》をじっと見つめている。しばらく画面の上で指をさまよわせていたけど、やっと決心がついたみたいに、番号を押しはじめた。バーナビーはにっこりして、また前を向いた。きっとチャールズはまた、すぐに家族に会うようになるだろう。ぼくがもうすぐ自分の家族と会えるように。

そのときバーナビーは、はっとした。あっ……リュックはしょっているし、鉄の重りも入っているし、飛行機のチケットももってるけど……ひとつたいせつなものをもってない。タクシーに乗っているいま、どうしても必要なものだ。

「お金がない」バーナビーが声に出していうと、いきなりタクシーが車道のわきに止まり、うしろのドアがひらき、バーナビーはあっという間に見知らぬカナダの通りに放りだされてしまった。

第十六章　とんでもなく迷惑《めいわく》な小さいゼリー

バーナビーがこれからどうしようか考える間もなく、ものすごい数の人がどっと押しよせてきた。何百人もの人が、真ん中に大きなAのロゴが入った青と白のシャツをおそろいで着ている。その人たちの波にのまれてしまったバーナビーは、背中のリュックをしっかりつかんだ。左手に見える港のエリアを通りすぎ、ぐいっと右に曲がると、そこから人々はいっせいにオープンルーフの巨大スポーツスタジアムへとなだれこんでいき、それぞれの席へと散っていった。バーナビーは、列のいちばんうしろに空いている席を見つけてすわり、スタジアムの横に堂々とそびえ立つタワーを見あげた。大きな尖塔《せんとう》が空に向かってまっすぐにのびている。

スポーツは前から好きだけど、サッカーの試合に連れていってもらったことは一度もない。エレノアが、ふつうの人は男の子が席から浮かんで観戦《かんせん》のじゃまをするなんてことは望んでない、といっていたからだ。だからいつも、リビングの天井《てんじょう》のマットレスにからだを押しつけて浮かびながらテレビで観戦して、選手たちの動きを必死《ひっし》で目で追っていた。

スタジアムが人でうまってくると、バーナビーはリュックからはがきをとりだして書きはじめた。半分くらいまで書いたところで、家族連れが前をむりやり通って、となりの三つの席にすわった。バーナビーとおない年くらいのやせっぽちの男の子と、すごくからだの大きい両親だ。みんな、ものすごくたくさんの食べものをもっている。特大バケツ入りのポップコーン、大量のホットドッグ、何杯《なんばい》もの炭酸飲料《たんさんいんりょう》、何袋《なんふくろ》ものチョコレートやらお菓子《かし》やら。こんなのぜんぶ食べたら、からだがパンとはじけちゃうんじゃないかな。バーナビーは、書きかけのはがきをお尻《しり》のポケットにしまって、その家族をじろじろ見ないようにしていた。

「食べもの、もってきてないの？」となりにすわった男の子がたずねた。バーナビーは首を横にふる。

「お金、もってないんだ」バーナビーはいった。

「じゃあ、よかったらぼくのを食べていいよ」男の子は、バーナビーのほうに食べものをよこした。「どっちにしても、ぜんぶ食べないし。うちの親、いっつも買いすぎるんだ。ぼくがやせてるんで、どっかおかしいんじゃないかって思ってる。ぼく、ウィルソン・ウエンデルだよ」

「ぼくは、バーナビー・ブロケット」バーナビーは、大よろこびで食べものをもらった。バケツ入りポップコーン、ホットドッグをいくつか、袋入りのゼリー、四リットルカップに入った黒くて冷たくて甘い飲みもの。ストローで吸ったら、からだじゅうにしゅわしゅわがめぐった。もらった食べものがあまりに重たいので、バーナビーは、リュックをおろしてもだいじょうぶそうだなと思い、足元においた。

「ウィルソン、しっかり食べなさい」お母さんがポップコーンのバケツに手をつっこんで、底《そこ》についている塩を指でぬぐう。

「やせて、見えなくなっちゃうぞ」お父さんが、ホットドッグの包《つつ》み紙《がみ》にくっついているケチャップとマスタードをなめる。

「だって食べてるもん」ウィルソンはポップコーンをひとつ、口のなかにいれてゆっくりかんだ。

「ジャンクフード、きらいなんだ」ウィルソンはバーナビーのほうを向いて、声をひそめた。「親たちは、ぼくも自分たちみたいにならないと気がすまないんだ」

「でもさ、ずっとこんなにたくさん食べてはいられないよね」バーナビーはうなずきながら、ぱくぱく食べた。「だけど、ぼくみたいにお腹《なか》がすいてると……」

「アクセント、かわってるね」ウィルソンが口をはさんだ。「声、どうかした？」

「べつに。オーストラリア人なんだ」

「ぼく、メルボルンに住んでるおばさんがいるよ。行ったことは一度もないけど。あっちって、トイレの水が流れる方向がまちがってるってほんと？」

「どっちを正しいとするかによると思うけど」

ウィルソンはちょっと考えてから、そうかというふうにうなずいた。そして、少ししてからたずねた。「好きなサッカー選手って、だれ？」

「キーレン・ジャック」バーナビーは答えた。背番号15の試合をテレビで何十回も観《み》ていたし、ベッドルームの壁《かべ》にはポスターもはっていた。「シドニースワンズのファンなんだ」

「きいたことない選手だな。チームもきいたことない」

「だけど、サッカー史上もっとも偉大《いだい》な選手だよ」

「ぼくは、コーディ・ハーパーのファンだよ」ウィルソンは、ちょうどフィールドに走ってでてきたチームのほうを指さした。観客から、大きな声援《せいえん》が送られている。「アルゴノーツでいちばんすごいキッカーなんだ」

「どの人？」

「7番。ただし、今シーズンはダメだけどね。ファンはみんな、監督《かんとく》にコーディをクビにしろっていってる。ぼくはそうは思わないけど。ぜったいそのうち復活《ふっかつ》するはずだ。なのにどうして……」

観客から、不満そうな声があがった。空がふいに暗くなり、雨がふってきたからだ。ウィーンという大きな音がひびいて、オープンルーフの両側のモーターが動き、屋根《やね》が閉まりだした。バーナビーは空を見上げてがっかりした。タワーがそびえているのが見えなくなっちゃうからだ。

「観光客はみんなあそこに行くよ」ウィルソンは、バーナビーがタワーを見つめているのに気づいていった。「エレベーターに乗っていちばん上まで行って、ガラスの床《ゆか》の上に立って、街《まち》を見おろすんだ。ゼリー、もう一個食べようかな」ウィルソンは、バーナビーのひざの上にあるゼリーの袋に手をのばして、いちばん小さくていちばんおいしそうなゼリーをとった。一グラムもないくらいだったけれど、それだけでバーナビーのバランスがアンバランスになってしまったらしい。ウィルソンがゼリーを手にとった瞬間《しゅんかん》、バーナビーはいつものふわっとした感じにつつまれて、足が地面からはなれた。

「あっ……」バーナビーはあわててリュックに手をのばしたけど、いすの下の奥に押しこみすぎたのか、すでに手が届《とど》かないところまで上がっていたのか、つかめないまま、あっという間に空中に浮きあがってしまった。

「すごい！」ウィルソンが叫《さけ》んだ。ほかの人たちも、フィールドにいる選手たちまで、バーナビーのほうを見あげた。その騒《さわ》ぎをよそに、コーディ・ハーパーはすかさずゴールを決めた。ひさしぶりのゴールだ。だけど、だれも見てなかったので、得点にはならなかった。バーナビーの書きかけのはがきがポケットから落ちて、ウィルソンのひざの上にのる。

バーナビーは、観客たちのどよめきをききながら、そちらのほうに手を振《ふ》った。だけど、歓声《かんせい》はすぐに息をのむ音にかわった。バーナビーが高く上がっていくのと同時に、屋根が両側からどんどん閉

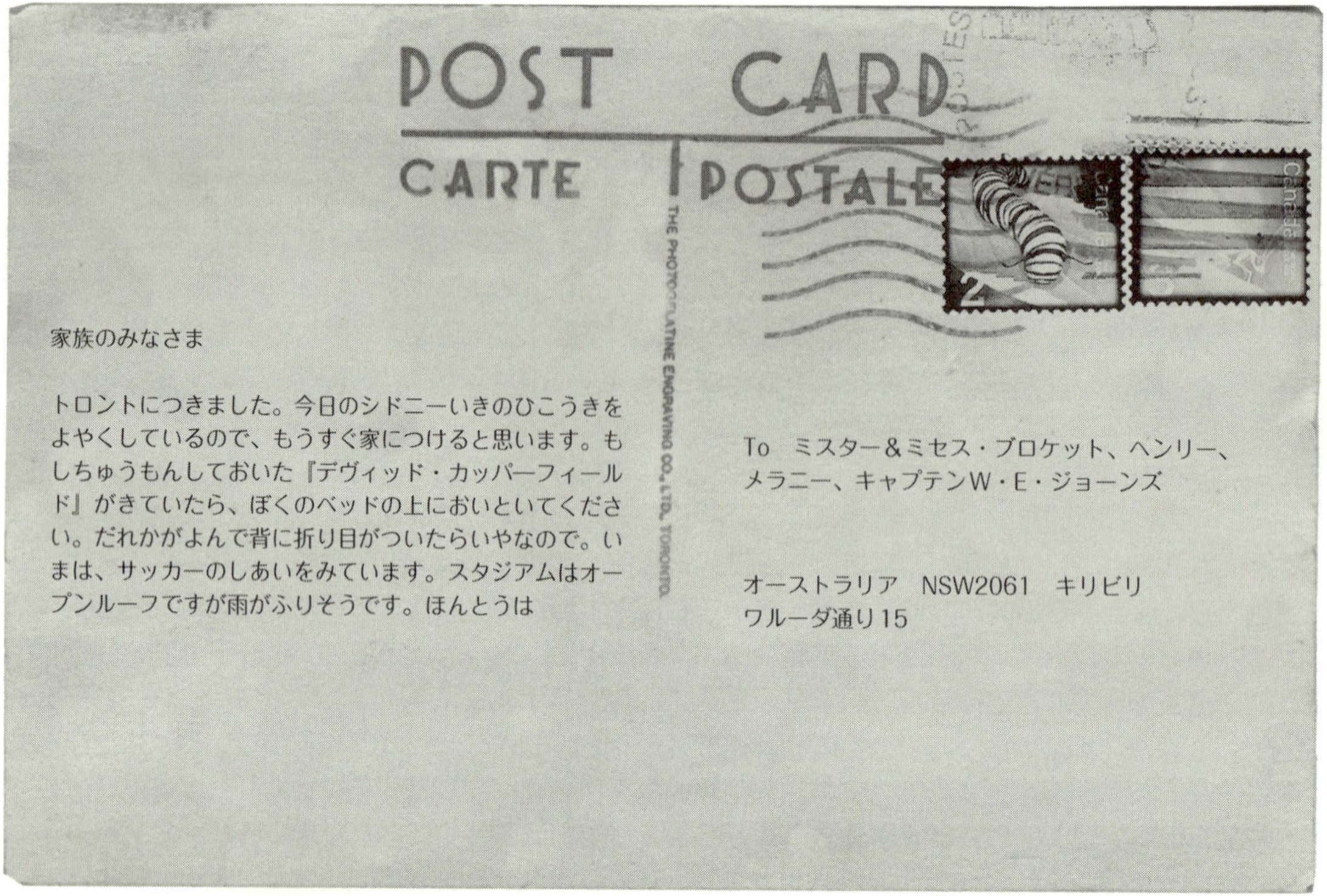

POST CARD

CARTE POSTALE

THE PHOTOGELATINE ENGRAVING CO., LTD., TORONTO.

家族のみなさま

トロントにつきました。今日のシドニーいきのひこうきをよやくしているので、もうすぐ家につけると思います。もしちゅうもんしておいた『デヴィッド・カッパーフィールド』がきていたら、ぼくのベッドの上においといてください。だれかがよんで背に折り目がついたらいやなので。いまは、サッカーのしあいをみています。スタジアムはオープンルーフですが雨がふりそうです。ほんとうは

To　ミスター＆ミセス・ブロケット、ヘンリー、メラニー、キャプテンW・E・ジョーンズ

オーストラリア　NSW2061　キリビリ
ワルーダ通り15

まってきたからだ。

可能性は三つ。

まず、バーナビーが屋根のところまで行かないうちに閉じる可能性。

次に、屋根が閉じるまでにバーナビーが通りぬける可能性。

そして三つ目は、最悪の可能性だ。ちょうど屋根のところに行ったときに閉じたら、バーナビーは真っぷたつになってしまう。

そして不運なことに、まさにその可能性が現実に……

だいじょうぶ、ならなかった。

二枚の屋根がスタジアムをおおいつくそうとしたその瞬間、バーナビーはわずかなすき間をすりぬけた。八歳の男の子がぎりぎり通れるくらいのすき間だ。そして、気づいたらスカイドームを上から見おろしていた。白い屋根が、どんどん下に遠ざかっていく。

「助けて！」バーナビーは叫んで、タワーにいる観光客にむかって手をふった。みんな、トロント市長が用意してくれたお楽しみのひとつと思ったみたいに、手をふりかえしてきた。

てっぺんにある小さい展望台《てんぼうだい》が見えてくる。黒いスーツを着た男の人がなかの階段《かいだん》をかけあがり、ドアをあけている。釣《つ》りざおみたいなものをもっていて、それを空中にふりおろした。風になびいて揺《ゆ》れているのは、釣りざおなんかではなく、ムチだ。

「つかめ！」男の人が叫ぶ。バーナビーは必死でからだを右のほうに移動させ、ムチにむかって手をのばし、指先でつかんだ。それからしっかり握《にぎ》りなおすと、男の人が手すりの上に引っぱりあげてくれて、すぐさまバーナビーの上にすわった。また浮いてしまうといけないからだ。

「ありがとう」バーナビーはほっとして顔をあげた。

ムチに救われる

「どういたしまして」男の人はいって、丸のみしようとしているみたいな顔でバーナビーをじろじろ見た。「おれがきみの命を救った。ってことは、きみの命はもう、おれのものだな」

えっ？　バーナビーは、その人を見つめた。

「ただのじょうぶだんだ」男の人は、いじわるそうな笑みを浮かべた。その声からして、なんだかじょうだんとは思えない。少しするとその人は立ちあがり、バーナビーに手を貸して立たせた。ふたりはなかに入っていった。バーナビーは、落ちつかなくなってきた。両腕《りょううで》をつかまれてしっかりかかえられているので、逃げたくても逃げられない。

「さぞかしショックだっただろう」男の人は首を横にふった。「少し水をのんだほうがいいんじゃないか？」

「だいじょうぶです」バーナビーはいった。トロントから、南半球に飛び立とうとしているすべての飛行機のことが頭に浮かぶ。「もう行かなくちゃ」

「何をいってるんだ。どこへ行く気だ？」

「家に決まってます」

「家はどこにある？」

「シドニーです。オーストラリアの」

男はにやっとした。「トロントの子じゃないのか？」

「いいえ。あの、腕をはなしてもらえませんか？　痛いんです」

「おっと、それはできないな。また浮かんでいってしまう。そんなことにはなりたくないだろう？さっきもいったが、きみの命はもうおれのものだ」

「だって、じょうだんだっていったじゃないですか」

「いまのもじょうだんだ」男は、ぞっとするような笑みを浮かべた。ひどく青白い顔に、ぎとぎとした黒髪《くろかみ》で、襟《えり》の折り返しが赤いうね織《お》りになっている黒いタキシードみたいな服を着ている。手首をくいっと返すおかしな動きをすると、さっきバーナビーを引っぱりあげるのに使ったムチがきれいに巻きとられた。男はそれを、腰から下げているポーチのなかにおさめる。

「どうしてムチを持ち歩いてるんですか？」バーナビーはたずねた。

「商売道具だからね。サーカスに行ったこと、あるだろう？」

「いいえ」バーナビーは首を横にふった。アリスターは、サーカス団がシドニーにやってきても、連れていってくれなかった。エレノアがサッカーの試合に連れていってくれなかったのと、だいたいおなじ理由だ。「でも、テレビで観たことはあります」

「そうか。おれは、まあ、いってみればサーカスの仕事をしているんだ。かなり特殊《とくしゅ》なサーカスだ。ライオンやらトラやらピエロやら、そういったものはいない」

「じゃあ、どんなサーカスなんですか？」バーナビーはたずねた。

「いや、ちょっと、いまはまだいえないがね。さてと……」男はいって、内ポケットに入れてあった水の小びんのふたをあけて、バーナビーによこした。「これを飲んだらどうだ？　さんざんはしゃいだあとなんだから、これを飲んで落ち着くといい」

「だけどぼく、のどかわいてないし。それに、はしゃいでなんかいません」

「飲むんだ」男はまたいった。その口調には、いわれたとおりにしないとあとでめんどうなことになると感じさせるものがあったので、バーナビーはびんを口元にもっていき、一気に飲み干した。ふつうの水みたいな味だけど、ちょっと甘い香りがして、後味《あとあじ》が苦い。てことは、ふつうの水じゃないんだろう。「いい子だ」男はまた笑顔になって、空《から》になったびんを内ポケットにもどした。「さあ、少ししたら、出発するとしよう」

バーナビーはうなずいた。あくびが出る。なんだか、つかれてきた。あと少し……あとほんの少ししたら、この人にたすけてもらったお礼をいって、ひとりで出発しよう。

だけど、そう思ってるそばからまぶたがどんどん重くなってきて、脚《あし》がゼリーになったみたいな感じがして、頭がぼうっとしてくる。このままガクンとたおれちゃうんじゃないかと思ったとき、男がバーナビーのからだをひょいっと抱きあげ、肩の上にかついだ。

深い眠りに落ちる直前、かすかにきこえたのは男の声だった。「すみません、通してください。息子が病気なんです」男はそういいながら、タワーの階段をかけおりていった。景色《けしき》がぐるぐる回転し、やがてトロント全体が夢の世界のなかに溶《と》けこんでいくように思えた。バーナビーが、たとえ目をさましたくてもさませないで見ている夢の世界のなかに。

第十七章　チキンのにおいつきはがき

「ほんとうは……なんて書くつもりだったんだろう？」ヘンリーは、はがきを引っくりかえしながら、じっくりながめた。

「うーん、何かしら」メラニーがいう。「それしか書いてないから。ここで書くのをやめたみたいね」

ヘンリーが眉《まゆ》をよせる。「だけど、書くのをやめたのに、どうして出したんだ？　書きおえないうちに出すなんて、意味わかんないよ」

「あたしだって、わかんない。きっと、ここでやめなくちゃいけないことが起きたんでしょうね」

「たとえば？」

「もう、わかんないってば！　謎《なぞ》だわ。しかもあたしたち、このはがきを見つけちゃいけないみたいだし。ごみ箱《ばこ》に丸めて捨ててあったんだもん」

「だからチキンのにおいがするのかな？」ヘンリーはくんくんとにおいをかぎ、いやそうに顔からはなした。

「たぶんね。飲みおわった牛乳パックを捨てるとき、見つけたんだもん。来たのはたぶん、今朝よ。で、ママかパパが捨てたんでしょ」

「そんなの、おかしいよ。だって、たったひとりの兄弟からのはがきなのに……」

「あたしには、たったひとりの兄弟じゃないわよ」メラニーが口をはさんだ。

「あ、そうか。だけど、ぼくにとってはひとりしかいない男兄弟だ。そして、おまえにしたら二番目に好きな兄弟だな」

「うーん。えーっと……」メラニーがちょっと眉をよせながら口ごもる。

「なのにどうして、父さんと母さんはぼくたちにかくしたんだ？　ぼくたちがバーナビーにどれだけ会いたがってるか、知ってるのに」

ヘンリーは立ちあがって、寝室《しんしつ》の窓《まど》のほうに歩いていき、庭をじっと見おろした。キャプテンW・E・ジョーンズが庭で、前にバーナビーが日焼けをするようにくくりつけられていた物干しのあたりをくんくんかぎまわっている。キャプテンはここ数週間、かなりしょんぼりしている。だれが何をしてもどうでもいいみたいで、とにかくご主人が恋しいらしい。アリスターやエレノアに散歩に連れていってもらうことさえ拒否《きょひ》するようになり、ずっとかごのなかにじっとしている。そしてヘンリーかメラニーが学校から帰ってくるとやっと、追いかけっこがしたくて玄関《げんかん》めがけて突進《とっしん》していく。

「ぜったい、何もかもがおかしい」ヘンリーが振《ふ》り返って、弟の空《から》っぽのベッドをちらっと見た。「だってさ、父さんと母さんがいってたことがほんとうなら、どうしてバーナビーのはがきを見せたがらないんだ？　ぼくたちがどんなに心配してるか、知ってるのに」

「ほんとうに決まってるわ」メラニーは、鏡《かがみ》のほうに近づいていって髪《かみ》をチェックした。「だって、ママとパパがバーナビーを追いだしたとかじゃないし。バーナビーが自分でリュックをおろしたのよ。しょっちゅう、重いってもんくいってたし。でしょ？　とにかく、たいせつなのは、バーナビーが帰ってこようとしてるってことよ」

「だけど、カナダからオーストラリアって、遠いよ。地理の授業《じゅぎょう》で習った。世界の反対側みたいなもんだ」

「いまの時代、世界のどこだろうとそんなに遠くないわよ。飛行機がいくらでも行き来してるんだもん。きっとバーナビーだって、その気になれば今夜にだってシドニーにもどってこられるわ。飛行機の予約したたっていってるんだし」

「それなのに、もどってこない気がしてしょうがない」

「あたしも」

ふたりはバーナビーのベッドの上にすわって、心のなかでいろんな可能性を考えてみた。だけど、満足のいく結論《けつろん》がどうしても出ない。

「バーナビーに会いたい」そのうち、メラニーがふーっとため息をついた。

「ぼくもだ」ヘンリーもうなずく。「なかなかいい弟だったよ。いろいろ考えてみると」

「あたしはね、前からバーナビーが浮くことを気に入ってたの。そのせいであたしたちとはちがうなんて思ったことなかったし。むしろ、特別だって思ってた」

「ぼくの知ってる人はみんな、すごいって感心してたよ」

「ママとパパ以外はみんな、ね」

「ああ。母さんと父さんは、いやがってた。バーナビーはもどってきても、まだ浮くと思う？」

「浮かないわけがないと思うけど」

「母さんと父さんは、いやがるだろうな」

「だけど、ぶじに帰ってきさえすれば、それほど気にしないいんじゃない？　あたしたちに負けないくらい、バーナビーがいなくてさみしがってるはずだもん」

「だとしたら、顔に出さないのがうますぎるな」

「ちょっと、ヘンリー、なんてことというの」

「だけど、そう思うだろ？　ふたりとも、あんまり心配してるように見えない。ちがうか？　はっきりいって、バーナビーがいなくなってよろこんでる」

ヘンリーがそういってベッドによりかかったとき、かけぶとんの下がぼこっと出っぱってるのに気づいた。ふとんの下に手を入れて、出っぱりを引っぱりだしてみた。だれかが、そこに入れてしまっておいたものだ。

『デビッド・カッパーフィールド』

「あっ」ヘンリーとメラニーは声をあげて、びっくりした顔で見つめあった。これはいったい、どういう意味なんだろう？

第十八章　怪物《かいぶつ》もどき

目をさましたとき、バーナビーは両耳のあいだを突きぬけるような痛みを感じ、頭がガンガンしていた。そのままじっとして、また眠ってしまおうとしたけど、からだの下の床《ゆか》がうねるように上下している。のびをすると、両手と両足が何本かの棒《ぼう》に当たった。えっ、もしかして……檻《おり》かなんかのなかに入れられてるらしい。

「目をさましたぞ」左から声がした。バーナビーは、おびえてそちらをふりかえった。

「だれ？　ここ、どこ？」

「だいじょうぶだ、心配いらない」またちがう声がした。目が暗がりにだんだん慣《な》れてくると、窓《まど》のない細長くて暗い部屋《へや》にいるのがわかった。裸電球《はだかでんきゅう》が二個、低い位置でぼんやり光っているだけだ。四方の壁《かべ》にはバーナビーが入っているのとおなじような空《から》っぽの檻が並《なら》んでいて、何人かの人が床にすわり、こちらをじっと見つめている。

「こわがらなくていい」中年の男の人がいった。

「あなた、つかまったのよ」そのとなりに立っている小さい女の子がいう。

「どなたですか？」バーナビーはたずねた。よくよく見てみると、とてもふつうとはいえない。中年のおじさんは、耳も鼻もない。でも立派《りっぱ》なふさふさの口ひげは、真ん中が赤くて、はしっこにむかってだんだん茶色っぽくなっていく。秋の色が大集合したみたいだ。

「フランシス・デラウェアだ」おじさんは答えた。「よろしく。で、きみのほうは？」

「バーナビー・ブロケットです」

「そうか、バーナビー・ブロケット、苦労がたえないようだね。ここにいる友人たちといっしょに観《かん》察《さつ》したところによると、地上にとどまっていられないようじゃないか。重力に関する問題と考えていいのかな？」

「はい」バーナビーは、言いわけするように肩をすくめた。

「ふーん、まずい人の前で浮いちゃったんだね」十六歳くらいの男の子がぺたぺた近づいてきた。バーナビーはぎょっとして、その子を見つめた。ふつうなら足があるところに、ひれがついていたからだ。男の子とペンギンの中間みたいだ。「じろじろ見ないでもらえるかな」男の子は悲しそうにいった。

「ごめんなさい。ただ、そういうのを一度も見たことなかったから。それに、デラウェアさん、どうやってぼくの声をきいてるんですか？　耳がないのに？」

「さあ、わたしにもわからないな。じゃあ、どうして浮いてるんだ？　きかれても、答えられないだろう？」

「はい、謎《なぞ》です」

「ねえ、檻から出てきたらどう？」ジェレミーという名前の、ひれ足の男の子がいった。バーナビーはうなずいた。ドアをあけてもらい、檻の外に出る。あっという間に天井《てんじょう》にむかって浮いていく。

「おそろしくイラつくだろうな」べつの女の子がいう。肩のところにくっついているのは、一卵性双《いちらんせいそう》生児《せいじ》だ。シャム双生児の変形。

「おそろしくイラつくでしょうね」ふたごの女の子が繰《く》りかえす。

「もう慣れました」バーナビーはいった。「だけどできれば、浮かないようにおさえてくれるようなもの、ありませんか？」

フランシス・デラウェアがさっとどこかに行って、鎖《くさり》がついたボールみたいなものをもってもどってきた。「これでどうだ？　脚《あし》に結んでやるよ」

「完ぺきです」バーナビーがいうと、ほかの人たちは手をのばしてバーナビーをおろし、鎖をバーナビーの足首に結んだ。バーナビーは、みんなに囲まれて立っていた。「何がなんだかわかんないんです。最後におぼえてるのは、タワーのてっぺんまで浮かんでいって、そしたら男の人がたすけてくれて、水かなんかを飲まされたってことです」

「あれは水じゃないわ」デリラという女の子がいった。この子は、ちょっと見たところではどこもかわったところがないようだ。「あれで、あたしたちもつかまったの。みんな、水っていわれて飲んだのよ」

「あたしたち？　えっと、みなさん、どちらさまですか？」

「わたしたちはいわゆる……」フランシス・デラウェアが、胸をはっていった。だけど声はかなり気分を害しているようにきこえる。「カイブツモドキだ」

「カイブツモドキ？」バーナビーがききかえす。

「まったくひどいわ」シャム双生児の妹のほうがぷりぷりする。

「だいたい、そんな種類《しゅるい》の人間はいないんだし」姉のほうがいう。

みんな、いっせいに口をはさんできた。そんな分類名をつけられてどんなに傷ついているか、ますますはげしくうつたえる。そのうち、花柄《はながら》のワンピースを着たちょっときれいな女の人が命令口調《めいれいくちょう》でみんなをだまらせた。

「呼ばれてるのそうあいつからはとにかく」女の人はきっぱりいった。「ないわどうしようもわたしたちには失礼だけどもちろん」

「え？　えーっと？」バーナビーは、目をぱちくりさせた。もしかしてぼく、頭がおかしくなっちゃったのかな？　この人がいったこと、ひとつも理解できなかった。

「あ、あのさ、フェリシアの話をきくには、ちょっと慣れが必要なんだ」ひれ足のジェレミーがいう。「フェリシアは、言葉がぜんぶ逆に出てくるんだ。うしろから前にむかってきかなきゃいけない。まあ、そんなことができればだけど。または、紙に書いてもらったら、逆に読めばいい。だけど正直いって、ぼくたちはもうほとんど気にならなくなってる。すっかり慣れちゃったから。それにふしぎなんだけど、歌をうたうときは、ふつうの順番で言葉が出てくるんだよ」

「じゃあ、しゃべらないでうたっちゃえばいいんじゃない？」バーナビーはいった。

「あっ、だけど、ひどい音痴《おんち》だから。きいてたら、涙《なみだ》が出てくるよ。うれしくて、とかじゃなくて。ほら、黒板をくぎでこすったときの音を考えてみて」

「するわようにしゃべる短くなるべく」フェリシアが肩をすくめた。「でしょうからわかるかんたんにそのほうが」

「あ、はい、えっと、じゃあ」バーナビーは必死《ひっし》で笑いをこらえた。ほんとうは、めちゃくちゃおもしろかったけど。そのとき、もう少しでたおれそうになった。「どうして部屋がずっと揺《ゆ》れてるの？」

「部屋じゃないよ。船室だ」ジェレミーがいう。

「船に乗っているんだ」フランシスがいう。

「船？」バーナビーはびっくりした。

「よ船」フェリシアがいう。

「だけど、船なんかに乗って何をしてるの？」

「船から脱出しようとしてるんだよ」聞き覚えのある声がする。バーナビーとおない年くらいの男の子が、暗がりからあらわれた。どこにでもいる男の子で、まったくごくふつうだけど、ただひとつ、手があるはずのところにスチールのぴかぴかのフックがついている。

「ライアム・マゴナガル！」バーナビーは叫《さけ》んだ。びっくりだけど、すごくうれしい。グラベリング・アカデミーでできたなつかしい友だちだ。バーナビーはリアムに抱きつこうと走りだしたけど、鎖つきのボールがものすごく重くて、顔から前にたおれてしまい、ジェレミーの足ひれに鼻をうずめた。魚っぽいにおいがする。

「だれか、起こしてやってよ」ジェレミーは小さい声でいった。うす暗がりのなかでもわかるほど、顔を真っ赤にしている。「ぼくたちふたりとも、面目《めんもく》丸つぶれだ」

いくつかの手やフックが差しのべられて、バーナビーは立たせてもらった。

「やあ、バーナビー」ライアムがいう。

「こんなとこで何してるの？　なんでぼくは船なんかに乗ってるの？」バーナビーはたずねた。

「ライアム、ぜんぶ話してやったほうがいい」フランシスがいった。「最初からぜんぶだ」

ライアムは咳払《せきばら》いをひとつしてから、話しはじめた。「きみがトロントで会った男は、まさしく地球上もっとも卑劣《ひれつ》な人間のひとりなんだ」

「そのとおり」ジェレミーがいう。

「やつひどいなんてああ」

「あいつの名前は、キャプテン・エライアス・ホシーズン」ジェレミーが話をつづける。「以前どこかで、サーカスの団長をしていた」

ちょうどそのとき、デリラが大きなくしゃみをした。そしてそれと同時に、ぱっと姿《すがた》が消える。

「あら、やだ」声が、さっきまでデリラが立っていた場所からきこえてくる。デリラの声にまちがいない。「まただわ。もう。だれか、気つけ薬もってない？」

フランシスが一歩前に出て、やたら飾《かざ》りのついた銀色の箱《はこ》を内ポケットから取りだし、ふたをあけて、灰色《はいいろ》の粉《こな》みたいなものを少量、手のひらに出した。その手を前に差しだすと、クシュンという音とともに粉はあっという間に消えてなくなった。それから、さっきのような大きなくしゃみがきこえ、デリラの姿がまた目の前にあらわれた。

「とにかく」ライアムが、ちょっと声をはりあげた。「そっちはもう片づいた？　いい？　で、さっきもいったように、キャプテン・ホシーズンは団長をやっていたけど、だんだん動物にあきてきて、もっと刺激的《しげきてき》なものをさがしはじめたんだ。そんなとき、ここにいるフランシス・デラウェアに出会った」

「わたしが、最初のひとりだった」フランシスもいう。

「バーナビー、わかってると思うけど、フランシスには鼻も耳もない。だけど、においをかいだり音をきいたりする力は完ぺきだ。ぼくたちにしてみたら、ものすごくすばらしい個性だけど、キャプテン・ホシーズンにとっては、カイブツなんだ」

「わたしを見世物《みせもの》にしてお金をとれると考えたんだよ」フランシスがいった。「そしてたしかに、そのとおりになった。しばらくは、キャプテンとわたしのふたりきりだった。もちろん、それほどはもうからない。だが、そのあとデリラに出会った」

怪物もどきの友だち

「わたしが二番目よ」デリラがいった。「くしゃみをするとどうなるかを知られてしまって、つかまっちゃったの」

「いつもああなるの？」バーナビーがたずねた。

「いつもよ。それで、いつも手元に気つけ薬をもってるの。というか、ここにいる友だちのだれかの手元に。もう一回くしゃみをすれば、すぐにまた姿をあらわせるから」

「へーえ、かわってるんだね」バーナビーはいった。

「それがデリラのふつうだから」ジェレミーが、傷ついたような声でいった。「デリラのことを悪くいわないでもらいたいな」

「そんなつもりじゃないよ。ぼくはただ……」

「バーナビー、わたしの気つけ薬、もっていたい？」

「うん、もっていたい」バーナビーはいって、薬を受けとると、内ポケットに入れた。

「それがデリラのふつうなんだ」ジェレミーがくりかえした。顔がまた赤くなっている。「悪口はがまんできない」

「深い意味はないんだよ」ライアムがかばう。「で、どこまで話したっけ？　あ、そうそう、そのあとキャプテン・ホシーズンは、ブリストル近くの水族館《すいぞくかん》でジェレミーに会った。見てのとおり……」

ジェレミーは、自分の足ひれを見おろして、悲しそうに首を横にふった。

「あたしたち、からだを切りはなす手術をするところだったの」シャムの双生児のひとりがいった。

「だけど、キャプテンに病院から誘拐《ゆうかい》された」

「だったのファン番組のラジオ、わたしのあいつは」フェリシアがいった。「つけてきたあとをわたしの、ある晩そして。かぶせてきた頭から袋を。つかまってたわ、気づいたら」

「で、きみは？」バーナビーは、ライアムのほうを見た。「なんでつかまったの？」

「うん、グラベリング・アカデミーの火事のあと、家族でインドに引っ越した。で、ニューデリーにあるハビタットワールドで、カイブツモドキが三日間の公演をやっているあいだに、外の通りでつかまった。喉《のど》がかわいてるんじゃないかっていわれて、水をのまされたんだ。で、気づいたときにはもう……」ライアムは自分のまわりをながめて、肩をすくめた。

「はっきりいえるのは、何かしらの点で、あの男はわたしたちを怪物と思っているということだ」フランシスがいった。「そしてわたしたちをどんどんつかまえると今度は、またサーカスをやろうと考えた。ただし動物をつかってではなく、人間のサーカスだ。きみがあんなふうに浮いているのを見たときは、幸運に感謝《かんしゃ》したことだろうね。きみみたいな怪物は……あの男にいわせればであって、わたしがいっているんじゃないが、毎日出会えるものではない」

「だって、そんなのまちがってる！ ぼく、怪物じゃない！ バーナビー・ブロケットだ！」

「重力の法則《ほうそく》にさからってる男の子ね」デリラがいう。「キャプテン・ホシーズンにしてみたら、怪物もどきなの」

バーナビーはおろおろして、みんなをじっと見た。「で、ぼくたち、どうなるの？ どうして船に乗ってるの？」

「きみがきたあと、大西洋に出た」フランシスが答えた。「ヨーロッパにむかっているんだ。ヨーロッパ人は、怪物が好きだからね」

「ヨーロッパ！」バーナビーは叫んで、世界地図を頭に思い描こうとした。「えっと、正確にはヨーロッパのどこですか？」

「たぶん、最初はアイルランドね」ふたごのひとりがいった。

「あっち側にいくと真っ先に着くのがアイルランドだから」もうひとりがいう。

「で、アイルランドってシドニーから近いですか?」バーナビーはたずねた。

「うーん、そうでもないな。トロントよりは近いけど」ジェレミーが答える。

「だが、シドニーに住んでいるのに、ひとりでトロントで何をしていたんだ?」フランシスがたずねた。

あ、どうしよう。バーナビーはためらった。ミセス・マクォーリーズ・チェアで起きたおそろしいできごとを話す気にはあんまりなれない。でも……みんな、自分の不幸な話を正直に教えてくれたんだから、ぼくだってごかまさないで話さなきゃだめな気がする。そこで、バーナビーは、ありのままを話した。

「だが、そんなおそろしい話があるか」フランシスがいった。

「ひどすぎるわ」フェリシアもいう。

「どうしてそんないやな人たちのところに帰ろうなんて思うんだ?」ジェレミーがたずねる。

「だって、ぼくの家だから」バーナビーはいった。これ以上わかりきったことはない、というふうに。

「あのさ、よくない知らせを伝える役目は好きじゃないんだけど」ライアムが近づいてきて、フックをバーナビーの肩の上にのせた。「すぐにキリビリに帰れるとは思わないほうがいい。キャプテン・ホシーズンにつかまったら、ぜったい逃がしてもらえない。ぼくたちは上陸《じょうりく》する前に檻に閉じこめられる。で、つぎの観客たちの前に引きずりだされるんだ」

「だって、こんなにたくさんいるのに」バーナビーはいった。「むこうはたったひとりだよ。なんでいうなりになってるの?」

「ムチよ!」デリラが、恐怖《きょうふ》に目をかっと見開いた。

「ものすごく痛いんだ」フランシスがいう。

「だけどぼくはいうなりにはならない。ぼくは、見せ物なんかにはならない」バーナビーはきっぱりいった。

「ぼくたちみんな、見せ物だよ」ジェレミーがいう。

「逃げられないの」

「しかないのやりすごすしてがまん」

「いい面もある」フランシスが、指であごをたたきながら思慮深《しりょぶか》そうにいった。「世界のいろんな場所を見てまわれる」

「それならもう、たくさん見ました」バーナビーはいった。「ブラジルに一週間いて、はるばるニューヨークまで汽車《きしゃ》に乗って、またトロントまで汽車で行って、いまは船でアイルランドにむかってるし……」

バーナビーはそこで口をつぐんだ。ちょうどそのとき、船がはげしくゆれて止まり、エンジンが停止したからだ。一同は身を寄せてかたまり、どうなるのかと息を殺していた。すると、頭の上でハッチがひらく音がした。日ざしが一気にさしこんできて、みんなは急なまぶしさに目を伏せた。バーナビーがやっともう一度顔をあげられたとき、見えたのはこちらを見おろしてニヤニヤしているキャプテン・ホシーズンの顔だけだった。

「眠れるお姫《ひめ》さまが目をさましたようだな」頭の上から声がする。「さて、全員、檻に入って、おとなしく鍵《かぎ》をかけてもらおうか。おれが下りていって、無理やりやってもいいんだがね」

第十九章　怪物《かいぶつ》に自由を

　ダブリンのダン・レアレー港には、道の両側に人々の長い壁《かべ》ができていた。左側には、二百人くらいの人が集まっている。みんな、怪物愛好家で、海をこえてやってきためずらしい生きものをひと目見ようと待ちかまえていた。その反対側にいる人たちはぐっと少なく四分の一ほどで、ほとんどがプラカードをかかげている学生だ。

『怪物を解放《かいほう》せよ！』あるプラカードに書いてある。

『アイルランドは怪物の拘束《こうそく》に断固《だんこ》反対する！』二番目のプラカードに書いてある。

『怪物と呼ぶのをやめろ　みんなと同じ人間だ　身体的特徴《しんたいてきとくちょう》が少しちがっていたり話し方がかなりめずらしかったりするけれど』この三番目のプラカードをもっている男の子は、抗議行動《こうぎこうどう》のやり方がよくわかっていないらしい。

　どちらのグループも、船のデッキのドアがあいてキャプテン・ホシーズンが姿《すがた》をあらわすと、しーんとなった。キャプテンは堂々としたようすで、ぴしっとプレスされた団長の衣装《いしょう》を着て、葬式用《そうしきよう》みたいな真っ黒の帽子《ぼうし》をかぶり、腰《こし》から下げた袋《ふくろ》のなかにムチをしっかりしまいこんでいる。

　キャプテンは陸地《りくち》におりると、警察《けいさつ》の許可《きょか》をとってあるからテレビのレポーターやカメラマンのかんたんなインタビューを受けてもいい、と集まった人たちに知らせた。

「キャプテン・ホシーズン」しゃれた服を着た女の人が人々のあいだからマイクを突きつけてきた。「RTEニュースのミリアム・オキャラハンです。今日は多数の人たちが集まって、怪物の強制監禁《きょうせいかんきん》に抗議活動をしています。この非難《ひなん》に対してどうお答えになりますか?」

「もちろん、皮肉で答えるしかありません」キャプテンはミリアムにむかってにやっとした。「そして、あなたがとびきり美しいことを口にせずにはいられませんな。ただし、ここに集まっているのはたいした数ではありません。大勢というのは、来週行われるわたしたちのすばらしいパフォーマンスを見るために集まる人たちのことです。それを考えたら、ここにいる人たちはごく少数です」

「多くの方が、このように強制的な労働を強《し》いることを絶対に認めるわけにはいかないと考えています」ミリアムはかまわずつづけた。「その批判《ひはん》に対して、反論《はんろん》はありますか?」

「わたしは批判には耳を貸さないことにしているんです」キャプテンは心の広さを見せるように両腕《りょううで》を広げた。「気にしていたら胃《い》が痛くなりますからね」

「でも、わざわざ勉強の手を止めてここにきている学生たちは……」

「おやおや、ミス・オキャラハン、本気で学生たちが今日ここにいなければ勉強をしているとお思いですか? はっきりいいましょう。学生たちはわたしがいなかったらほかに攻撃《こうげき》する相手をさがしているはずです。最新の戦争、アルコールの価格、女性に投票権《とうひょうけん》がないこと、何かしらです」

「キャプテン・ホシーズン、ここアイルランドでは女性はとっくに投票権をもっています」

「ほんとうですか? なんと進歩的な国でしょう」

「では、怪物たちの解放を望んでいる方々に伝えたいことは何もないのですね?」

「いえ、ひとつだけあります」キャプテンは、にやっとしていった。「くそくらえ。そうそう、つい先週、トロントですばらしい新入りを捕《つか》まえたところです。非常に興味深い子どもです。重力の法則《ほうそく》にさからっているのです」

「男の子なんて、なんにでもさからうものなのよ」手すりのむこうにいる母親が叫《さけ》んで、自分の息子を見おろした。息子のほうは、怒《おこ》った顔で母親を見あげている。「男の子なんて、手がつけられないわ」

「たしかにおっしゃるとおりです、奥さま」キャプテンはいった。「そのとおりです。だがご安心を。その少年は檻《おり》のなかに入っていますから、みなさまに危害を加えることはありません。そして価値の下がったアイルランド通貨《つうか》をたった百ユーロ出していただければ、その少年をご覧になれます。興業《こうぎょう》は首都ダブリンにて四日間、第二の都市コークにてさらに三日、行います。詳細《しょうさい》は新聞その他でチェック願います。では、レディース＆ジェントルマン、それまでごきげんよう」

そういうと、キャプテンはトラックにむかって歩いていった。怪物たちの檻の最後のひとつが荷台に積みこまれようとしていた。キャプテンがトラックに乗ろうとしたとき、おじいさんがひとり走ってきて、握手《あくしゅ》を求め、キャプテンにがばっと抱《だ》きついたので、警官《けいかん》が三人がかりで引きはなした。キャプテンは少しおどろいたようすで、手で服を払うと、午後のダブリンの街《まち》にむかってトラックを出した。

「わたしたちの味方が少しはいるようだな」フランシスがいった。トラックは街をどんどん進んでいく。

「あの人たちじゃ、むりだよ。だれもぼくたちを助けられない」ライアムがいった。

「あの男はモンスターだわ」デリラがいう。

「よ独裁者《どくさいしゃ》、はてた見下げ」フェリシアもいった。

三十分ほどすると、トラックが止まってうしろのドアがあいた。待ちかまえていた人たちはみんな、明るい赤のポロシャツを着て黄色いチノパンをはいている。その人たちが檻を、プレハブ式のトレーラーハウスのなかに運びこんだ。怪物たちをおもしろそうにじろじろながめている。とくに足のかわりにひれがあるジェレミーは注目の的《まと》だった。

「あんたはさぞかし泳ぎが得意なんだろうなあ」ひとりがいった。

「無神経にして無知《むち》な発言だ」ジェレミーがいう。

「で、きみが新入りだね」ほかの男が、檻の天井《てんじょう》にはりついているバーナビーを見ていった。「すごいな、浮いてるじゃないか！」

バーナビーはその人をじっと見つめて、幸せだったころのことを思いだしていた。キャプテンW・E・ジョーンズがけったボールがヘンリーのわきをぬけて裏庭《うらにわ》のゴールにはいるところが目に浮かんでくる。

「おいおい、そんなみじめな顔をするな」その人はいった。「わざわざきみのために、とくべつなものを用意したんだぞ」

プレハブのなかを見て、バーナビーはびっくりした。マットレスが天井にはりつけてある。赤ん坊《あかんぼう》のとき、アリスターがやってくれたのとおなじだ。それを見て、バーナビーはものすごく家が恋しくなった。

「これ、デビッド・ジョーンズのビロードのマットレスですか？」バーナビーは期待《きたい》をこめてたずねた。

「いいや、アルゴスで売ってる安物《やすもの》だ」男は答えながら、バーナビーを檻から出した。「だが、しっかり役目は果たしてくれる」

「なんとおもしろい場所だ」男たちがいなくなると、フランシスがいった。窓の外のアイルランド大《だい》統領《とうりょう》が住んでいる官邸《かんてい》をじっと見つめている。

「あ、あれ、見て」デリラがサーカスのテントを指さした。公園の真ん中に設置《せっち》されていて、『怪物もどき！』という看板《かんばん》がかかっている。看板には、さまざまなふしぎな怪物のカリカチュアが描いてあって、どれをとってもここに捕まっている者たちにまったく似ていない。「あそこであたしたちを見世物《みせもの》にするつもりよ。まるで……まるで……」

「怪物みたいに」ジェレミーがすみっこにすわって、足ひれに顔をうずめた。

ところがその日の夕食のあと、思いもよらないことが起きた。キャプテン・ホシーズンは大統領との会食に招待《しょうたい》されて出かけていた。大統領はふたつの言語で、キャプテンのしていることにどれほど反対しているかをきびしく伝えるつもりだった。そのあいだ、怪物たちは部屋《へや》のすみっこに集まってトランプでポーカーをしていた。天井から見物していたバーナビーは、だれかがすごくいい手をもっているのを見ても声をあげないようにがまんしていた。するとゲームの途中《とちゅう》で、鍵穴《かぎあな》からカリカリというおかしな音がきこえてきた。

「えっ、何？」ジェレミーがぎょっとしていう。

みんな、それぞれの檻のなかにもどっていった。音はしばらくつづき、やがてとうとう、鍵がはずれてドアがあいた。そこにいたのは、おじいさんだった。港で、キャプテン・ホシーズンに抱きついたおじいさんだ。

「どんなもんだ！」おじいさんは、勝ち誇《ほこ》っていった。「やったぞ！」

「どなたですか？」ライアムがたずねる。

「しーっ、静かに」おじいさんは、ドアの外に顔を出して、心配そうにきょろきょろした。「全員、そろっているか？」

「全員って？」バーナビーがたずねる。

「サーカスに出る全員だ。怪物と呼ばれている全員だ」おじいさんは、ちょっと顔をしかめながらいった。

「ショーを観《み》たいと思ってるなら、いまはできないわよ」シャム双生児のひとりがいった。

「ほかの人とおなじように明日の夜、お金を払ってくれないと」もうひとりがいう。

「ショーなど観たくない。きみたちを解放《かいほう》するために来たんだ」

「解放するために？」フランシスが思わず立ちあがる。

「ためにする解放？」ジェレミーが、足ひれをぱたぱたさせる。

「きみたちのことは新聞で読んだ。そしたら、なんてこった！　思わず心のなかで叫んだよ。まったくもって、まちがっている。だれだって、こんなふうに監禁されていいはずがない。きみたちは、家族のところに帰らなきゃいけない。だが、大きな声を出してはいけない。まわりにまだ警備員《けいびいん》がいるかもしれないからな。声がきこえたらたいへんだ」

「どこかに五、六人いるよ」ジェレミーがいった。「ぼくたちが午後着いたときからいたから」

「ああ、あいつらならもういない」おじいさんは心からおかしそうに笑って、空《あ》きびんを差しだした。

バーナビーがキャプテン・ホシーズンにトロントのタワーでわたされたのとおなじびんだ。「さっき、あいつから盗んでおいたんだ！　それを、警備員に少しずつ飲ませた。朝まで目をさまさないだろうよ」

「全員に、その小さいびんから飲ませたんですか？」フランシスがびっくりしてたずねた。

「いや、ドーナツの大箱を買ってきて、この水をふりかけた」

「それ、水じゃありませんよ」バーナビーがいった。

「まあ、なんでもいい。とにかく、警備員は眠りこけている。そしてここから出たかったら、いましかない。家に帰りたいだろう？」

「はい」バーナビーがあわてて答える。「なんとかしてシドニーに帰ろうと思ってるんです」

「おしゃべりはあとにしよう。出発しなきゃいけない」

おじいさんはドアをあけて、左右をたしかめた。「きみはわたしの背中に乗るといい」おじいさんがバーナビーにいった。「浮いていかれたら困るからな。ほかのみんなは、しっかりついてきてくれ」

バーナビーはいわれたとおりにした。数分後、一行は月明かりに照らされたフェニックス・パークのなかを歩いていた。牡鹿《おじか》が二頭、目の前に出てきて、一行をじっと見つめた。足ひれやら、フックやら、（花粉がたくさん飛んでいたので）数秒おきに消えたりあらわれたりする女の人やらに、びっくりしている。だけどしまいにはだまって角を下げて、反対側へと走っていった。

むこうのほうには、車やバイクがずらっと道に沿《そ》って並《なら》んでいるのが見える。「今日早くに、あれをぜんぶ買ったんだ」おじいさんは、くすくす笑った。「どんなもんだ。金ならたくさんあるから、なんの問題もない。別れのあいさつならいまのうちだ。学生たちがきみたちを、ばらばらな方角へ連れていってくれるから。そのほうが、あとをつけにくくなるからな。バスターミナルや、鉄道の駅や、空港や、港にむかう。団体行動をしたら、まわりから目立ちすぎる」

たしかに。もとはといえばそのせいで、こんなことになっているんだから。

仲間たちはみんな、たがいにお別れをいって、目的地に着いたら手紙を書くと約束《やくそく》しあった。ずいぶん長いあいだいっしょにいた人たちもいたので、家に帰れるのはうれしいけれど、はなればなれに

解放される

なるのはさみしい。

「また会えてうれしかったよ」ライアムがいって、バーナビーにフックを差しだした。バーナビーはそのフックをしっかり握《にぎ》った。

「どこに行くの？」バーナビーはたずねた。

「インドにもどるよ。たどり着ければだけど」

「またいつか会えたらいいね」

「うん、今回だって思いがけなく会えたんだから、何があるかわかんないよ。バーナビー、気をつけて！」

　みんな、それぞれべつの方角に走り去っていった。最後にふたりだけが、バイクの横に残された。

「まだ名前を教えてもらってないです」バーナビーは、みんなを助けてくれたおじいさんにいった。

「スタンリー・グラウトだ。しっかりつかまっていたほうがいい。でないと、夜空に吹き飛ばされてしまう。このバイクはすごくスピードが出るんだ」

　バーナビーはいわれたとおり、両腕《りょううで》をスタンリーの腰《こし》にしっかり巻きつけた。「ところで、どこへ行くんですか？」バーナビーは出発したとき、おじいさんの耳元で叫んだ。

「空港だよ」スタンリーも大声で答えた。そして二十分後、駐車場《ちゅうしゃじょう》でバイクをおりた。

「チケットを二枚、買っておいた」

「シドニー行きの？」

「いや、残念《ざんねん》だが、きみがシドニーに行きたがっているとは知らなかったから。わたしはアフリカへ向かう途中《とちゅう》だから、いっしょに来てもらわなくちゃいけない。だが、むこうに着いてからシドニーにもどしてあげるよ」

バーナビーには、それでなんの問題もなかった。ふたりはエスカレーターに乗って出発ロビーにむかった。バーナビーはまた、スタンリーの背中にしっかりしがみついた。それしか、浮かずにいる方法はない。

「やれやれ、この歳《とし》になるときついな」スタンリーは数分後、バーナビーをおろしていった。「どうすれば浮かないようにできるだろう?」

「リュックがいちばんです。重たいものをなかに入れて。それを背中にしょえば、浮かずにいられます」

「よし、わかった」スタンリーは店のほうにむかい、リュックを買った。それから、一リットル入りの水のボトル八個も。それをリュックに詰めて、バーナビーの背中にしょわせてやる。そして数分後、バーナビーとスタンリーは搭乗券《とうじょうけん》をもって機内の通路を進んでいった。自分の席を見つけると、ふたりはすぐに眠ってしまった。目がさめたら、そこはもうアフリカだった。

第二十章　スタンリーのしたいことリスト

「六か月」スタンリーがつぎの日、ザンベジ川を目ざして歩いているときにいった。スタンリーには昼の十二時きっかりに、そこで人と会う約束《やくそく》がある。「きみには、長く思えるかな？」

「ずいぶん長い気がします」バーナビーはいった。なんといってもまだ八歳だ。六か月といえば、これまでの人生の十六分の一にあたる。

「あっという間だ。だが、それがわたしに残された時間だ」

バーナビーは、スタンリーをまじまじと見つめた。えっ、本気でいってるの？「死んじゃうんですか？」バーナビーは、おそるおそるたずねた。

「そうだ。二か月前、医者からあと八か月の命と宣告《せんこく》された。だから、いまから六か月ということになる。ひどい頭痛に悩《なや》まされて検査《けんさ》をしたら、もう手のほどこしようがないといわれた。一巻の終わりだ。そこでわたしはいった。そうか、そういうことなら、いまいましいが、生きたいように生きてから死のう、とね」

「それでアイルランドに行ったんですか？」

「まあ、そんなところだ。わたしはいままでずっと、ひたすら働いてきた。アメリカで有数の大企業をつくりあげ、一日の休みもとらなかった。好きなことなど、何ひとつしなかった。四六時中《しろくじちゆう》、トップになることを考えていた。一番になって、だれよりも金持ちになることを。だから、もうすぐ死ぬとわかったとき、わたしは考えた。いまここで自分のために何かしなかったら、一生できない。そこで、したいことリストを作り、ひとつずつ消化していった。もともとわが家はアイルランド出身だが、一度ももどったことがない。それで、先週あそこにいたというわけだ。そして、怪物《かいぶつ》サーカスの記事を読んだとき……バーナビー、はっきりいってわたしは、あまりの怒《いか》りにその場で死ぬかと思ったよ。人間をそんなふうに扱《あつか》うなんて、とんでもない。すぐに全員を救いだすと決めた。そして、じっさいに助けた！　だけど、それですべてではない。ここ二か月で、グレートバリアリーフでスキューバダイビングをし、ナイアガラの滝《たき》で綱渡《つなわた》りをし、クアラルンプールのペトロナスツインタワーのひとつをロープで下り、スペインで雄牛《おうし》といっしょに走った。そして今度はわたしは……わたしたちは、ビクトリアフォールズ橋で世界一大きなバンジージャンプに挑戦《ちようせん》しようとしている。そのあとは、スカイダイビングだ。どう思う？　頭がおかしいと思うか？」

「とんでもない！　思いません！」

スタンリーはにっこりすると、首を横にふった。「みんながそれくらい理解があるといいんだがね。うちの家族は、わたしがどうかしたと思ってるよ。すっかり気がちがったとね。ニワトリ小屋のなかに入ったコヨーテより頭がおかしいと。一度は家に閉じこめられそうになった。あと数か月しか残されていないというのに、最後の日々を、毎日ベッドで横になったままからだを洗ってもらうようなおそろしい病院で過ごさせたがっている。どうしてそんなことをしなきゃいけない？　わたしはいった。なんてこった、好きに楽しませてくれ、と。だが、家族はわかってくれない。その年でそんなことをするのはふつうじゃないというんだ。ふつうってなんだ？　わたしはきいてやったよ。『これがふつう！』と家族はいった。自分たちのつまらない生活のことだ。そこでわたしは、逃げた。つかまったら、もうおしまいだ」

「だけど、さみしくないですか？　なんたって、家族なんですから」

「そりゃさみしいさ。一日じゅう、会いたいと思っている。だが、これまでの人生を三つぞろいのスーツに身を包《つつ》んで生きてきた。まわりに期待《きたい》されてることばかりしてきた。商売がたきをたたきつぶし、ライバルを出しぬいた。それでどうだったかといえば、一瞬《いっしゅん》たりとも楽しいとは思えなかった。だが、ここ二か月はどうだ？　まぎれもなく楽しい。毎日がね。さ、バーナビー、見てごらん、着いたぞ」

　ふたりは、ザンベジ川のザンビア側にある深い渓谷《けいこく》近くに立っていた。ビクトリアフォールズ橋が目の前にのびている。鋼鉄《こうてつ》がきらめく堂々とした建造物《けんぞうぶつ》で、その真ん中に立っている台から、バンジージャンパーたちが飛ぶことになっている。ふたりはその台にむかって歩いていった。スタッフの人たちがベルトをしめる手つだいをしている。みんな、老人と少年を見つめて、ひげをこすった。

「歳《とし》をとりすぎているとはいわせないぞ！」スタンリーがぴしゃりといって、いま立っている橋の鋼鉄に負けないキレのある視線でにらみつけた。

「ぼくだって、若すぎるとはいわせませんせん！」バーナビーもいった。せっかくの冒険《ぼうけん》から仲間はずれにされたくない。

　スタッフたちは肩をすくめて、ロープをスタンリーの両脚《りょうあし》に巻きつけた。バーナビーは浮いていかないように、橋にしっかりつかまっていた。

「だめでもともとだ」スタンリーはそういって台から飛びおり、百十メートルの深さの谷のなかへと落ちていった。谷底を流れる川と岩のすぐ近くまで行ったので、バーナビーはこわくて悲鳴をあげそうになった。その直後、スタンリーはバウンドしてもどってきて、また落ち、また上がり、また落ち、何度も何度もそれを繰《く》りかえし、そのうち空中でぶらぶらしているだけになると、橋の上に引っぱり上げられた。

「どんなもんだ！」スタンリーは大はしゃぎで叫《さけ》び、ゴーグルをはずした。うすい髪《かみ》の毛がとんでもない方向にあちこちはねて、頭がおかしくなった人みたいに見える。「子どもたちもわたしがどんなに楽しんでいるかを知ったら、きっとわかってくれるはずだ。バーナビー、どうだ？　やってみたいか？」

「もちろんです！」バーナビーはいって、自分もロープを巻きつけてもらった。台のはしっこまで歩いていくと、見おろして、深呼吸《しんこきゅう》をして、飛んだ。ところが、ほんの五、六メートルくらい落ちただけで、すぐに上がってきてしまった。そしてとうとう、ロープが垂直《すいちょく》に雲のほうにむかってぴんとはってしまい、バーナビーは谷にむかって落ちるのではなく、ロープの先っぽから下を見おろすだけだった。

「こうなることは、わかりそうなもんだったな」スタンリーはいって、台の上でぎょっとしている人たちのほうをむいて説明《せつめい》をはじめた。「重力の法則《ほうそく》にさからっている子なんです。引きもどしてあげたほうがいい」

少しして、バーナビーはロープをたぐってもどしてもらった。スタンリーは自分のかばんをバーナビーにもたせた。旅行用品一式が入っているので、浮くのを防《ふせ》いでくれる。「バーナビー、悪かったな。バンジージャンプはきみには向いてないようだ。スカイダイビングなら期待《きたい》できるかもしれない」

近くの滑走路《かっそうろ》に貸切《かしきり》の飛行機が待っていた。飛行機が離陸《りりく》すると、スタンリーとバーナビーはふたりのインストラクターに背中にパラシュートを装着《そうちゃく》してもらった。

「さあ、いよいよだ」スタンリーはいって、大はしゃぎで両手をこすりあわせた。飛行機は雲にむかってのぼっていく。「リストの最後から二番目だ。これがおわれば、あとひとつで終了だ。バーナビー、準備《じゅんび》はいいか？」

「準備オッケーです！」バーナビーは返事をした。ふたりは、二、三秒差で飛びたった。

スタンリーは空をゆうゆうと舞い、地上を目ざし、パラシュートのコードをぴったりのタイミングで引っぱった。ところがバーナビーは、おりて十秒もしないうちにまた上に浮かんでしまい、ちょうど近くにおりてきた飛行機がドアをあけてバーナビーをすくいあげた。

「スカイダイビングも向いてないみたいですね」バーナビーは、無事《ぶじ》に地上におりるとスタンリーにいった。

「なんてこった。だが、少なくともチャレンジできたじゃないか」

その夜、さんざん冒険をしてつかれたふたりは、森のなかへと入っていき、木々のあいだの空き地《あきち》をさがした。

「子どものころ、ずっとキャンプがしたかった」スタンリーは、歩きながら話した。「星の下で眠りたかったんだ。だが父親が、鉄道員をしていたんだが、家族を食べさせるために昼も夜もはたらいていたので、行ける機会がなかった。そして自分の子どもができたとき、キャンプに連れていこうとしたが、どういうわけか必ずいつも仕事にじゃまをされた。自分の責任なんだがね。だから、バーナビー、これがリストの最終項目《さいしゅうこうもく》だ。星空の下でひと晩《ばん》キャンプをする。父がここにいてくれたらよかったんだがね。息子でもいい。だけど、片方はとっくに亡《な》くなったし、片方はわたしを病院に閉じこめようとしている。だから、きみとわたしのふたりっきりだ。どうかな？　つきあってくれるか？」

バーナビーはにっこりして、うんうんうなずいた。まだ開いていない三つ目のパラシュートを身に着けている。パイロットにもらったものだ。特別重たいものなので、浮かなくてすむけれど、歩くのにちょっと苦労する。

間もなく、ひと晩過ごすのによさそうな空き地が見つかった。ふたりは防水マットを二枚しくと、横になって星空を見上げた。ああ、おんなじ星なんだな、とバーナビーは思った。キャプテンW・E・ジョーンズがいまごろ、用を足すために裏庭《うらにわ》に出ていたら見ているはずの星とおんなじだ。

「明日、ほんとうに家族のところに帰るんですか？」バーナビーは、半分うとうとしながらたずねた。

「帰らなければいけない」スタンリーは少し悲しそうにいった。ほかにどうしようもないというあきらめも感じられる。「したいことは全部やった。死ぬときは、愛する人たちにそばにいてほしいしね。知らない国で、たったひとりで死ぬのではなく。わたしがもどったら喜んでくれるだろう。まあ、わたしがこんなことを全部やらなきゃいけなかった理由は理解してもらえないだろうが。しかし、わたしは幸せだよ。人生のおわりにそういえる人がいったいどれだけいるだろう？」

バーナビーはそのことを考えながら眠った。くたくただったのでまったく気づかなかったけれど、キツネが一匹、森のなかから出てきてパラシュートのひもをかじって食いちぎり、森の奥へと引きずっていった。そこでパラシュートのなかまであさったけれど、食料調達《しょくりょうちょうたつ》には失敗した。それから、まったく気づかなかったけれど、バーナビーは地面からふわっとはなれて、木々の横をすぎてどんどん上昇し、夜空へと浮かびあがっていった。夜空にはもう、遠くで光る月と星以外何もない。

バーナビーはこうして長いこと浮かんでいた。やっと目をあけたとき、自分が地面に横になってないのにびっくりした。それどころか、空き地もスタンリーもまわりにあった木々も見えない。下を見ると、昼間通りすぎた川や山の連《つら》なりが見える。そこからさらに浮かんでいると、自分が見おろしているのはアフリカ大陸《たいりく》そのものの輪郭《りんかく》だとわかった。ものすごく大きくて、見えてきたほかの大陸とくらべてもずっと大きくて――地図で見たよりずっと大きくて――南大西洋が左側にある。さらに北東に目をむけてみると、大きなアジア大陸が見えた。もう少し地球が回転すれば、なつかしいオーストラリア大陸の形も見えるかもしれない。

だけど、どうやってもどればいいんだろう？　こんなに地面から遠くはなれたのは初めてだ。いつもだれかがつかまえてくれたり、何かに頭をぶつけたりして、それ以上浮かないですんだ。今回はそうはいかない。ただの八歳児が、地球から浮かびあがって、暗い夜空とそのむこうの謎《なぞ》の世界へとただよっていく。

ぼくはもう、家には帰れないんだ。そう思ったら、涙《なみだ》が浮かんできた。もう冒険もできないんだ。そのとき、暗い空に目をこらすと、遠くに小さな白い点が見えた気がした。浮かんでいくちょうど先だ。バーナビーは目をぱちくりさせて、あくびをした。このあたりは空気が地上とはちがうので、目をさましているのもやっとだ。星に近づいていってるのかな。だとしたら、たいへんだ。前に読んだけど、星って白い炎《ほのお》でできてるはずだから、衝突《しょうとつ》でもしたら、燃えて灰《はい》になっちゃう。とはいえ、ぼくにはどうすることもできない。バーナビーは浮きつづけて、白い点にどんどん近づいていった。点はやがてふたつになった。ひとつが、もう片方よりずっと大きいけど、長い白いひもみたいなものでつながってる。

バーナビーは両腕《りょううで》をばたつかせた。まぶたがどんどん重たくなってくる。からだが、眠ろう眠ろうとしているのがわかる。いまにも眠りに落ちそうなとき、小さいほうの白い点がこちらにやってきて、手をふって合図してきた。

宇宙飛行士だ！　バーナビーはうとうとしながら思った。宇宙船だ！

もう、目をあけていられない。最後におぼえてるのは、ものすごく大きな腕がバーナビーのからだをつつんで、宇宙船まで引きよせてぶじに乗せてくれたことだった。

宇宙で迷子

第二十一章　地上二万リーグ

　バーナビーは床《ゆか》にたおれて頭をゴムマットに打ちつけて、目がさめた。目をあけてあたりを見まわすと、心臓《しんぞう》がどきどきしてきた。六人のエイリアンがこちらを見つめている。

「どうしてそんなにこわがっている?」最初のエイリアンがたずねた。日本人みたいに見えるけど、もちろんそんなわけはない。だって、エイリアンだから。

「だって、ぼくを安心させるために人間のふりをしてるんでしょう」バーナビーはいって、宇宙船のキャビンのなかでよろよろと後ずさった。「それで、ぼくを食べるつもりなんだ」

「食べる?」とてもきれいな女性のエイリアンがいった。黒髪《くろかみ》のボブで、赤い口紅《くちべに》をつけ、フランス語のアクセントがある。「この子、食べるっていったの?　いやだ、わたし、ベジタリアンなのに」

「きみはだれだ?」三人目がいった。若い男のエイリアンで、上品なイギリスのアクセントがある。

「ぼく、バーナビー・ブロケット」

「そうか、ぼくはジョージ・アバークロンビーだ。それから、ぼくたちはエイリアンではない。よかったな。さあ、ドミニク・ソヴェを紹介《しょうかい》しよう」ジョージは、フランス人の女の人のほうにうなずいてみせた。

「こんにちは」ドミニクがいう。

「それから、ナオキ・タカハシだ」ジョージは、最初に話した男の人のほうを指さした。その日本人はからだを半分に折っておじぎをしてから、またまっすぐにもどった。

「あっちにいるのが、マティアス・クズニック」ジョージがいうと、今度は背の高い金髪《きんぱつ》の男の人が、親しそうににっこりして前に出てきた。

「会えてうれしいよ」マティアスはいってから、ジョージのほうをちょっと心配そうな顔で見て、首を横にふった。「こんなことに巻きこまれなきゃいけないのか？　彼がだれなのかも、いや、なんなのかもわかんないんだぞ」

「マティアス、だいじょうぶだ。この子はまったくもって安全だよ。ただの子どもなんだから」

「ぼく、八歳です」バーナビーは深く気分を害して、ぴしゃりといった。

「それから、あっちで……」ジョージはおかまいなしでつづけた。「リクリエーションエリアにすわってるのが、カルヴィン・ディグラーと……」

「よう」カルヴィンが、プレッツエルをもぐもぐやりながらうなずいた。

「カルヴィンは大きな池のむこうから来たんだ」ジョージがいいわけするようにいった。「だから、あいつのマナーは気にしないでくれ。まあ、マナーそのものがないんだが」

バーナビーは、きょろきょろした。「池って？　池なんて、どこにも見えないけど」バーナビーは眉《まゆ》を寄せた。

「ほんものの池って意味じゃない。大西洋のことをそういうんだよ。カルヴィンは、われらが親せきのアメリカ人だ」

「あ、そっか。じゃあ、みんな親せきなんですね？」

「いや」ジョージはちょっと困っていった。「ちがう。だれも親せきではない」

「だけどいま、親せきって……」

「ほんものの親せきって意味じゃない」

バーナビーは、ジョージをまじまじと見つめてから、ふしぎそうな顔でマティアスのほうを向いた。

「どうして、あの人はちがう意味の言葉ばっかり使うんですか？」

「イギリス人だからね」マティアスが説明《せつめい》した。

「そうだ。で、紹介をおえてしまおう……」ジョージがつづけた。「最後のクルーは、カルヴィンのとなりにすわっているかわいいロバちゃんだ」

「ジョージ！」本を読んでいた女の人が顔をあげて叫《さけ》んだ。「何度いったらわかるの？　そういうおかしな呼び方はやめてちょうだい」

「ごめん、ごめん。バーナビー、彼女を怒《おこ》らせないようにしろよ。いい子だけど、あの猫《ねこ》は爪《つめ》をもってるから」

「えっ、ロバで猫なんですか？」

「お望みなら、なんにでも変身しちゃうわよ、ぼうや」ウィルヘルミナ・ホワイトというその女の人が、ウインクしてきた。

バーナビーは耳からつま先まで真っ赤になった。どこを見ていいのかわからない。だけど、やっと立ち直ったとき、ウィルヘルミナのアクセントに聞き覚えがあるのに気づいた。

「もしかして、オーストラリア出身じゃないですか？」バーナビーは、ウィルヘルミナのほうをむいてたずねた。

「近いわ。ニュージーランドよ。行ったこと、ある？」

「いいえ。だけどぼく、シドニーから来たんです」

「シドニーからここまでとは、ずいぶん長旅だな」ジョージがいった。「正直、きみがふわふわやってきたのを見つけたときは、みんな少々びっくりした。ゼラⅣ19号に来客はめったにないからね」

「ゼラⅣ19号？」バーナビーがたずねる。

「われらが宇宙船の名前だよ」ナオキが答えた。

「で、いったい何をしていたのか、教えてくれるだろうね？」ジョージがいった。「もちろん、たいへん申しわけないとは思っている。こんなふうにきみを困らせてしまって。だが、率直《そっちょく》にいおう。これはまずい状況《じょうきょう》だ。八歳の少年がどこからともなくやってきて、ひとりの男を、明らかにちがうのにエイリアンであると告発《こくはつ》したんだからね」

バーナビーはジョージを見つめて、目をぱちくりさせた。そして、ほかのクルーたちのほうを見まわした。

「十四か月だぜ」カルヴィンが休憩《きゅうけい》エリアのほうからいった。「そんだけ長いこと、こんなまどろっこしい話し方をきかされてるんだ。ぼうや、おまえも慣《な》れたほうがいい。ここに残るつもりならな」

「だまっててくれないか」ジョージがいう。「どういうことなのか、知りたいといっているだけだ」

「話せば長いんです」バーナビーはいった。

「ぼくたちはどこにも行かないからだいじょうぶだ」

「えっと、じゃあ……」バーナビーは、最初から説明した。それから二時間くらい、話はつづいた。みんなはすわって、ステンレスの容器《ようき》から出された冷たいトマトスープを飲み、それぞれちがう色の四角いタブレット状の食べものを五粒《ごつぶ》食べた（ローストチキン味、マッシュポテト味、にんじん味、やわらかくした豆の味、おいしいプリン味の五種類だ）。バーナビーは、シドニーでの昔話から、ミセス・マクォーリーズ・チェアで起きたおそろしいできごとまでを話し、そのあとここ一か月で経験《けいけん》したことと、そこで出会ったとんでもなく変わった人たちの話をした。

「すげえ話だな。おれたちが信じるとでも？」カルヴィンがいった。

「だけど、ほんとうなんです」バーナビーは訴えた。

「じゃ、どうしてここじゃ、浮かないんだ？」

あ、たしかに。ぼく、この宇宙船で目をさましてから、ずっと浮いてない。ほかのみんなと同じように、床に足がついてる。おさえてくれるものもないのに。

「わかりません」バーナビーは眉をよせた。「わかんないんです。だけど、ほんとに、ほかのところでは浮いてたんです」

バーナビーは立ちあがって、キャビンのなかをぶらぶら歩いてみた。いつものあの感覚《かんかく》がもどってくるのを待ったけど、ぜんぜんやってこない。こんなふうに、天井《てんじょう》のほうに浮かぶこともなく歩けるなんて、へんな気分だ。これがふつうってことなのかな？　ぜんぜんふつうな気がしないけど。それに、いい気分でもない。

「本来ならここで浮いているはずなのは、ぼくたちだ」ナオキがいった。「気圧《きあつ》を下げて調節《ちょうせつ》してなかったら、ぼくたちは天井に頭をぶつけているはずだ」

「ぼくの両親がきいたら、家のなかの空気をそうやって調節《ちょうせつ》したがると思います。その空気のせいで、ぼくは浮かないんでしょうか？」

「どうかしら」ドミニクがいう。「あなたのいうことがほんとうなら、いまも浮いているはずよ。空気の圧縮《あっしゅく》に関係があればべつだけど。耳が痛くなったことは？」

「はい、あります。むりやり地上にいさせられたときに。苦しくはありませんけど、いつもズキズキする痛みがありました」

「お医者さまにみてもらった？」

「赤《あか》ん坊《ぼう》のとき。そのあと、両親が連れていってくれませんでした。ぼくを家から出すのが恥《は》ずかしいって」

「わかりました」

ドミニクは考えこんでから、うなずいた。「地球にもどったら、耳を検査《けんさ》してもらうといいわ」

「わかりました。だけど、あとどのくらいここにいる予定なんですか？　永遠にここで暮《く》らすんですか？」

「いいえ」ドミニクが答える。「もうすぐ任務《にんむ》がおわるから、やっと家に帰れるわ。宇宙遊泳《うちゅうゆうえい》もあと残すところ一回だけだし……」

「ぼくの番だ！」ナオキが叫んで、テーブルにこぶしをどんと打ちつけたので、タブレット状の食べものがはねあがった。「ぼくの番！」

「そうね、あなたの番ね。あわてなくてもだいじょうぶよ」ウィルヘルミナがいう。

「ううう」ナオキはうめいて、にんじんのタブレットをまたひとつ、口のなかにほうりこんだ。

「兄のヘンリーが、宇宙飛行士になりたがってるんです」バーナビーがいった。「大気圏外宇宙《たいきけんがいうちゅう》にすごく興味があって」

「そうか、だが残念ながらここは、大気圏外じゃない」ジョージがいった。「大気圏内だ。大気圏外は、まだまだずっと遠くだ。ほら、あっちの方だ……」ジョージは、宇宙船の後部の左側を指さしてから、ほんの少しだけ指の位置をずらした。「いや、正確にはあっちの方だ」ジョージは訂正《ていせい》した。

「きみの兄さんは、スペースアカデミーに通わせてもらってるのか？」カルヴィンがたずねると、バーナビーは首を横にふった。

「いいえ。両親は、自分たちとおなじ事務弁護士《じむべんごし》にさせたいんです。ふつうの人は、大気圏外なんかに行きたがらないっていって」

「大気圏内だ」

「とにかく宇宙はだめなんです。十八歳になったら、大学に入って法律《ほうりつ》の勉強をするようにって」

「兄さんの気持ち、わかるなあ」カルヴィンがいって、プリンのタブレットのにおいをかぎ、食べるのをやめて、テーブルの真ん中にまとめておいてあるタブレットの山にもどした。

「おいっ、いったん手にふれたものじゃないか!」ジョージがぎょっとして叫んだ。

「だまっとけ、チャールズ王子」カルヴィンがいいかえす。「話をしようとしてるとこなんだ。兄さんに、宇宙飛行士になりたいならスペースアカデミーに通わなきゃいけないって教えてやったほうがいい。うちの親たちも、おれがガキのころ、通わせてくれなかった。ばかだからむりだってね」

「ばかだって?」ジョージがいった。まだ、さっきカルヴィンにいわれたことを根にもっている。「なんと、おまえがばかだなんて、だれにもいわせないぞ。まさか、モザンビークの首都は知らないだろうね」

「マプト」カルヴィンがすかさず答える。

「じゃあ、直角三角形の斜辺《しゃへん》の二乗は何に等しいか」

「残りの二辺の二乗の和」

「デヴォンシャー公の王位継承《おういけいしょう》順位《じゅんい》は?」

「十四位」カルヴィンはいった。「君より百五十位上だ」

「よし、わかった」ジョージは、怒っていすの背にもたれた。「一般常識《いっぱんじょうしき》はじゅうぶんだな。パブのクイズナイトに参加するようなことがあったら、電報《でんぽう》を打つよ」

「おまえがおれに電報を打つなら、おれはおまえの頭を打つ」

「ちょっと、ふたりとも。もういいでしょう」ドミニクがうんざりしていった。「バーナビーは、お兄さんの話をしていたのよ。そしてバーナビーはわたしたちのお客なの。それにね、カルヴィン、あなたのご両親が協力的じゃなかったって話ならもう、百回くらいきいてるわ」

「だけどおれは、親たちに見せつけてやった」カルヴィンは舷窓《げんそう》の外に広がる暗闇《くらやみ》を指さした。「宇宙」それから、自分のまわりを指さす。「宇宙船」それから、自分を指さした。「宇宙飛行士」

「ぼくの両親は、東京大学の数学の教授にさせたがっていた」ナオキがいった。「母と祖父のようにね」

「ナオキ、あなたって、おそろしく数字が得意だものね」ウィルヘルミナがいう。「数字のことならなんでも知ってるのよ」そういってバーナビーのほうをむき、熱心にうなずく。「ものすごーく大きい数字も」

「うちの両親は、わたしが宇宙飛行士になりたがるのを恥ずかしいことだと思っていたわ」ドミニクがいった。「ふたりともわたしに、美術館ではたらいて、世の中が自分をわかってくれないと思っている小説家と結婚《けっこん》してほしがっていたの」

「小説家なんてみんなそうさ」カルヴィンがつぶやいた。

「おれはもう、両親から口をきいてもらえない」マティアスがうなだれた。「ドイツにもどったら、おれは国民的な恥さらしだ」

「だって、宇宙飛行士なのに！」バーナビーは叫んだ。「自慢《じまん》に思ってるはずですよ」

「自慢に思っていたよ。前はね。おれは、ドイツのサッカー連盟《れんめい》史上もっともすごいストライカーだった。オリバー・ビアホフ以上の。ユルゲン・クリンスマン以上の。あの偉大《いだい》なるゲルト・ミュラー以上の。二十歳になるころには、すでに代表チームで三十試合をして、六十ゴールを決めていた」

「一試合二ゴール計算だ」ナオキがいう。

「ね、ナオキは数字に強いっていったでしょう」ウィルヘルミナがいう。

「いや、ちがう」マティアスがいった。「もっとゴールを決めた試合もあれば、少ない試合もある。だが、平均すれば、たしかに二ゴールだ。子どもたちはみんな、おれにあこがれ、部屋《へや》におれのポスターをはっていた。だが試合と並行して、おれは宇宙飛行士になる訓練《くんれん》もつづけていた。だれにも知られないようにね」

「だけどそれなら、ご両親には二倍に自慢じゃないですか。偉大なるアスリートにして、宇宙飛行士なんて」バーナビーはいった。

「まだつづきがあるんだよ」ジョージがいう。

「ワールドカップが始まる二週間前だった」マティアスがつづけた。「みんな、おれが全試合に出場すればドイツが優勝《ゆうしょう》するって期待《きたい》してた。だが、予選が始まる直前、スペースアカデミーから連絡《れんらく》が来た。今回の一年以上にわたるミッションの乗組員に選ばれたってね。ただしミッションが始まるのはつぎの火曜日。ワールドカップの初戦《しょせん》は水曜の夜だった」

「そんな……」バーナビーは声をあげた。

「まったくだ。選ばなきゃいけなかった」

「で、どっちを選んだんですか？」バーナビーはたずねた……すると、残りの六人全員が、こちらをまじまじと見つめた。

「やっぱりこの子、ばかなのね」ウィルヘルミナがいう。

「いえいえ」バーナビーは、まちがいに気づいてあわてた。「わかってますよ。宇宙を選んだんですよね。そりゃそうです」

「おれは、宇宙を選んだ」

「で、あんまり家に帰りたくないんだよな?」ジョージがたずねた。

「ああ、気が進まない。家族はもう、ぼくと縁《えん》を切りたいだろう」

「あたしは、うちの農場を継《つ》ぐことになっていたの」ウィルヘルミナがいった。嘆《なげ》き大会で仲間はずれになりたくなかったからだ。「でも、羊《ひつじ》の毛を刈《か》ったり、牛を市場《いちば》に連れていったりで、毎日を過ごすなんていやだったの。父は、あたしがアカデミーに入ったあと、かわりに頭のわるい弟たちのひとりに農場を継がせなきゃならなかった。それ以来、口をきいてくれない」

「で、あなたは?」バーナビーは、ジョージにたずねた。「あなたも家族に口をきいてもらえないんですか?」

「ぼくには家族はいない」ジョージはテーブルをじっと見おろして、目に見えない汚《よご》れをごしごしこすった。「宇宙飛行士になろうと思ったのは、さみしかったからだ。こいつらの悩《なや》みがうらやましいよ」

　このひと言で、会話はいきなり終了した。

第二十二章　宇宙遊泳《ゆうえい》

それからの二日間で、バーナビーは宇宙飛行士のひとりひとりのことが少しよくわかってきて、みんなをもっと好きになった。ゼラⅣ19号のなかでのバーナビーのお気に入りの暇《ひま》つぶしは、舷窓《げんそう》のわきにあるふかふかのいすのひとつに腰《こし》を下ろして、ゆっくりと回転する球体をながめることだった。はるか遠くにある、地球だ。朝、窓の外を見ると、北と南のアメリカ大陸《たいりく》が見えて、その両方ですごしたときのことを思いだす。その上にはカナダがあり、大西洋が見え、二、三時間してもどってくると、それはアイルランドへとつながる。だけど最高なのは、一日のおわりに、オーストラリアとニュージーランドが見える時間だ。このふたつのなつかしい島の形を見ると、家のことを思いだす。大陸をぐるっと囲《かこ》む境界線《きょうかいせん》の役割《やくわり》をしている緑と青の輪っかと、そのなかの茶色っぽいグレーの広がりをながめては、うっとりしていた。ずいぶん長いこと見つめては、地理の時間によくやったように、地名をあてがう。こっちの西海岸にある小さい点が、パース。南東にあるのがシドニー。下のほうにあるのがメルボルンで、その真下にはタスマニア。真ん中の北にはウルル国立公園。南のほうに首都のキャンベラ。バイロンベイには、大好きな作家が住んでいる。前に学校に来たことがあって、そのあと一か月は、図書室に本を借りにきた生徒の列が廊下《ろうか》の半分くらいまでのびてたっけ。

夜になると、ウィルヘルミナと、オーストラリアでの生活という共通の話題でもりあがった。宇宙船があと数日で地球にもどるとき、ちょうどシドニーのすぐそばに着陸するとわかって、バーナビーは喜んだ。

「じゃあ、今度こそ家に帰れるんだね」バーナビーはいった。

「ええ、きっと帰れるわ。うれしい？」

バーナビーはうなずいた。だけど初めて、いざ家に帰るのが現実になろうとすると、少し不安になってきた。もちろん、家には帰りたい。なんたって、長いこと、帰るためにがんばってきたんだから。なのにどうして、帰れると思ったとたんに胸がざわざわしてきたんだろう？

「最後の宇宙遊泳だ！」ナオキが、宇宙での最後の朝、叫《さけ》んだ。「ぼくの宇宙遊泳！　ナオキ・タカハシの誇《ほこ》りだ！　日本の誇りだ！」

「スーツをとってくるわね」ドミニクが壁《かべ》のボタンを押した。かくれていたドアがひらいて、ピカピカの白い宇宙服《スペーススーツ》があらわれる。

「わあっ」バーナビーは声をあげた。目を見ひらいて、宇宙服をまじまじと見つめる。

「この宇宙船のなかでいちばん高いものなんだぜ」カルヴィンがいう。「あれがないと、宇宙遊泳のあいだ呼吸《こきゅう》ができない」

「それに、好きな方向へも行けない」ジョージもいった。「とくべつな素材《そざい》でできているから、外に出ても自分の動きをコントロールできるんだ。でなかったら、大気圏内《たいきけんない》をふわふわただよっていって、大気圏外に出てしまう」

「でも、外に出て何をするんですか？」バーナビーはたずねた。どんどん運ばれてくる装備《そうび》と、ナオキが着ようとしているふしぎな白い宇宙服に興味しんしんだ。

「大気のサンプルを採取《さいしゅ》する」ジョージが説明《せつめい》した。「あとは、漂流物《ひょうりゅうぶつ》もだ。宇宙をただよっているがらくたとかくずとか。気圧《きあつ》と気温の測定《そくてい》もする。音と光が地球とのあいだを行き来するときの記録もとる」

「このロープ、だいじょうぶそう？」ドミニクが、だれにともなくたずねた。「ちょっとゆるんでるような気がするんだけど」

「おれたちみんな、宇宙遊泳をしてるんだ、バーナビー」カルヴィンが無視《むし》していった。「何十回もね。なんてことない。ただ、地球にいる科学者や地質学者《ちしつがくしゃ》にとっては、きわめて貴重《きちょう》な情報だ」

「ぼくもできる？」バーナビーは、すっかり興奮《こうふん》してたずねた。家に帰ったとき、ヘンリーへのおみやげ話になる。「ぼくも宇宙遊泳をしてみたい」

「わるいな」カルヴィンがいった。「これは遊びじゃない。たいせつな科学調査だ。集中しなきゃいけないんだ」

「ああ、お願いです！」バーナビーはたのみこんだ。一瞬《いっしゅん》、宇宙飛行士たちがその気になったように見えたけど、けっきょくみんな、首を横にふった。

ナオキは、隔離《かくり》された部屋《へや》に入っていった。その部屋がしっかり密閉《みっぺい》されると、反対側にあるドアがゆっくりとひらき、ナオキは広大な未知《みち》の世界へと出ていった。動きは、ダンサーのようになめらかだ。ナオキが腕《うで》をいっぱいに広げる。ゼラⅣ19号とは、しっかりとした白いロープだけでつながれている。さっき、ドミニクがだいじょうぶかと心配していたロープだ。

「どれくらいの時間、出てるんですか？」バーナビーはたずねた。ナオキの動きひとつひとつを舷窓から見つめている。ああ、こんな冒険《ぼうけん》ができてうらやましいなあ。

「九十分よ。時間に気をつけてないといけないわ」ウィルヘルミナがいう。「酸素《さんそ》がそのぶんしかないの。それ以上外に出しておいたら、窒息《ちっそく》して死んじゃうわ」

ナオキが何をしているのか、正確にはとてもわからない。しょっちゅう何やら科学的な道具をポケットからとりだしては、しばらくのあいだ自分の前にかかげて、またポケットにしっかりしまう。たまに、ふしぎな形をしたびんをとりだして、ふたをあけ、しばらく待ってからまたふたをして、おなじくしまう。何もかもうまくいっているように見えた。

ところが、問題が起きた。

「ロープが！」ジョージが叫んで、舷窓に顔を押しつけた。ナオキを宇宙船とつないでいる白いロープがぶるぶるふるえたかと思うと、ナオキはさかさまに引っくりかえり、回転した。両腕をぱっと広げて、どうしたらいいのかわからないという顔をして宇宙船のほうを見つめている。

「何かおかしいと思ったのよ」ドミニクは、あわてだした。「だからいったでしょう。だれもきいてくれなかったから」

「早くもどせ」ジョージが命令した。マティアスがボタンを押す。ロープを巻きもどして宇宙飛行士を密閉された部屋にもどすはずのボタンだ。だけど、ボタンに手をふれたとたん、ゴムがのびすぎて切れるような、または風船がふくらみすぎて割《わ》れるようなおそろしい音がして、白いロープがはずれた。宇宙をただようナオキは、宇宙船にもどれなくなった。ナオキはこちらに手をふっている。みんなもナオキに手をふって、なんとかしようとしてることを伝え、表やら図やらがおいてあるテーブルのまわりに集まった。

「べつのロープをつなげなきゃ」カルヴィンがいった。「それで、ナオキをもう一度宇宙船につなげて巻きもどそう。おれがロープをもって行く」

「いや、ぼくがいく」ジョージがいった。ヒーローになるチャンスは逃《のが》したくない。

「そうやってけんかするつもりなら、わたしが行くわ」ドミニクがいった。すでに、パリのエリゼ宮で勇気ある行動をたたえて表彰《ひょうしょう》されている自分の姿《すがた》が目に浮かんでいた。

「だれかが行かなきゃいけないなら、あたしが行くわ」ウィルヘルミナがいう。

「おいおい、ふざけないでくれよ」マティアスが、心からおかしそうに笑った。「ここは明らかにドイツ人の出番だ。マティアス・クズニックの注意力が必要とされる仕事だ」

「よくもまた自分で自分のことをそんなふうにいえたもんだな」ジョージがやれやれというふうに首をふる。「そんなごうまんな態度《たいど》なら、遠慮《えんりょ》してもらおうか。おつかれさまだな」

宇宙飛行士たちは、口々に主張を始めた。みんな、自分こそがナオキを助けにいくべきだといっている。バーナビーは、時計をちらっと見た。時間はどんどんたっていく。ナオキの酸素も、どんどん減っていく。

「ぼく、やってみます」バーナビーは小さい声でいった。あんまり小さくて、じつはだれにもきこえていなかった。「ぼくが、やってみます」バーナビーは、今度はもっと大きな声でいった。五人の宇宙飛行士がいっせいにこちらを見る。ちょっと怒って、じゃまするなという顔で。

「バーナビー、ばかなことといわないで」ウィルヘルミナがいう。「あなたは宇宙飛行士の訓練《くんれん》を受けてないじゃない。あなたを外に出したら、からだがコントロールできなくなっちゃうわ。浮くのには慣《な》れが必要なの」

「ぼくがほんとうに慣れてることがひとつあるとしたら……」バーナビーは胸をはり、どうだといわんばかりに腰《こし》に両手をあてた。「浮くことです」

「だいじょうぶかしら？　まだ子どもなのに」ドミニクがみんなに問いかけた。

「子どもでも、役に立ちたいんです。それに、どうせみなさんのあいだじゃ、決まらないですよね。

だからお願いです、ぼくにやらせてください。冒険なら任《まか》せてください。それにぼく、勇気がありますから。ほんとうです。時間もどんどんなくなってるし」

全員、舷窓からナオキのほうを見た。少しずつ、はなれていっている。

「ほんとうに自信あるのか？」カルヴィンがバーナビーの肩に手をおいて、まっすぐに目をのぞきこんだ。

「いいえ、ありません。だけど、やってみます」

「いいだろう」ジョージがいう。「みんな、いいか。ロープをとってきてくれ。バーナビー、きみはそのロープをもっていき、ナオキにわたすんだ。ナオキが、自分の宇宙服にとりつける方法をわかっている。そうしたら、ナオキにしっかりつかまれ。ふたりいっしょに引っぱってやるから。わかったか？」

「了解《りょうかい》です」バーナビーは答えた。胃《い》のなかでチョウチョが何百匹もぱたぱた飛びまわってることは考えないようにして。

こうして、バーナビーはマスクとタンクを装着《そうちゃく》して――わあ、おもしろい！――密閉された部屋に送りだされ、それから宇宙へと出ていった。また浮くのはいい気分だ。先週、ゼラⅣ19号に来て以来、いちばん自分らしい感じがする。それにここは平和だ。いまの世の中のうるさい音や困《こま》ったことなど、ぜんぶ無《む》のなかに消えていくみたいだ。一瞬《いっしゅん》、バーナビーは、残りの人生をこうやって宇宙で浮いてすごせたらどんなに安らかだろうと思った。人にもものごとにもまったくわずらわされないで、過ぎていくほうき星だけ気にしてればいい。そんなことをのんびり考えていたら、ナオキの姿を見てわれにかえった。こちらにむかってめったやたらに手をばたつかせて、どうしようもなくくるくる回転しながら、方向も定まらずに浮いている。バーナビーは泳ぐときみたいにキックをして、ナオキのほうに進んでいき、いわれたとおりにロープを手わたした。数秒で、ナオキはまた宇宙船とつながった。バーナビーはナオキにしっかりつかまり、ふたりはまた宇宙船のなかに引きもどされた。

「あなたはヒーローよ、ぼうや」ウィルヘルミナがいった。みんなで集まって、タブレット状の食べものと浄化《じょうか》した水でお祝いの食事をしているときだった。

「ナオキ・タカハシの恥《はじ》です」ナオキは悲しそうにいって、低くうなだれた。「日本の恥です」

「宇宙飛行士って、楽しいですね」バーナビーはにっこりした。「ぼく、また宇宙遊泳できますか?」

「いや、残念《ざんねん》だがむりだな」ジョージがいって、宇宙船の前部に自分のからだを固定した。「これ以上、あんな事故を起こすわけにはない。いまからむかう場所は、ただひとつだ」

「どこですか?」

「故郷《ふるさと》だよ」

第二十三章　みんながいったことはほんとう

宇宙船はつぎの日の午後三時に、ベローラ・ヴァリー・ブッシュランド公園の近くに着陸《ちゃくりく》した。地上に近づくにつれて、バーナビーはあのなつかしい浮く感覚がどんどん強くなっていくのを感じた。そしてとうとう、入っていたカプセルの天井《てんじょう》に頭をぶつけないように安全ベルトをしないといけなくなった。

こんなにすごい音をきいたのは、生まれた初めてだ。ロケットの前方が残りのカプセルと切りはなされ、バーナビーたちはかっこ悪い飛行機にしか見えないものに乗って飛んでいた。とうとうエンジンが減速《げんそく》しはじめ、車輪《しゃりん》がおりてきて、全員ぶじに地球にもどることができた。宇宙飛行士を出した各国から来た首脳《しゅのう》たちがすぐ近くにずらっと並んで、飛行士たちの地球への帰還《きかん》を祝っている。ニュージーランド、イギリス、日本、フランス、ドイツ、アメリカの科学大臣《かがくだいじん》が押しあいへしあいして列の前に出ようとしている。ぜんぶの写真に写りたいからだ。だけど、オーストラリアの外務大臣《がいむだいじん》は手に負えない子どもの扱《あつか》いに慣《な》れていたので、全員をU字型に立たせ、自分の国の飛行士が出てきたときだけ代表者が前に出るように、とはっきり伝えた。不満そうな声があがったけれど、オーストラリアの領土《りょうど》だから、オーストラリアの規則《きそく》に従うしかない。イギリスの大臣がフランスの大臣のわきをつついて、「リュック、きみのせいだぞ」といった。日本の大臣はその手の大胆《だいたん》なおふざけができなかったので、だれにもわからないようにうしろに回ってフランスの大臣をつついた。

エンジンが完全に止まると、ジャスティン・マクォーリーが前に出てきた。シドニー生まれで、国際スペースアカデミーの学長にして、たまたまあのラクランとエリザベス・マクォーリー夫妻の直系《ちょっけい》の子孫だ。あのおそろしいことが起きた植物園にある、あのいすのもち主だった、エリザベス・マクォーリーだ。マクォーリー氏は、咳払《せきばら》いをしていった。

「レディース・エンド・ジェントルマン」マイクを指でとんとんする。「たいへん喜ばしいことに、ゼラⅣ19号が、長い実り多い任務《にんむ》をおえて地球にもどってきました。ここにいる宇宙飛行士たちは、それぞれの家族にとって大いなる誇《ほこ》りをもたらしました。人類がほかのどんな分野でなしとげてきたよりも、おそらく大きな誇りです。さて、そろそろ宇宙船から歓迎委員会《かんげいいいんかい》のほうへと出てきてもらいましょう。そのあと直接、手荷物受取所《てにもつうけとりじょ》のほうに行き、それぞれのスーツケースを受けとってもらいます。四番のコンベヤーのほうに届けられるはずです」

宇宙飛行士たちは、ひとりずつ出てきた。午後の日ざしにまぶしそうにまばたきをして、ちょっとふらつく足取りでロケットの階段《かいだん》をおりていく。六人全員が一列に並ぶと、バンドが六つの国歌のひとつ目、フランス国歌を演奏《えんそう》しはじめた。ところが『ラ・マルセイエーズ』のまだ真ん中あたりで、まずはテューバ奏者《そうしゃ》が、つぎにサクソフォン奏者が、それからヴァイオリン奏者が、びっくりして手をとめた。演奏がぐだぐだになり、指揮者《しきしゃ》はあわてて指揮台をたたいたけど、そのころには全員の視線は宇宙船のドアに向けられていた。八歳くらいの男の子が、ゼラⅣ19号のなかから、パラシュートを背中につけて出てきたからだ。

「きみはいったい、だれだ？」ジャスティン・マクォーリーが前に進み出た。

「ぼく、バーナビー・ブロケットです」

「われわれとおなじ言葉をしゃべるのか！」

「あたりまえです」

「どうやって覚えた？」マクォーリー氏は、ゆっくりとしんちょうに話した。まるで、英語を習いたての外国人に話しかけるように。

「わかりません」バーナビーは、はじめてしゃべるのを習ったときのことを思いだそうとしていた。「赤《あか》ん坊《ぼう》のときにしゃべれるようになったから」

「飛行士たちの会話から吸収したんだな」マクォーリー氏は考えこみながらうなずいた。「それで覚えたんだろう。おそらく、きみから学べることもあるだろうな」マクォーリー氏は、きっぱりといった。親切そうに見せようと、顔いっぱいで笑みをつくる。「きみから教えてもらえることも、たくさんあるはずだ」

　バーナビーはちょっと考えてから肩をすくめた。「たぶん、教えてあげられると思います。だけど、しばらく学校に行ってないから、ちょっと鈍《にぶ》ってるかもしれません。でも、地理ならばっちりです。この歳の男の子としては、ずいぶんたくさん旅行してますから」

　集まった人たちは顔を見合わせて、大声でしゃべりはじめた。だけど、マクォーリー氏がだまるようにいった。みんなの声が宇宙人の反感を買うといけないからだ。「自分のことを、男の子だと思っているのか？」

「ええ、男の子です」なんでそんなことをきくんだろう。「ぼくはまだ八歳だけど、男の子と女の子のちがいくらいわかります。そしてぼくは、まちがいなく男の子です」

「どうやって宇宙船のなかに入った？」ドイツの大臣が叫《さけ》んで、親はどこだと見まわした。自分の子

ども が柵《さく》の下をぬけて宇宙船を探検《たんけん》しようとなかにかけこんだのに何をやってるんだ、と。

「いっしょに帰ってきたんです」マティアス・クズニックがいった。だけどドイツの大臣は首を横にふって顔をそむけた。

「君の顔も見たくない」大臣は低い声でいったあと、大げさにつけくわえた。「四位だ！　三位決定戦でも勝てなかった。世界のスポーツ行事のなかで、もっとも意味のない試合だった」

「マティアス・クズニックの大恥《おおはじ》だ」ナオキがやれやれというふうに首をふった。「ドイツの大恥だ」

「だが、いっしょに帰ってきたというのはどういう意味だね？」ニュージーランドの大臣がたずねた。

「途中で発見したんです」ウィルヘルミナが答える。「こっちに向かって浮いてきたから、宇宙船に引きいれました」

「全員、なかへ」マクォーリー氏がマイクの前で大きく手をたたいた。「それから、この子はしばらく隔離《かくり》する。対策《たいさく》を考えなければいけない」

「隔離」ときいて、黄色いゴムの防護服《ぼうごふく》を着てヘルメットをすっぽりかぶった男の人がふたり、バーナビーのほうに走ってくると、それぞれわきをもって抱えあげ、ターミナルのなかへ連れていった。長い廊下《ろうか》を走り、階段《かいだん》をのぼり、プールとサウナと減圧《げんあつ》ゾーンをぬけ、いくつもの狭《せま》い通路をおりていくと、そこにあったキーパッドにコードを打ちこんで、大きくて真っ白い部屋《へや》に入っていった。そこでは、白衣を着た科学者たちが十人くらい、だまりこくって仕事をしていた。科学者たちはいっせいにこちらを向いて、バーナビーをまじまじと見つめ、まばたきをすると、また自分たちの試験管《しけんかん》やら顕微鏡《けんびきょう》やらのほうにもどった。部屋のすみには、ガラスの小部屋があって、なかに白いいすがひとつおいてある。

「コードは？」ガラスの小部屋のいちばん近くにすわっていた科学者が、バーナビーを抱《かか》えているひとりにたずねた。まったくの無表情だ。そんなことが可能ならの話だけど。

「20……2……9……20……19……16」その男は答えた。科学者はかすかにうなずいて、番号をコンピュータに打ちこんでいく。すると、ガラスのドアが音もなくひらいた。バーナビーは部屋のなかに入れられた。ドアが閉まり、気づいたらたったひとりで、自分をつかまえた人たちを見つめていた。もちろん、もう黄色い服の人たちにおさえられてないので、あっという間に上に浮きはじめ、ガラスの箱《はこ》のてっぺんに押しつけられたまま、上から科学者たちのハゲの数をかぞえることとなった。ひとりかふたり、ちらっと目を向けてしばらくじっと観察《かんさつ》する科学者もいたけど、すぐにまた向こうをむいてしまう。ふしぎなことも異常《いじょう》なこともさんざん見てきたので、これくらいではトップ百にも入らないらしい。

「たすけて！」バーナビーは叫んで、ガラスをたたいた。「ここから出して」

「隔離中だ」科学者のひとりがあくびをかみ殺しながら答えた。

「だけど、どうして？　ぼく、なんにも悪いことしてないのに」

「宇宙人なんだろう？　宇宙人を勝手にオーストラリアじゅう歩き回らせるわけにはいかない。何が起きるかわからない。環境《かんきょう》を保護《ほご》しなくてはいけない。ピーナツバターを国内に勝手にもちこんでも、おなじ手続きをとることになる」

「だけどぼく、汚染《おせん》とかされてないし！　それに、食品だってもってません！　だいたい、ピーナツバターなんかきらいだし。べとべとしてて歯にくっつくから」

「たしかに歯にくっつく」科学者のひとりがうなずいた。

「とにかく、マクォーリー氏が来るのを待ちなさい。どうするかは、マクォーリー氏がわかっているはずだから」ほかの科学者がいった。

「マクォーリー氏がいちばんよくわかっている」ほかの科学者たちがいっせいにいって、バーナビーのほうをじっと見て、きっかり四秒ほほ笑むと、また仕事にもどった。ひとりは、耳にやたら大きいヘッドフォンをつけて、マイクを岩のかけらに押しつけて――ゼラⅣ19号が採取《さいしゅ》してきた岩のひとつだ――じっと耳をすませている。最初は何も起きなかったけれど、ふいに、おもしろいものがきこえてきたように目を見ひらいた。

「シューベルトだ」科学者は、同僚《どうりょう》のほうをむいていった。「ほら、セレスティン。シューベルトだ。まちがいない」

「ラフマニノフね」となりにすわっている女性がヘッドフォンをとって、首を横にふった。

「いや、ぜったいシューベルトだ」

「ちがうわ」

「だれであろうと、きわめて興味深い事実にはまちがいない」女性のとなりにいる科学者が、ヘッドフォンを当てて耳をすました。そしてぱっとヘッドフォンをはずして、うんざりした顔で首を横にふった。「ロックは好きになれない」そういって、自分の仕事にもどる。

とうとう、部屋のドアがあいて、マクォーリー氏があらわれた。バーナビーのガラス部屋のほうに近づいてきて、困《こま》った顔でバーナビーを見あげる。

「そこに入って話をしたいんだが、なかに入ったとたん、危害《きがい》を加えたりはしないだろうね」

「するわけありません。やり方もわかりません」

「そうか、では」マクォーリー氏はコントロールパネルに手をのばした。六つの番号を打ちこむと、ドアがひらく。「だが、いちおういっておく。おかしなまねをしたら、もっとやっかいなことになるからな」

マクォーリー氏はなかに入って、いすにすわった。ドアがうしろで閉まる。マクォーリー氏は上を見てやれやれというふうに首をふった。「ところで、宇宙人の少年、そんなところで何をしている？」

「ぼく、宇宙人じゃありません。何度いったらわかってくれるんですか？　ぼく、キリビリで生まれたんです」

「そんな惑星《わくせい》はまだ発見されていないと思ったが。太陽系のなかにあるのか？」

「もちろんです！　それどころか、ここ、シドニーのなかです。首相の家からまっすぐ行ったところです。ミルソンズポイントまで電車に乗って、商店街《しょうてんがい》のある坂を下って、左に曲がると、すぐそこがぼくの家です」

「ほんとうか？」マクォーリー氏がたずねる。

「もちろん。生まれてからずっと住んでたんですから」

「キリビリには妹が住んでいる」

「お名前は？」

「ジェーン・マクォーリー・ハミッド」

「あっ、ミセス・マクォーリー・ハミッドなら知ってます」バーナビーの顔いっぱいに笑みが広がった。「うちのすぐお向かいに住んでます。うちの犬のキャプテンW・E・ジョーンズが、妹さんの犬といっしょに遊んでます。親友なんです」

「そんなによく知っているなら、妹の犬の名前は？」

バーナビーはちょっと考えて答えた。「ロスコー。ロスコー・マクォーリー・ハミッドです。妹さんはロスコーをお風呂《ふろ》に入れたあと、首に青い蝶《ちょう》ネクタイを巻くんです。そうするとロスコーはうちに走ってきて、キャプテンW・E・ジョーンズに歯でかじってはずしてもらうんです。犬にあんな恥ずかしいかっこうをさせちゃだめです。妹さんにいっといてください」

マクォーリー氏はバーナビーが妹の犬の名前を知っていたことにおどろいているようだった。そして内ポケットから手帳をとりだすと、何やら書きとめ、またもどした。バーナビーは、妹さんに伝えることをメモしてくれてるといいな、と思った。

「そうか、では、宇宙人ではないとすると、どうしてゼラⅣ19号に乗ることになったのか、説明《せつめい》してくれるだろうね。宇宙に六人を送りだしたら、もどってくるのは最大で六人だと思うのがふつうなのはわかるだろう」

「ほかの飛行士たちがいってませんでしたか？」バーナビーはたずねた。ぼくのいうことは信じてくれないかもしれないけど、あの人たちのいうことなら信じてくれるはずだ。

「ああ、たしかに話してくれた。だが、あまりにもおかしな話で、とても信じられない」

「みんながいったことはぜんぶほんとうです」

「だけど、みんながわたしに何をいったのか、知らないだろう」

「ぼくが宇宙船のほうに浮いてきたっていってませんでしたか？　気圧《きあつ》のせいで眠っちゃってたのを、宇宙船に運びこんだって？」

「いっていた」

「ぼくが生まれつき重力の法則《ほうそく》に従《したが》ってなくて、地上に数秒くらいしかとどまっていられないって、いってませんでしたか？　宇宙船に乗ってるときは、浮かないでいられるんです。理由はわかりませんけど。耳と関係あるんでしょうか？」

「そんなようなことをいっていたな」マクォーリー氏はうなずいた。

「ぼくがナオキ・タカハシの命を救ったってことは？　白いコードがはずれて、ナオキが大気圏外《たいきけんがい》をただよっちゃってるときに？」

「大気圏外ではない」

「あ、大気圏内です」

「ああ、それはきいている。だがな、宇宙人の少年……」

「宇宙人って呼ばないでください！　ぼく、バーナビー・ブロケットです！」

「ああ、わかったよ、バーナビー・ブロケット君。だがそれは、宇宙船のなかの話にすぎない。それに関しては、議論の余地《よち》はないようだ。わたしが知りたいのは、そもそもどうして宇宙に行ってしまったのかということだよ」

そこでバーナビーは、話をした。

生まれたときのことから、国際スペースアカデミーの学長に宇宙人と呼ぶのをやめてバーナビー・ブロケットと呼んでくださいとたのんだときのことまで、すべてを話した。

「そうか、これまでにもおかしな話はさんざんきいてきたが、これがいちばんだな。きみを信じないわけにはいかないようだ。問題は、これからきみをどうするかということだ」

「家に帰らせてくれるとか？」バーナビーは提案《ていあん》した。

「たしかに、それもある。だが、先にしなければいけないことがある。きみをどこかにいかせる前に、ランドウィックの病院に連れていって、すみずみまで検査《けんさ》しなければいけない。宇宙旅行のあいだに問題が起きていないかを確認《かくにん》しなければ。宇宙の細菌《さいきん》を連れてきていないとも限らないしね」

バーナビーはため息をついた。「わかりました」

夜には、バーナビーは病院のベッドに寝ていた。からだに革《かわ》のベルトをしっかり巻き、天井に浮いていかないようにして、医者に検査されるのを待っていた。入れられたのは、病院の最上階の個室《こしつ》だ。

この病院でいちばんいい部屋で、ベッドの上に部屋の半分くらいの大きさのガラスの天窓があって、あおむけに寝ているると、空がだんだん暗くなっていくのをながめられる。看護師さんが気をつかって、ベッドのとなりの壁《かべ》にあるボタンを押して天窓を閉めておいてくれた。万一ベルトがゆるんでも、外に浮いていかないようにだ。なんだか、へんな感じがする。つい二日前には宇宙にいて、オーストラリアやニュージーランドを遠くから見おろしていたなんて。いまはこうしてシドニー小児病院のベッドに横になって、暗い空にまたたく星を見あげている。いまごろほかの宇宙飛行士が、こっちを見おろしているのかな。

しばらくして、医者がやってきた。バーナビーの親指の先をちくっと刺《さ》して血液《けつえき》を採取してから、腕《うで》に大きいマジックテープを巻き、どんどんきつくしめつけていく。そのうち腕がもげちゃうんじゃないかという気がして、バーナビーは声をあげた。

「あうっ」

「あら、痛くないわよ」ワシントン先生がいった。とても美人で、真っ黒い髪《かみ》をしょっちゅう耳のうしろにかきあげている。

「いえ、ちょっときつく感じただけです」

ワシントン先生はにっこりして、バーナビーのひざをゴムのハンマーでたたいて、びくっと動くかどうか確かめてから、喉《のど》の奥を見たり目をのぞきこんだりした。

「いまのところ、どこも悪くないわね」先生は、しばらくするといった。「だけど、浮いちゃうのはふしぎねえ。いつからなの?」

「生まれて二、三秒後からです」

「そんなに早くから? 病院でみてもらったことは?」

「だけど、宇宙船に乗ってたときはちがいました」すると、ワシントン先生は病室を出ていこうとしていたのに振《ふ》りかえって、バーナビーをじっと見つめた。

「ずっとです。生まれてからずうっと」バーナビーはからだを起こした。あ、思いだした。

「でも、治らなかったのね？　ずっとこうだったの？」

「すごく小さいとき」

「なんですって？」

「宇宙船に乗ってたときは、足が床《ゆか》についたままでした。宇宙船までは浮いてたし、出るときも浮いてたけど、なかでは……」

「空気に圧力がかけられている場所では……」

「あっ、ドミニクもいってた！　地球にもどったら耳を検査してもらいなさいって、いわれたんです」

ワシントン先生はバーナビーをしばらく見つめてから、先っぽに電球がついている小さい道具をポケットからとりだして、バーナビーの耳のなかをながめた。

「ふふーん」

「どうなんですか？」バーナビーはたずねた。

「ちょっとここで待っててちょうだい」ワシントン先生は、まるでバーナビーが立ちあがってどこかに行けるみたいにいった。そして少しして、チャンセリー先生というべつのお医者さんを連れてもどってきた。チャンセリー先生はポケットから、黒と銀色のふしぎな装置《そうち》をさっととりだした。ねじまわしくらいの大きさで、さっきワシントン先生が使っていたのとおなじように先っぽに電球がついている。先生はそれで、バーナビーの耳の中をじっくり見た。

「ふふーん」チャンセリー先生がいう。

「ね、わたしもそう思ったんです」ワシントン先生がいう。「ふふーん」

「なんなんですか？」バーナビーは、だんだん心配になってきた。「ぼく、どこか悪いんですか？」

「どこも悪くないわよ」ワシントン先生がいった。「なんの問題もない。あなたは、まったくもって健康《けんこう》な男の子」

「じゃあ、どうしてぼくの耳のなかをみて、『ふふーん』っていうんですか？」

「心配するようなことじゃないわ」ワシントン先生がいった。「いくつか検査をすれば、どういうことなのかもっとはっきりわかるはずよ」

バーナビーは何もいわずに、天窓の外を見つめていた。やれやれ、たまにでいいから、ほんとうに百年に一回くらいでいいから、大人がかんたんな質問《しつもん》にすっきり答えてくれることってないのかな。

廊下《ろうか》のほうからにぎやかな音がしてきて、バーナビーはそちらを見た。ワシントン先生とチャンセリー先生が、何事かとようすを見にいく。声を荒《あら》らげている人がいるのがわかる。そして、つかみ合ってるような音がきこえたかと思うと、また静かになった。すぐに、ワシントン先生が今度はひとりでもどってきて、けんかをしてきたみたいに髪の毛を手で直した。

「ごめんなさいね」

「どうかしたんですか？」

「レポーターよ。タブロイド紙の。ほら、あなたのことをききつけてきたの。なんで浮くのかとか。なんでゼラⅣ19号に乗ったのかとか。週末に発売される号にあなたの記事を載《の》せたいのよ。一応いっておくけど、かなりの大金を提示《ていじ》してきているわ。気をつけないと、あっという間に有名人になっちゃうわよ」

バーナビーは顔をしかめた。そんなことになったら最悪だ。有名人なんて、ふつうじゃない。レポーターの群れを引きつれてキリビリにもどったりしたら、母さんと父さんはものすごくいやな顔をするだろう。キャプテンＷ・Ｅ・ジョーンズに会わせてもらえないうちに、またミセス・マクォーリーズ・チェアに連れもどされるかもしれない。

「話なんかしたくありません。ぼく、家に帰りたいんです」

「悪いけど、早くても明日の午後にならないと退院させられないわ。ひと晩入院してもらって、経過《けいか》を観察《かんさつ》しなきゃいけないの。しかも、さっきいった検査もあるし。結果が出るのは明日のお昼だし、その結果によっては対応がまったくかわってくるわ。でも、よかったらご両親に連絡しましょうか。あなたが無事《ぶじ》で、ここに入院しているって伝えてあげる」

バーナビーは、母さんと父さんが来たときにマスコミがまだ外に集まってたらどうしようと思って、胃《い》のあたりがちょっとざわざわした。だけど、うなずいて、家の電話番号を紙に書いた。ワシントン先生は、少し眠りなさいといって、病室を出ていった。

バーナビーはまた、夜空を見上げた。まぶたがだんだん重たくなってくる。明日には、とうとう母さんと父さんに会える。もちろん、ヘンリー、メラニー、キャプテンＷ・Ｅ・ジョーンズにも。そして、キリビリの家に帰れる。だけど、前とどこか変わったのかな？　ぼくが家から出されたのは、ほかの子たちとちがうからだ。いっぱい旅していろんなことを知ったかもしれないけど、やっぱり足を地につけておく方法はわからないままだ。

第二十四章　ふつうが何かはともあれ

つぎの日の朝、バーナビーはベッドにすわって、病院の図書室から借りた『八十日間世界一周』を読んでいた。お日さまの光が天窓《てんまど》からふりそそぎ、ページを明るく照らしているので、主人公フィリアス・フォッグが忠実《ちゅうじつ》な執事《しつじ》パスパルトゥーとともに旅するようすがきらめいて見える。夢中になって読んでいたら、フィリアスが香港《ホンコン》から横浜行きの蒸気船《じょうきせん》に乗りおくれたところで、ドアがぱっとひらいた。

「バーナビー！」ふたつの声が同時にひびいた。顔をあげると、ふたりの人が立っていた。おそるおそるみたいな表情で、こちらをじっと見ている。

「母さん」バーナビーは、本をわきにおいていった。自分でもびっくりだけど、会えたうれしさよりも不安が大きい。「父さん」

「どこへ行ったのかと思っていたよ」アリスターが近づいてきて、おそるおそる抱《だ》きしめようとしたけど、気がかわったらしく握手《あくしゅ》をしてきた。バーナビーは、なんておかしなことをいうんだろうと思った。どう考えても、最初から計画していたことなのに。ミセス・マクォーリーズ・チェアに連れていかれる日、最後の日の朝の父さんと母さんの会話をぼんやり思いだす。

「バーナビー」エレノアがかがみこんでほっぺたにキスしてきた。ミセス・マクォーリーズ・チェアで起きたおそろしいことなんて、なんにもなかったみたいに。ああ、母さんの香水のにおいがする。なつかしい家のにおいだ。そう思ったら、さみしくて悲しい気持ちになった。「気分はどう?」

「元気だよ。病気じゃないし」バーナビーは答えた。

「だったら、退院しないと。どこも悪くないのにこんなところにいるなんて、ふつうじゃないわ」

「お医者さんたちにそういってよ。あの人たちがここに連れてきたんだから。宇宙からもどってきたあとのことだけど」

エレノアはため息をついて、ベッドのはしっこにすわり、ベッドの横のロッカーに指を走らせてほこりをチェックした。「宇宙だなんて、まったくばかげているわ。だいたい、その話はもうききあきたの。自分が住んでいる外の世界を探検《たんけん》したがるなんて、ふつうじゃないわ。だって、こんなにちゃんとした惑星《わくせい》に住んでいるんだもの」

「エレノア、きみのいうとおりだ」アリスターもうなずいて、病室にひとつだけあるいすにすわった。

「探検家《たんけんか》など、まったく理解できない。あの連中がやってることもね」

「だけど、探検家がいなかったら、アメリカも発見されてなかったよ」バーナビーはいった。

「まあ、たしかに」アリスターとエレノアは、顔をちらっと見合わせながらそろっていった。

そのあと、三人ともしばらくだまりこくった。部屋《へや》じゅうに、気まずい空気が流れる。壁《かべ》のペンキが少しずつはげていくのが見えそうなほど、髪《かみ》の毛が少しずつのびていく音がきこえそうなほど、部屋のなかは静まりかえっていた。

「ヘンリー兄さんは?」バーナビーが沈黙《ちんもく》をやぶってたずねた。ヘンリーも、会いにきてくれればよかったのに。

「ヘンリーはヘンリーよ」エレノアが肩をすくめた。まるで、それが返事になっているみたいに。「元気よ。まったくもってふつう」

「メラニーは？」

「元気よ。こちらもまったくもってふつう」

バーナビーはうなずいた。ああ、よかった。「キャプテンW・E・ジョーンズは？」

「キャプテンW・E・ジョーンズは、正直ここのところ、少し落ちこんでいるみたいだな」アリスターがいった。「しっぽをめったに振《ふ》らなくなった」

「何をいってるの」エレノアが反論《はんろん》した。「犬ってそういうふうに見えるのよ。落ちこんでいるように見えるのがふつうなの。そしてキャプテンW・E・ジョーンズは、まったくもってふつうの犬だもの。心のなかでは、リスを追いかけてるわ。そうそう、ヘンリーとメラニーが、少ししたら来ることになってるの。あなたに会えるのを、それは楽しみにしてるのよ」

「ぼく、家に帰れないの？」バーナビーは小さい声でたずねた。なんて返事をされるか、わからないからだ。「家で会っちゃいけないの？」

「もちろん、帰れるわよ」エレノアは、少し背中をうしろにそらして、ベッドの上の天窓からふりそそぐ日ざしをさけた。「それがあなたの望みならね」そう、静かな声でつけくわえる。

バーナビーは、ちょっと考えた。それが望みに決まってるじゃないか。だって、家以外にどこに行けばいい？

「ただし、ひとつだけいっておくことがある」アリスターは、ちょっと咳払《せきばら》いをして、背筋《せすじ》をのばした。まるで、すごくたいせつな知らせを告げようとしているみたいに。「お母さんとわたしは……まあ、わたしたちは、きのうの晩にワシントン先生から電話をいただいて、おまえがここに入院しているときいてからずっと、話し合っていたんだ。おまえが浮きつづけていることに関してだ。はっきりいおう、バーナビー、わたしたちは可能な限り、がまんしてきた。八年だ、いや、もうすぐ九年になる。ふつうの家族だったらとてもがまんできないほど長くだ」

「アリスター、わたしたちは、ふつうの家族よ」エレノアがきっぱりいって、アリスターをギロリとにらみつけてから、バーナビーのほうをむいた。「だけど、お父さんのいうとおり。あなたは八年間も、天井《てんじょう》にむかって浮きつづけて、デビッド・ジョーンズのビロードのマットレスにはりついて、ふつうの学校にも行こうとしないで……」

「ぼく、行こうとしなかったんじゃない」バーナビーは、ベッドの上でからだを起こした。「グラベリング・アカデミーに通わせたのは、母さんたちだよ。ぼくはもともと、あの学校には行きたくなかったのに」

「まあ、細かいことをねちねちというのね。とにかく、キリビリの家に帰るつもりなら、人の注目を集めたいなんてばかな考えは捨てることよ。今日も朝いちばんで、またニュースの中継車《ちゆうけいしや》が家の外に来たの。宇宙からもどってきた少年のことをインタビューするために。地に足をつけていられない少年のことを。ヘリウム風船みたいに浮いてしまう少年のことを。まるで、ハーバーブリッジに登った一千万人目にあなたがわざわざなったあのときみたいに」

「だけどぼく、自分が一千万人目だなんて、知らなかったし」バーナビーは大声でいった。さすがに不公平だと思って。「母さんたちだけじゃなくて、ぼくだってびっくりだったんだ」

「あなたって子は、どうしても注目を集めないと気がすまないのね。困ったものだわ。それにわたしたちは、もうたえられないの。だからお願い、バーナビー、もしいっしょに家に帰るなら、ふつうでいるって約束《やくそく》してくれる？　二度と浮かないでくれる？」

「ブロケットさん、バーナビーは約束する必要はないかもしれませんよ」ドアのほうから声がした。みんながそちらをむくと、ワシントン先生が両手にカルテをもって入ってきた。先生はバーナビーの両親に自己紹介《じこしょうかい》すると、もう一度バーナビーを聴診器《ちょうしんき》やら体温計やらでざっと調べ、三人にむかってにっこりした。「いいお知らせをお伝えできると思います」

「そうですか、いい知らせならどんなことでもたすかります」エレノアは、うんざりした口調でいった。「なんでしょう？」

「おききしたいんですが、バーナビーを耳鼻科《じびか》の専門医にみせたことはありますか？　小さいとき、ということですが？」

「いいえ」エレノアは首を横にふった。「この子はほとんど天井にはりついていましたから。それに、耳にはなんの問題もありません。いたってふつうにきこえています。どうしてそんなことを？」

ワシントン先生はちょっとためらってから、カルテをじっくりながめた。そのあと、自分の出した結論《けつろん》に満足したらしく、うなずいた。「きのうのことです。息子さんが入院してきたあと、スペースアカデミーから、徹底的《てっていてき》に検査して、体内に宇宙の細菌《さいきん》をひそませて地球にもちこんでいないか確認《かくにん》してほしいといわれました」

「えっ、まさか、もちこんだんですか？」エレノアは叫《さけ》んで、両腕《りょううで》を投げだした。「今度はそんなばかなことを？　有害な宇宙の生命体の宿主《しゅくしゅ》になったんですか？」

「いいえ、ブロケットさん、バーナビーはいたって健康です」ワシントン先生は首を横にふった。「それどころか、先週大気圏外《たいきけんがい》にいっていたことによる副作用《ふくさよう》もまったく出ていないようです」

「あ、大気圏内です」バーナビーはいった。

「えっと、ともかく、なんの問題もなく試練《しれん》をくぐりぬけたようです。それに、とくにけがもしていません。不幸にもあなたがシドニーでバーナビーを見失ってから地球を一周したというのに……」先生は、この件をちょっと疑《うたが》わしいと思っているみたいに眉《まゆ》をくいっとあげた。

　エレノアはいごこち悪そうにもぞもぞして、天窓を通して夜空の一点をむりやり見つめた。

「けれども、ひとつ発見がありました」ワシントン先生は話をつづけた。「バーナビーの耳のなかの三半規管《さんはんきかん》に不均衡《ふきんこう》があるんです。前半規官《ぜんはんきかん》と後半規管《こうはんきかん》と外半規管《がいはんきかん》が、正常な状態《じょうたい》ではないのです。三半規管は、ご存じのように、人間のバランス感覚をコントロールしています。つまり、バーナビーの頭のなかの気圧《きあつ》が不安定なので、何をしても浮いてしまうんです。じっさい、科学的な説明《せつめい》をお求めであれば、バーナビーは浮いているのではありません。落下しているんです」

「落下している？」アリスターとエレノアは、びっくりして先生を見つめた。

「そうです。ほとんどの人の場合、三半規管は重力の法則《ほうそく》に従《したが》うように配列されています。しかしバーナビーの場合は、三つともが逆に、つまりさかさまについているため、送られている信号を脳《のう》が解《かい》釈《しゃく》できないのです。脳は、すべてを逆だと考えます。だからバーナビーは、下ではなく上にむかってしまうのです。そちらの方向にむかうべきだと脳が考えるからです。わたしたちは、地上にとどまるようにできていますが、バーナビーは地面からはなれて浮かぶようになっているのです。それで、バーナビーが宇宙船のなかで浮かなかった理由も説明がつきます。宇宙船のなかでは空気が加圧《かあつ》され、飛行士たちが浮いて頭をぶつけないようになっています。バーナビーに対しておなじことをすると、地面にとどまっていられます。けれども、宇宙の空気はここ地上とは正反対です。地球にもどると、飛行士たちは浮きません。けれどもバーナビーは浮くのです。ご理解いただけましたか？」

「いまひとつ理解できません」アリスターがいった。

「まったくふつうではないように思えます」エレノアがもんくをいった。

「ええ、ふつうではありません。それはみとめます。けれども、かんじんなのは、治せるということです」

アリスターとエレノアはしゃきっと背筋をのばして、先生を見つめた。「治せる？」エレノアがたずねる。

「ええ、まちがいなく治せます。わたしがこの手で治すことができます。ごくかんたんな手術《しゅじゅつ》です。一、二時間程度《ていど》でおわるでしょう」

「それで、手術後は？」

「手術後は、バーナビーはもう浮きません。ほかの人とおなじになります。ふつうになります。ふつう、いいかい、いいかい、いい、うが何かはともあれ」

そういうと、ワシントン先生はにっこりした。アリスターはにやっとしたし、エレノアはうれしさのあまり叫びだして部屋じゅう踊《おど》りまわりそうに見えた。人生を百八十度かえる可能性のあるこの知らせをどう受け止めていいのかわからないのは、ただひとり、バーナビー本人だった。けれども、そのときはだれもバーナビーを見てもいなかったし、バーナビーの意見を気にするようすもなかった。

「いつごろ手術していただけるんですか？」アリスターがたずねた。「いま、バーナビーをおさえつけておきましょうか？　麻酔《ますい》は必要ないと思います。この子はとても回復力がありますから。じょうぶにできているんです」

「いますぐ、というわけにはいきませんが」先生はカルテに、あとで精神科医《せいしんかい》と話し合いたいことをメモした。「でも、本日じゅうにできる可能性はあります。手術を受けたいのでしたら、六時ごろ、予約を入れておきましょう。それからひと晩《ばん》ここで休んでもらい、二十四時間経過《けいか》をみてから、明日の夕方ごろ、ご自宅にもどれます」

「そうしたら、バーナビーはほんとうにふつうになれるんですね？」エレノアがたずねた。

「お母さまとお父さまとおなじようにふつうに」

アリスターとエレノアにとっては、それが何よりだった。

第二十五章　なつかしい浮く感じ

　そのあと、ヘンリーとメラニーも病院にやってきた。ふたりは、大きな革《かわ》のボストンバッグをもっていた。てっぺんのファスナーが少しあいていて、中身がぶるぶるガタガタ動いているように見える。メラニーは弟がベッドに寝ているのを見るなり、バッグを床《ゆか》においた。バッグの中身はふいにおとなしくなり、すっかり静かになった。

「バーナビー！」メラニーは叫《さけ》んで走ってくると、思いっきり抱《だ》きついた。「会いたかったー。天井《てんじょう》にだれもいないのを見るたび、泣いてたんだから」

「やっ、バーナビー」ヘンリーも、うれしそうにハグをした。「元気か？」

「うん」バーナビーは答えた。「わくわくするような冒険《ぼうけん》をたくさんしたんだ。ふつうじゃない人にもいっぱい会った。おもしろい場所をいっぱい見たよ」

「ここシドニーではどんなことがあったか、知りたい？」メラニーがきく。

「うん、もちろん！」

「なーんにも」メラニーは顔をしかめた。「めちゃくちゃたいくつよ。なんにも起きなかった」

「だけど、世界でいちばんすばらしい街《まち》だよ！」

「よくいうわ。あたしもどこか外へ行って冒険ができたらいいのに。バーナビーはついてるわね」

バーナビーは、なんて答えたらいいのかわからなかった。人にうらやましがられることなんて、めったにないからだ。

「ぼくがいなくなったあと、どうだった？」自分が消えた家のなかで、どんな説明《せつめい》がされていたのか、知りたい。「母さんと父さんは、なんていってた？　ぼくのこと、いろいろ話してた？」

「最初はちょっと」メラニーがいう。「そのうち、もうもどってこないみたいな空気になってからは、あんまり。あんなふうに浮いていっちゃったのは、バーナビーの責任《せきにん》だからって」

「ぜんぶぼくの責任とは思えないけど」バーナビーは、ちょっと傷ついていった。

「うん、そりゃそうだ。ぜんぶってことはないよ」ヘンリーがいう。「たぶんね。だけどやっぱり、いわれたことを守るべきだったんじゃないか」

バーナビーは眉《まゆ》をよせた。「いわれたことを守る？　どういう意味？」

「だって、ママがいってたから。バーナビーがあの日は暑いからリュックをしょいたくないっていってたって」メラニーがいう。「ママが、しょうがないからがまんしなさいっていったのに。リュックをしょってないと、浮いていっちゃうからって。だけど、あの日はきげんが悪くてママのいうことをきかなかったって」

「怒《おこ》ってリュックをおろしたってきいたぞ」ヘンリーがいう。「で、浮いちゃったんだろ。母さんがつかまえようとしたけど、風が強くなってきて、気づいたときにはもう手がとどかなかったって」

「でも、もう許《ゆる》してくれてると思うわ」メラニーがいう。

「許してるに決まってるさ。っていうか、ぶじにもどってきてくれて、母さんも父さんも大よろこびだよ。バーナビー、どうかしたか？　顔色がへんだぞ。何かちがうところでもあるのか？」

バーナビーはあいた口がふさがらなかった。お腹《なか》の奥のほうから、怒《いか》りがずんずんこみあげてくる。何週間も家にいなかったのに。食べるものがないときもあった。夜になったらどこで寝たらいいのかわからないときもあった。からだがくさいってばかにされたのも一回じゃすまない。ものすごくこわくて、ひとりぼっちだと感じるときもあった。バーナビーは、兄と姉をじっと見つめた。ほんとうのことをいいたい。もとはといえば、どうしてあんなことになったのか、話したい。だけど、心配そうなふたりの顔を見ていたら、ふたりとも母さんと父さんからきかされていることを信じているのがわかる。そして、信じているままのほうがいいのもわかる。なんたって、それ以外のことなんて、おそろしすぎて考えられないはずだから。

「ううん」バーナビーはとうとう返事をして、つばをぐっとのみこみ、顔をそむけた。ふたりの目を見られない。「ううん、それで合ってるよ。母さんのいうこと、きけばよかったね。だけど、ほら、ぼくって自分の好きなようにしたいから」

「うん、それがふつうだよ」ヘンリーが、にっこりした。

そのときドアがあき、看護師《かんごし》が（かなりきげんの悪い看護師だ）なかをのぞきこんで、ぞっとした顔をした。

「子ども！　ここに子どもがいるなんて、ありえない！」

「だって、ここは子どもの病院ですよ」バーナビーがいった。

「あなたはいいの」看護師は、バーナビーを指さした。「だけど、そっちのふたりは？　出ていきなさい！　あんたたちみたいな子どもをここに入れたら、どんなおそろしい病原菌《びょうげんきん》を患者《かんじゃ》さんにまきちらされるか、わかったもんじゃないわ。早く！　全員よ！　ひとりだけ残して！」看護師はいいなおして、バーナビーを指さした。「出ていきなさい！　早くっ！」

ヘンリーとメラニーはため息をついて、弟のほうをむいた。

「じゃ、バーナビー、明日ね。手術《しゅじゅつ》のあとにまた」メラニーがいう。

「手術のこと、母さんからきいたの？」

「うん。すごくよろこんでた」

「早くなさいっ！」看護師はもう、ほとんどわめいている。「早く！　早く！　早く！」

「あ、あのね、プレゼント、もってきたの」メラニーがあわてていいながら、ベッドからぴょんとおりた。ブーツのつま先をつかって、革のボストンバッグをバーナビーのほうに押す。バッグは最初はがたがた動いていたけど、ちょっと落ち着いて、またぶるっとふるえた。それからまた、おとなしくなった。「だけどまだあけちゃだめよ」メラニーは、秘密《ひみつ》だってことを念押《ねんお》しするみたいに目を見ひらいて、看護師のほうにうなずいてみせた。「あたしたちが帰ってからね」

ふたりは、それ以上怒られないうちに病室から廊下《ろうか》に出ていった。ドアが閉まると、バーナビーはひとりっきりになった。バッグをじっと見おろして、いったい何が入ってるんだろうと考える。そしてファスナーをひらくと……わあっ！　なかから飛びだしてきたものが、勝手にベッドの上にのって、バーナビーの前に来た。

「キャプテンW・E・ジョーンズ！」バーナビーは大よろこびで叫んだ。キャプテンは、マットレスをはいのぼってきて、バーナビーの顔をべろべろなめた。ここ数週間で、バーナビーの顔はいちばんきれいになった。

午後になって、手術までであと二時間というとき、病院の係の人が車いすをもってきてくれて、よかったらちょっと気分転換《きぶんてんかん》に院内を見てまわったらどうかといってくれた。キャプテン・W・E・ジョーンズがベッドの下にかくれているので、バーナビーはいそいで車いすにうつり、シートベルトをしめて、院内探検《いんないたんけん》に出かけた。

どこを見ても、パジャマやガウンを着た子どもたちが親といっしょに廊下を行ったり来たりしている。家族にかこまれて病室で寝ている子もいる。チェスをしたり、バックギャモンやスクラブルなどのゲームをしたり、夢中で読書をしている子もいる。バーナビーの見る限り、ひとりぼっちなのは自分だけだった。

角を曲がると、ワシントン先生がデスクの前で、コンピュータに何やら打ちこんだり、メモ用紙に走り書きをしながら画面の図表を印刷したりしている。バーナビーは、車いすを押して近づいていった。

「こんにちは、先生」

「こんにちは、バーナビー」先生は、こちらをむいてにっこりした。「何かご用かしら?」

「ちょっとききたいことがあって……」バーナビーはいいかけてから、質問《しつもん》をしんちょうに考えた。

「もし手術を受けなかったら、どうなりますか?」

「あら、手術は受けるのよ」先生は、決まりきったことのようにいった。「ご両親がもう承諾書《しょうだくしょ》にサインをしているから、八歳の男の子の場合、それが最終決定なの」

「はい、だけど、もし……もし、サインをしてなかったらってことです。もし手術をぼくに受けさせたがってなかったら、です」

「でも、受けさせたがってるわ」

「でも、もし受けさせたがってなかったら」

ワシントン先生はちょっと考えてから、肩をすくめた。「そうねえ、それ自体では、何も起こらないわね。あなたは、いまのあなたのまま。浮きつづけるわ。二度と地に足をつけられない」

「ずっとそのままってことですか？」

「ええ、そうよ。そうだと思うわ。だけど、バーナビー、心配はいらないわ。そんなことにはならないから。ちゃんと治してあげる。明日のいまごろは、あなたはすっかり別人になってるのよ。何もかもがかわって、ほかのみんなとおなじになるの。すてきじゃない？」

バーナビーはにっこりして、たしかにそうですね、といった。そして、車いすで自分の病室へと、考えごとへと、キャプテンW・E・ジョーンズのところへともどった。


時間はどんどん過ぎていく。もうすぐ五時半だ。手術は六時から。いまにも、係の人がむかえに来るだろう。担架《たんか》に固定されて廊下を進み、エレベーターに乗りこみ、病院の奥のほうに連れていかれ、そこで眠らされる。つぎに目がさめたときにはもう、まったくちがう人間になっているだろう。もちろん、まだバーナビー・ブロケットにはちがいないけど、これまで八年間生きてきたバーナビー・ブロケットとはぜんぜんちがってしまう。

バーナビーは天窓《てんまど》のむこうに広がる水色の夕方の空を見つめた。細い雲が流れていき、鳥たちがどこかしら目的地にむかって飛んでいく。バーナビーは、ひざの上で丸くなって寝ているキャプテンW・E・ジョーンズをなでた。そして、エレノアがリュックに穴をあけて砂をこぼしたあの日から自分の身に起きたできごとを思いかえしていた。

熱気球《ねつききゅう》に乗った。すてきなおばあさんふたりに会った。ふたりとも、人とちがうという理由で家族に追いだされたのに、決してうしろを振《ふ》りかえらなかった。それからブラジルのコーヒー農園《のうえん》に行って、パルミラという女の子にぴったりと寄りそった。そのあとニューヨークでリュックを盗《ぬす》まれて、若い芸術家が有名になる手つだいをした。列車に乗ってトロントに行き、サッカーの試合を観《み》て、タワーの上まで浮かび、助けてもらったかと思ったらこわい人に誘拐《ゆうかい》された。だけどいいこともあって、いままでの人生でいちばん変わった、そしてすごくやさしい人たちに会った。友だちのライアム・マゴナガルにまた会えた。あと、バンジージャンプもやった（少なくとも挑戦《ちょうせん》した）し、スカイダイビングもやった（少なくとも挑戦した）し、人生をぜんぶ決められてしまうのがわかっていても、子どもたちのところに帰ろうとしているおじいさんに会った。

大気圏外宇宙《たいきけんがいうちゅう》にも行った。

まあ、大気圏内だけど。

そしていま、またここにもどってきた。シドニーに。ふつうの世界に。

そしてバーナビーは、ふと気づいた。ふつうでいるって、そんなにおもしろいことじゃないのかもしれない。だって、いわゆるふつうの男の子がどれだけ、ぼくがしてきたような冒険をして、ぼくが会ったような人に会ってきた？　どれだけの人が、こんなにたくさんの世界を見て、いろんな人の力になってきた？

それにだいたい、ぼくがふつうじゃないなんてだれが決めたんだ？　リュックに穴をあけて八歳の男の子を行先もわからないところへ追いやるのがふつうなの？　いつもいつも、ふつうでいることばっかり考えているのが、ふつうなの？

廊下のほうからエレベーターのドアのあく音がきこえる。担架が廊下をやってくる。ぼくが乗る担架だ。胸がどきどきしてくる。連れていかれたら、ぼくはみんなとおなじにされてしまう。

そのとき、バーナビーは気づいた。ぼくは、人とちがうのが好きなんだ。だって、ぼくはそういうふうに生まれついたんだから。これがぼくという人間なんだ。それをかえられちゃうなんて、いやだ。

あのハーバーブリッジにのぼった午後みたいなへんな気持ちのまま、一生を過ごしたくない。

バーナビーは頭上の天窓を見あげた。そして、ベッドの横においてあるボタンをじっと見た。天窓を開け閉めするボタンを。

バーナビーはボタンを見つめた。

ああ、どうしよう。

そして、ボタンを押した。

あたらしい冒険だ。あたらしい場所。あたらしい人たち。

リュックに穴をあけたりしない人たちとの出会い。

カチッという音がして、それからさーっと、天窓がひらきはじめた。キャプテンW・E・ジョーンズがひざの上でもぞもぞすると、目をあけてご主人を見あげ、大きなあくびをした。

「ごめんよ」バーナビーはいった。「ぼくは、かえられたくないんだ」

キャプテンW・E・ジョーンズは、どうしたんだろうという表情を浮かべてご主人をじっと見た。

バーナビーは天窓のほうを見あげた。もうすっかり開いていて、涼《すず》しい風が病室に吹きこんでくる。

バーナビーは自分をベッドにしばりつけているストラップをはずしはじめた。

キャプテンW・E・ジョーンズは、立ちあがろうとした。なんかへんだと気づいて、毛布の上に足場をさがしている。その表情からして、何が起きているのかはわからないけれど、なんとなく気に入らないという感じだ。「ワン」念《ねん》のためにほえてみた。

「しーっ」バーナビーはいった。ストラップがゆるんでいくにつれて、なつかしい浮く感じがからだを包《つつ》みこむ。ああ、いい気分だ。これでなくっちゃ、バーナビー・ブロケットじゃない。

キャプテンW・E・ジョーンズは、すっかりあせりだした。尻尾《しっぽ》をやたらめったら振《ふ》り、まずは時計回りに、つぎは反時計回りにまわり、それからどうしたらいいかわからなくてうろうろしている。歯をつかってまたベルトを閉めようとするけれど、うまくいかない。犬の身でそんなことができるはずがない。

「ごめんよ」バーナビーは、すでに浮かびはじめていた。脚《あし》がふとんの下から出てきて、足先が冷たい空気のほうへとすべり出る。「いつまでもおぼえてるよ。約束《やくそく》する」

キャプテンはもう一度ほえたけど、もう遅《おそ》かった。バーナビーはとっくにベッドから出て、天井のほうへ浮かびはじめていた。ところが、天窓まで行かないうちに、キャプテンが最後にぴょんと高く飛びあがり、バーナビーの脚にしっかりしがみついた。重さが加わったので、バーナビーたちはしばらくその高さをただよっていたけれど、キャプテンはデブ犬ではないので、あっという間にまた浮きはじめた。

「何してるんだよ?」バーナビーは叫んだ。「おりろよ! いっしょに来ちゃだめだ!」

だけどキャプテンW・E・ジョーンズは、前に一回ご主人を失っているので、またはなれるなんてとんでもなかった。

バーナビーは、ひどくあせった。脚をばたつかせれば、キャプテンははなれるしかなくなって、そのままベッドの上にすとんと落ちるはずだ。だけど、心のどこかで、しかも強く、このままがいいと思っていた。

「わかったよ」バーナビーはとうとういった。そして天窓をすりぬけて、外の世界へと浮かびあがっていった。「だけど、しっかりつかまってろよ!」

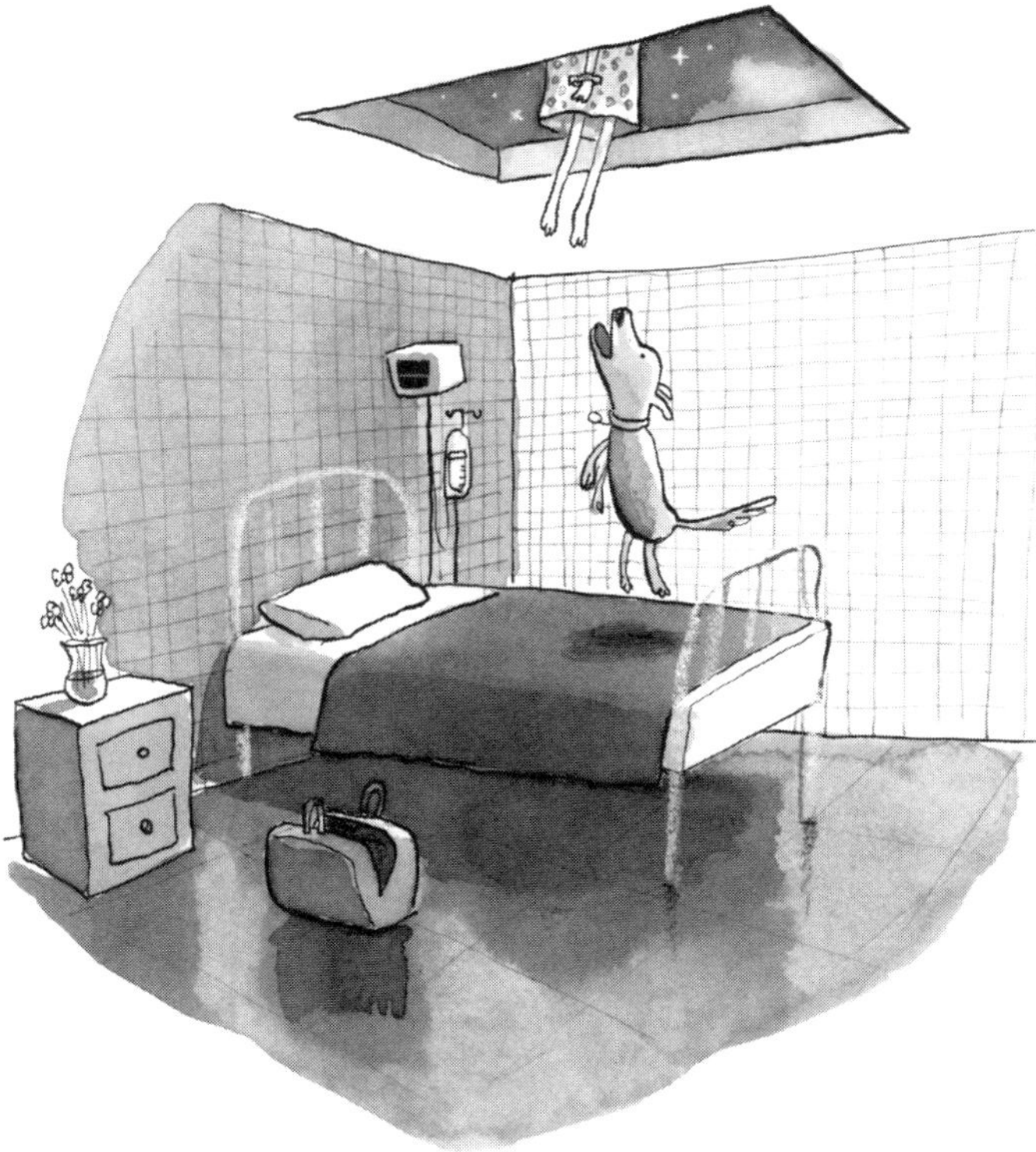

夜空へ

第二十六章　世界でもっともすてきな街《まち》

夜の空は、魔法《まほう》の国のようだ。

すごくたくさんのものが、行ったり来たりしている。ここをはなれ、あちらへ向かう。人間の目では、そのとぎすまされた変化はほとんど追うことができない。それは宇宙全体を、ふつうでは考えられないような方法で変え、ある街には星の光のまたたきを、ほかの街には雷《かみなり》のとどろきを、そしてまたべつの街にはピカッとひらめく稲光《いなびかり》を、送ってくれている。

けれども、この特別な夜、シドニーの空を見あげた人は、しっかり目をひらいて、夜の暗さと月の白さ以外のものに気づく心の余裕《よゆう》がある人ならだれでも、ふつうではないものを目にしていたはずだ。ちゃんと見る気さえあれば、それを見て息をのみ、世のなかのすべてにかんたんな説明《せつめい》がつくとは限らないということに気づいただろう。

その夜、キリビリの海岸線《かいがんせん》の上空高くに、警察《けいさつ》のヘリコプターが見えたはずだ。明るいサーチライトを交差させ、すばらしいシドニー・ハーバーブリッジと、夜の空気のなかで誇《ほこ》らしそうに揺《ゆ》れる国旗《こっき》を照らし、行きかう車の安全を見守っている。夕方早くに橋の上のライトが切れてしまったので、事故を起こさないためだ。

またたくひとつの星も見えたはずだ。しばらくの間ちらちらと光ったり消えたりしてから、すっかり消えてしまった。その星はいまから二千万年くらい前に最初の光を放って誕生《たんじょう》したのだ。最初はただのまばゆい光だったのが、炎のかたまりとなり、目もくらむような爆発《ばくはつ》を起こし、そして消え、ただの思い出となる。前は暗闇《くらやみ》のなかを明るく照らしてくれていたという思い出に。

そして、もうひとつ、見えたはずだ。ちゃんと目をこらして見てさえいれば。八歳の男の子が雲のあいだをぬけて浮かびあがっていくところが。小さい忠実な雑種《ざっしゅ》の犬が、男の子の脚《あし》にしっかりしがみついている。男の子と犬は、澄《す》んだオーストラリアの夜の暗闇のなかに消えていく。どこを目ざすでもなく、つぎにいつ地に足をつけるかもわからないまま。

あたらしい人たちに出会うのを楽しみにしている男の子が。

あたらしい冒険《ぼうけん》をしたくてうずうずしている男の子が。

そして何より、人とちがうことを誇《ほこ》らしく思っている男の子が。

訳者あとがき

浮いちゃったらどうしよう?

もしかして、いま、浮いてる?

こんな心配をじっさいにしたことがあるか、または耳にしたことがあるか、というアンケートをとったら、はいと答える人がかなり多いのではないでしょうか。ここでいう「浮いちゃう」という表現は、その場にそぐわない(あるいは、まわりの人たちとはちがう)ファッションやら発言やら行動やらをするという意味ですが、本書の主人公バーナビーは、文字どおり、地面から「浮いちゃう」のです。したがってとうぜん、集団のなかにいると「浮いちゃう」のです。

バーナビーの両親は、極端《きょくたん》に「ふつう」であることにこだわっています。「地に足がついている」ことを何より大切にしています。だから、自分たちの息子が地に足がつけられない、つまり「ふつうではない」ことが恥《は》ずかしくてたまらず、ぞっとするほどおそろしい行動に出ます。子ども時代のトラウマのせいだと思えば少しだけ同情できるとはいえ、いくらなんでもあんまりです。ふつうでありたいと願った末に、常軌《じょうき》を逸《いつ》した行動に出るという矛盾《むじゅん》に、「ふつうとは何か?」という問いが、頭のなかをぐるぐるかけめぐりました。

バーナビーは後に、どこかしら「浮いている」人たちと、たくさん出会います。あたたかくてユーモラスな心の交流を繰《く》りかえし経験《けいけん》するうちに、「何がふつうなのか」、そして「ふつうが正しいのか」という疑問をもつようになります。自分が浮いていることをもてあましていたバーナビーは、浮いているのがはたしてまちがっているのかどうか、考えはじめるのです。

やがて、バーナビーはひとつの選択《せんたく》をします。

最後の二章はぜひ、自分がバーナビーの立場だったらどんな選択をするか、考えてみてから読むことをおすすめします。正解はもちろん、ひとりひとりちがうでしょうし、そのときの心の在《あ》り方によっても変わってくると思います。

原題《げんだい》は *The Terrible Thing that Happened to Barnaby Brocket*、直訳《ちょくやく》すると、「バーナビー・ブロケットに起きたおそろしいできごと」です。著者《ちょしゃ》のジョン・ボインは、アイルランド出身の作家で、ヤングアダルト作品は本書で三作目となります。代表作の、アウシュビッツを舞台《ぶたい》にした『縞模様《しまもよう》のパジャマの少年』（岩波書店より千葉茂樹訳で二〇〇八年に刊行）は各国でベストセラーとなり、映画化もされています。

最後になりましたが、この作品を訳すにあたっては、多くの方にお世話になりました。訳稿《やくこう》を細かく読みこんで的確《てきかく》なアドバイスをくださった平田紀之さん、作品社の青木誠也さんに、心から感謝《かんしゃ》いたします。

なんだか、ふわふわと浮きたくなってきました。

二〇一三年九月

代田亜香子

選者のことば

一九七〇年代後半、アメリカで生まれて英語圏の国々に広がっていった「ヤングアダルト」というジャンル、日本でもここ十年ほどの間にしっかり根付いて、多くのヤングアダルト小説が翻訳されるようになってきた。長いこと、このジャンルの作品を紹介してきた翻訳者のひとりとしてとてもうれしい。

そして今回、作品社から新しいシリーズが誕生《たんじょう》することになった。このシリーズ、これまでぼくが翻訳・紹介に携《たずさ》わってきたロバート・ニュートン・ペックの『豚の死なない日』やシンシア・カドハタの『きらきら』のような作品を中心に置きたいと考えている。

つまり、作品の古い新しいに関係なく、海外で売れている売れていないに関係なく、賞を取っている取っていないに関係なく、読みごたえのある小説のみを出していくということだ。

そのためには自分たちの感性を頼りに、こつこつ一冊ずつ読んでいくしかない。しかしその努力は必ず報《むく》われるにちがいない……と信じて、一冊ずつ、納得《なっとく》のいく本を出していきたいと思う。

金原瑞人

【著者・訳者・選者略歴】

ジョン・ボイン（John Boyne）

アイルランド、ダブリン生まれ。『縞模様のパジャマの少年』（千葉茂樹訳、岩波書店）はベストセラーとなり、30カ国以上に翻訳された。マーク・ハーマン監督により映画化もされた。

オリヴァー・ジェファーズ（Oliver Jeffers）

北アイルランド、ベルファスト生まれ。画家・作家。邦訳に『みつけたよ、ぼくだけのほし』、『まいごのペンギン』（三辺律子訳、ヴィレッジブックス）など。

代田亜香子（だいた・あかこ）

神奈川県生まれ。立教大学英米文学科卒業後、会社員を経て翻訳家に。訳書に『とむらう女』、『私は売られてきた』、『ぼくの見つけた絶対値』、『象使いティンの戦争』（作品社）など。

金原瑞人（かねはら・みずひと）

岡山市生まれ。法政大学教授。翻訳家。ヤングアダルト小説をはじめ、海外文学作品の紹介者として不動の人気を誇る。著書・訳書多数。

浮いちゃってるよ、バーナビー！

2013年10月25日初版第1刷印刷
2013年10月30日初版第1刷発行

著　者　ジョン・ボイン
画　オリヴァー・ジェファーズ
訳　者　代田亜香子
選　者　金原瑞人
発行者　髙木 有
発行所　株式会社作品社
〒102-0072　東京都千代田区飯田橋2-7-4
TEL. 03-3262-9753　FAX. 03-3262-9757
http://www.sakuhinsha.com
振替口座00160-3-27183

装　幀　水崎真奈美（BOTANICA）
本文組版　前田奈々
印刷・製本　シナノ印刷株式会社

ISBN978-4-86182-445-6 C0097

【作品社の本】

誕生日

カルロス・フエンテス著　八重樫克彦・八重樫由貴子訳

過去でありながら、未来でもある混沌の現在＝螺旋状の時間。
家であり、町であり、一つの世界である場所＝流転する空間。
自分自身であり、同時に他の誰もである存在＝互換しうる私。
目眩めく迷宮の小説！　『アウラ』をも凌駕する、メキシコの文豪による神妙の傑作。

ISBN978-4-86182-403-6

逆さの十字架

マルコス・アギニス著　八重樫克彦・八重樫由貴子訳

アルゼンチン軍事独裁政権下で
警察権力の暴虐と教会の硬直化を激しく批判して発禁処分、
しかしスペインでラテンアメリカ出身作家として初めてプラネータ賞を受賞。
欧州・南米を震撼させた、アルゼンチン現代文学の巨人
マルコス・アギニスのデビュー作にして最大のベストセラー、待望の邦訳！

ISBN978-4-86182-332-9

天啓を受けた者ども

マルコス・アギニス著　八重樫克彦・八重樫由貴子訳

合衆国南部のキリスト教原理主義組織と、
中南米一円にはびこる麻薬ビジネスの陰謀。
アメリカ政府と手を結んだ、南米軍事政権の恐怖。
アルゼンチン現代文学の巨人マルコス・アギニスの圧倒的大長篇。
野谷文昭氏激賞！

ISBN978-4-86182-272-8

マラーノの武勲

マルコス・アギニス著　八重樫克彦・八重樫由貴子訳

「感動を呼び起こす自由への賛歌」――マリオ・バルガス＝リョサ絶賛！
16～17世紀、南米大陸におけるあまりにも苛烈なキリスト教会の異端審問と、
命を賭してそれに抗したあるユダヤ教徒の生涯を、壮大無比のスケールで描き出す。
アルゼンチン現代文学の巨匠アギニスの大長篇、本邦初訳！

ISBN978-4-86182-233-9

【作品社の本】

悪い娘《こ》の悪戯《いたずら》

マリオ・バルガス＝リョサ著　八重樫克彦・八重樫由貴子訳

50年代ペルー、60年代パリ、70年代ロンドン、80年代マドリッド、そして東京……。
世界各地の大都市を舞台に、ひとりの男がひとりの女に捧げた、
40年に及ぶ濃密かつ凄絶な愛の軌跡。
ノーベル文学賞受賞作家が描き出す、あまりにも壮大な恋愛小説。

ISBN978-4-86182-361-9

チボの狂宴

マリオ・バルガス＝リョサ著　八重樫克彦・八重樫由貴子訳

1961年5月、ドミニカ共和国。
31年に及ぶ圧政を敷いた稀代の独裁者、トゥルヒーリョの身に迫る暗殺計画。
恐怖政治時代からその瞬間に至るまで、さらにその後の混乱する共和国の姿を、
待ち伏せる暗殺者たち、トゥルヒーリョの腹心ら、排除された元腹心の娘、
そしてトゥルヒーリョ自身など、さまざまな視点から複眼的に描き出す、
圧倒的な大長篇小説！　2010年度ノーベル文学賞受賞！

ISBN978-4-86182-311-4

無慈悲な昼食

エベリオ・ロセーロ著　八重樫克彦・八重樫由貴子著

地区の人々に昼食を施す教会に、風変わりな飲んべえ神父が突如現われ、
表向き穏やかだった日々は風雲急。誰もが本性をむき出しにして、上を下への大騒ぎ！
神父は乱酔して歌い続け、賄い役の老婆らは泥棒猫に復讐を、
聖具室係の養女は平修女の服を脱ぎ捨てて絶叫！
ガルシア＝マルケスの再来との呼び声高いコロンビアの俊英による、
リズミカルでシニカルな傑作小説。

ISBN978-4-86182-372-5

顔のない軍隊

エベリオ・ロセーロ著　八重樫克彦・八重樫由貴子訳

ガルシア＝マルケスの再来と謳われるコロンビアの俊英が、母国の僻村を舞台に、
今なお止むことのない武力紛争に翻弄される庶民の姿を
哀しいユーモアを交えて描き出す、傑作長篇小説。スペイン・トゥスケツ小説賞受賞！
英国「インデペンデント」外国小説賞受賞！

ISBN978-4-86182-316-9

【作品社の本】

人生は短く、欲望は果てなし

パトリック・ラペイル著　東浦弘樹、オリヴィエ・ビルマン訳

フェミナ賞受賞作！　妻を持つ身でありながら、
不羈奔放なノーラに恋するフランス人翻訳家・ブレリオ。
やはり同様にノーラに惹かれる、ロンドンで暮らすアメリカ人証券マン・マーフィー。
英仏海峡をまたいでふたりの男の間を揺れ動く、運命の女《ファム・ファタール》。奇妙で魅力的な長篇恋愛譚。

ISBN978-4-86182-404-3

失われた時のカフェで

パトリック・モディアノ著　平中悠一訳

ルキ、それは美しい謎。現代フランス文学最高峰にしてベストセラー……。
ヴェールに包まれた名匠の絶妙のナラション（語り）を、いまやわらかな日本語で——。
あなたは彼女の謎を解けますか？
併録「『失われた時のカフェで』とパトリック・モディアノの世界」。
ページを開けば、そこは、パリ。

ISBN978-4-86182-326-8

メアリー・スチュアート

アレクサンドル・デュマ著　田房直子訳

三度の不幸な結婚とたび重なる政争、十九年に及ぶ監禁生活の果てに、
エリザベス一世に処刑されたスコットランド女王メアリー。
悲劇の運命とカトリックの教えに殉じた、孤高の生と死。
文豪大デュマの知られざる初期作品、本邦初訳。

ISBN978-4-86182-198-1

幽霊

イーディス・ウォートン著　薗田美和子、山田晴子訳

アメリカを代表する女性作家イーディス・ウォートンによる、
すべての「幽霊を感じる人《ゴースト・フィーラー》」のための、珠玉のゴースト・ストーリーズ。
静謐で優美な、そして恐怖を湛えた極上の世界。

ISBN978-4-86182-133-2

【作品社の本】

老ピノッキオ、ヴェネツィアに帰る

ロバート・クーヴァー著　斎藤兆史・上岡伸雄訳

晴れて人間となり、学問を修めて老境を迎えたピノッキオが、
故郷ヴェネツィアでまたしても巻き起こす大騒動！
原作のオールスター・キャストでポストモダン文学の巨人が放つ、
諧謔と知的刺激に満ち満ちた傑作長篇パロディ小説！

ISBN978-4-86182-399-2

蝶たちの時代

フリア・アルバレス著　青柳伸子訳

ドミニカ共和国反政府運動の象徴、ミラバル姉妹の生涯！
時の独裁者トルヒーリョへの抵抗運動の中心となり、命を落とした長女パトリア、
三女ミネルバ、四女マリア・テレサと、ただひとり生き残った次女デデの四姉妹
それぞれの視点から、その生い立ち、家族の絆、恋愛と結婚、
そして闘いの行方までを濃密に描き出す、傑作長篇小説。
全米批評家協会賞候補作、アメリカ国立芸術基金全国読書推進プログラム作品。

ISBN978-4-86182-405-0

老首長の国　ドリス・レッシング アフリカ小説集

ドリス・レッシング著　青柳伸子訳

自らが五歳から三十歳までを過ごしたアフリカの大地を舞台に、
入植者と現地人との葛藤、古い入植者と新しい入植者の相克、
巨大な自然を前にした人間の無力を、重厚な筆致で濃密に描き出す。
ノーベル文学賞受賞作家の傑作小説集！

ISBN978-4-86182-180-6

話の終わり

リディア・デイヴィス著　岸本佐知子訳

年下の男との失われた愛の記憶を呼びさまし、
それを小説に綴ろうとする女の情念を精緻きわまりない文章で描く。
「アメリカ文学の静かな巨人」による傑作。『ほとんど記憶のない女』で
日本の読者に衝撃をあたえたリディア・デイヴィス、待望の長編！

ISBN978-4-86182-305-3

【作品社の本】

名もなき人たちのテーブル

マイケル・オンダーチェ著　田栗美奈子訳

わたしたちみんな、おとなになるまえに、おとなになったの——。
11歳の少年の、故国からイギリスへの3週間の船旅。それは彼らの人生を、
大きく変えるものだった。仲間たちや個性豊かな同船客との交わり、
従姉への淡い恋心、そして波瀾に満ちた航海の終わりを不穏に彩る謎の事件。
映画『イングリッシュ・ペイシェント』原作作家が描き出す、せつなくも美しい冒険譚。

ISBN978-4-86182-449-4

地震以前の私たち、地震以後の私たち
それぞれの記憶よ、語れ

エドウィージ・ダンティカ著　佐川愛子訳

ハイチに生を享け、アメリカに暮らす気鋭の女性作家が語る、
母国への思い、芸術家の仕事の意義、ディアスポラとして生きる人々、
そして、ハイチ大地震のこと——。
生命と魂と創造についての根源的な省察。カリブ文学OCMボーカス賞受賞作。

ISBN978-4-86182-450-0

骨狩りのとき

エドウィージ・ダンティカ著　佐川愛子訳

1937年、ドミニカ。
姉妹同様に育った女主人には双子が産まれ、愛する男との結婚も間近。
ささやかな充足に包まれて日々を暮らす彼女に訪れた、運命のとき。
全米注目のハイチ系気鋭女性作家による傑作長篇。米国図書賞《アメリカン・ブックアワード》受賞作！

ISBN978-4-86182-308-4

愛するものたちへ、別れのとき

エドウィージ・ダンティカ著　佐川愛子訳

アメリカの、ハイチ系気鋭作家が語る、母国の貧困と圧政に翻弄された少女時代。
愛する父と伯父の生と死。そして、新しい生命の誕生。
感動の家族愛の物語。全米批評家協会賞受賞作！

ISBN978-4-86182-268-1

【作品社の本】

金原瑞人選オールタイム・ベストYA **私は売られてきた**

パトリシア・マコーミック著　代田亜香子訳

貧困ゆえに、わずかな金でネパールの寒村からインドの町へと親に売られた13歳の少女。
衝撃的な事実を描きながら、深い叙情性をたたえた感動の書。
全米図書賞候補作、グスタフ・ハイネマン平和賞受賞作。

ISBN978-4-86182-281-0

金原瑞人選オールタイム・ベストYA **希望《ホープ》のいる町**

ジョーン・バウアー著　中田香訳

ウェイトレスをしながら高校に通う少女が、
名コックのおばさんと一緒に小さな町の町長選で正義感に燃えて大活躍。
ニューベリー賞オナー賞に輝く、元気の出る小説。
全国学校図書館協議会選定第43回夏休みの本（緑陰図書）。

ISBN978-4-86182-278-0

金原瑞人選オールタイム・ベストYA **とむらう女**

ロレッタ・エルスワース著　代田亜香子訳

19世紀半ばの大草原地方を舞台に、母の死の悲しみを乗りこえ、
死者をおくる仕事の大切な意味を見いだしていく少女の姿をこまやかに描く感動の物語。
厚生労働省社会保障審議会推薦児童福祉文化財。

ISBN978-4-86182-267-4

ハニー・トラップ探偵社

ラナ・シトロン著　田栗美奈子訳

「エロかわ毒舌キュート！　ドジっ子女探偵の泣き笑い人生から
目が離せません（しかもコブつき）」——岸本佐知子さん推薦。
スリルとサスペンス、ユーモアとロマンス——一粒で何度もおいしい、
ハチャメチャだけど心温まる、とびっきりハッピーなエンターテインメント。

ISBN978-4-86182-348-0

【作品社の本】

金原瑞人選オールタイム・ベストYA　**象使いティンの戦争**

シンシア・カドハタ著　代田亜香子訳

ベトナム高地の森にたたずむ静かな村で
幸せな日々を送る少年象使いを突然襲った戦争の嵐。
家族と引き離された彼は、愛する象を連れて森をさまよう……。
日系のニューベリー賞作家シンシア・カドハタが、
戦争の悲劇、家族の愛、少年の成長を鮮烈に描く力作長篇。

ISBN978-4-86182-439-5

金原瑞人選オールタイム・ベストYA　**ぼくの見つけた絶対値**

キャスリン・アースキン著　代田亜香子訳

数学者のパパは、中学生のぼくを将来エンジニアにしようと望んでいるけど、
実はぼく、数学がまるで駄目。でも、この夏休み、ぼくは小さな町の人々を幸せにする
すばらしいプロジェクトに取り組む〈エンジニア〉になった！
全米図書賞受賞作家による、笑いと感動の傑作YA小説。

ISBN978-4-86182-393-0

金原瑞人選オールタイム・ベストYA　**シーグと拳銃と黄金の謎**

マーカス・セジウィック著　小田原智美訳

すべてはゴールドラッシュに沸くアラスカで始まった！
酷寒の北極圏に暮らす一家を襲う恐怖と、
それに立ち向かう少年の勇気を迫真の文体で描くYAサスペンス。
カーネギー賞最終候補作・プリンツ賞オナーブック。

ISBN978-4-86182-371-8

金原瑞人選オールタイム・ベストYA　**ユミとソールの10か月**

クリスティーナ・ガルシア著　小田原智美訳

ときどき、なにもかも永遠に変わらなければいいのにって思うことない？
学校のオーケストラとパンクロックとサーフィンをこよなく愛する日系少女ユミ。
大好きな祖父のソールが不治の病に侵されていると知ったとき、
ユミは彼の口からその歩んできた人生の話を聞くことにした……。
つらいときに前に進む勇気を与えてくれる物語。

ISBN978-4-86182-336-7